GIORGIO FALETTI

Touche-à-tout de génie, Giorgio Faletti a débuté sur les planches des cabarets de Milan dans les années 1970 avant de devenir l'un des acteurs de télévision et de cinéma les plus populaires d'Italie. Il a ensuite entamé une carrière d'auteur et d'interprète de chansons. Au début des années 2000, Faletti s'est tourné vers l'écriture, connaissant un succès aussi fulgurant que retentissant dès la parution de son premier roman noir, *Je tue* (Flammarion, 2004). Après *Droit dans les yeux* (Flammarion, 2006), *Seuls les innocents n'ont pas d'alibi* (Robert Laffont, 2012) est son troisième roman publié en France.

Retrouvez l'auteur sur son site
http://giorgiofaletti.net/

SEULS LES INNOCENTS N'ONT PAS D'ALIBI

GIORGIO FALETTI

SEULS LES INNOCENTS N'ONT PAS D'ALIBI

ROBERT LAFFONT

Titre original :
APPUNTI DI UN VENDITORE DI DONNE

MIXTE
Papier issu de sources responsables
FSC® C003309
www.fsc.org

Pocket, une marque d'Univers Poche,
est un éditeur qui s'engage pour la préservation
de son environnement et qui utilise du papier fabriqué
à partir de bois provenant de forêts gérées
de manière responsable.

ISBN : 978-2-266-23205-0

À Marcella et Corrado,
qui ne sont jamais partis

D'accord, mangeons-la.
Adam et Ève

Prologue

Moi, c'est Bravo, et je n'ai pas de bite.

Voilà pour les présentations. Se balader avec un surnom au lieu d'un nom véritable, ça n'est pas un problème. On est ce qu'on est, laissons tomber les ficelles administratives qu'on traîne derrière soi comme des serpentins après le bal du Carnaval. Ma vie n'aurait pas changé d'un poil si j'avais eu un vrai nom à donner en même temps que ma poignée de main. Je n'aurais rien gagné, rien perdu. Rien évité non plus : ni sommet, ni ravin, ni écueil. C'est sans regret. Ne pas avoir de nom, c'était pouvoir se cacher dans un angle mort, être un visage à peine entrevu, une silhouette tout juste esquissée, le néant : personne. Étant ce que j'étais, ça m'offrait toutes les opportunités, ni plus ni moins.

Quant au détail anatomique, ça mérite qu'on s'y attarde un peu.

Je ne suis pas né comme ça.

Il n'y a pas eu de médecin stupéfait de me voir sortir ainsi désarmé de la fente d'une mère encore tremblante de l'ultime contraction. Pas non plus de câlins pour consoler l'enfant affligé d'un handicap singulier annonçant des années de cruels sarcasmes.

Ni, à l'adolescence, de confidences tragiques, la tête basse et le regard vissé sur les chaussures.

J'avais tout ce qu'il fallait quand je suis venu au monde. Et même trop, je dirais, à la lumière de ce qui a suivi. Jusqu'à un certain jour, ce « tout ce qu'il fallait » a causé pas mal de désagréments à des dames et des demoiselles téméraires qui l'avaient bien cherché. J'estimais que c'était leur problème.

Et puis le problème de l'une d'elles est devenu le mien. L'histoire n'en retiendra pas le comment, le quand ni le pourquoi. Disons juste que c'était la mauvaise personne et que je m'en suis aperçu au mauvais moment. Je plaide coupable sans rechigner, je ne me plains pas. L'ordre des choses est le même pour tout le monde et basta. On n'a pas toujours les raisons ou les moyens d'agir autrement et, de toute façon, je n'ai rien vu venir. Vouloir me l'expliquer aujourd'hui reviendrait à planter une aiguille de plus dans une poupée vaudoue à mon effigie.

Une nuit à marquer d'une pierre blanche, un type armé d'une lame de rasoir bien tranchante et d'une bonne dose de colère et de sadisme m'a mis dans l'état où je suis. Il m'a laissé à terre, une tache de sang s'élargissant sur mon pantalon, et dans la gorge, une voix qui faiblissait à mesure que cette tache prenait une dimension de cauchemar. J'ai été chassé du théâtre, on m'a éjecté de la scène, balancé au dernier rang du poulailler. Par-delà la souffrance, le plus dur a été d'entendre les applaudissements du public.

Jusque-là j'avais parlé d'amour par politesse, et pratiqué le sexe pour le plaisir. Après, à quoi bon promettre du sentiment : je n'étais plus en état d'en recevoir la récompense, le sexe, précisément.

Le corps des hommes ne me disait rien, et je n'avais rien à proposer au corps des femmes.

Contre toute attente, la paix est venue. Plus de pics ni de ravins, rien que la plaine. Plus de vagues : juste l'ironie d'une mer d'huile, de celles qui ne risquent pas de gonfler et de déchirer les voiles. Maintenant que je n'avais plus à courir, je regardais autour de moi et je pouvais voir comment le monde tournait vraiment.

Amour et sexe.

Bobards et chimères.

Tantôt l'un, tantôt l'autre. Puis ramer avec les moyens du bord vers une prochaine escale qu'on devine tant bien que mal. À l'aveugle, au flair, à tâtons. À l'instinct.

Quand j'ai repris mes sens, j'ai réfléchi et j'ai compris.

Tout de suite après, j'ai accepté.

Et je suis passé à l'action.

À partir de là, du sang a coulé, matière première à faible coût depuis que le monde est monde. Des gens sont morts, qui méritaient peut-être pire. Des coupables ont payé, d'autres s'en sont tirés. Les choses ayant une fin, il faut bien que tout ça ait eu un début.

Tout a commencé quand j'ai compris qu'il y avait des femmes prêtes à vendre leur corps pour de l'argent et des hommes prêts à dépenser leur argent pour posséder ce corps.

Il faut être avide, amer ou cynique pour être au cœur de cet échange-là.

Moi, j'étais les trois à la fois.

AVRIL 1978

1.

Quand on sort dans la rue, Daytona et moi, c'est l'aube.

On reste sur le trottoir à deux pas l'un de l'autre, et on respire l'air frais du matin –, même dans une grande ville on pourrait croire qu'il est pur. En vérité, Milan a l'haleine chargée, tout comme nous à ce moment-là. Le seul truc pur, c'est cette illusion, mais on vit de ça, aussi.

Daytona ouvre grand les bras, bâille et s'étire.

J'entends ses vertèbres craquer, mais c'est peut-être une impression. Il porte sur le visage les traces d'une nuit passée à jouer aux cartes et à sniffer de la coke. Il est chargé comme une mule, ça se voit à la tension des muscles de sa mâchoire. La double mèche laquée qui planque sa calvitie a glissé et pendouille d'un côté, comme un béret velu. Il a le teint blême et des cernes sombres sous les yeux. Ses petites moustaches lui font la tronche d'un personnage de dessin animé, catégorie névrosé hargneux qui fait rigoler malgré lui.

Il se passe la main sur le visage, remonte sa manchette salie par la nuit blanche et regarde sa montre.

— Putain, il est presque six heures.

Daytona dit ça comme si c'était un problème et

un événement pour lui, d'être encore debout à cette heure-là. Comme s'il avait des comptes à rendre à quelqu'un d'autre qu'à lui même ou à la police, des fois. Il laisse retomber son bras et sa montre disparaît. Son surnom vient de là : depuis des années, il porte une Rolex Daytona en or, modèle Paul Newman.

Quand il la porte.

C'est à ce détail qu'on sait s'il est en période faste ou de vaches maigres. Quand la Rolex n'est pas à son poignet gauche, c'est qu'elle est gagée au mont-de-piété. Et si elle est gagée, ça veut dire que Daytona trime pour la récupérer. Sans faire dans la dentelle question méthodes.

Pour le moment, la montre est bien là, et lui émerge d'une nuit débridée et d'une juteuse partie de poker. Après la fermeture, on est passés dans la petite salle de l'Ascot Club, à côté du bar. Lui, Sergio Fanti, le Godié, Matteo Sana – dit Sanantonio – et moi. Bonverde, le proprio, est parti avec sa femme juste après le dernier spectateur, en chargeant Giuliano, le directeur, de fermer la boîte. Sans s'inquiéter de ce qui se passerait après sa sortie de scène. On est restés là, dans les relents de promiscuité et de moquette humide qui n'a pas pris l'air depuis des années. On a fait péter les cartes, les cigarettes et quelques mètres de cocaïne.

Les heures, les clopes et les cartes ont défilé, et quand la coke n'a plus été qu'un souvenir, Daytona était le gagnant incontesté de l'affaire. Le gros coup : un carré de neuf, tombé comme l'éclair sur la table pour régler leur compte à un full et une couleur. À lui le plat de résistance de la soirée.

Comme s'il lisait dans mes pensées, Daytona se tourne vers moi.

— Mais quel cul j'ai eu ce soir ! Ça tombait pile.

Je masque un sourire en tournant la tête vers le trafic naissant : quelques voitures circulent mollement dans la rue Monte Rosa. À l'intérieur, des fantômes effrayés qui rentrent, et d'autres qui bombent le torse en route vers leur enfer quotidien. À mon humble avis, Daytona a filé un coup de main à la Fortune, un de ses trucs pas très nets, sans doute. Mais ce ne sont pas mes affaires : je ne joue pas, par conséquent je ne gagne pas, mais je ne perds pas non plus. Je ne suis qu'un spectateur, je regarde sans intervenir. Une règle de vie devenue une routine commode. On vit mieux comme ça et, dans un certain milieu, on vit tout court.

Je le regarde.

— Un cul d'enfer. Tu as gagné combien ?

Daytona guette une trace d'ironie sur mon visage. Il n'en trouve pas, ou bien préfère ne pas la voir. Il fourre la main dans sa poche et l'y laisse, comme s'il lui suffisait de toucher l'argent pour le compter. J'imagine ses gros doigts velus qui chiffonnent les billets sans façon, comme on le fait avec l'argent facile.

— Un million huit, plus ou moins.

— Joli coup.

— Tu parles. L'occasion fait le larron.

Il se frotte les mains, satisfait, et je me dis en réprimant un nouveau sourire que certains ont bien du mal à tirer la leçon de leurs erreurs. À force de rabâcher ça pendant une partie avec des gars trop forts pour lui, une fois, Daytona s'est pris une mandale en pleine face sans pouvoir réagir : le type était plus grand, plus costaud et mieux armé que lui. Après ça il s'est trimballé avec un coquard qui lui faisait une tête de dalmatien joufflu et triste. Et un cortège de ricanements long comme une traîne de mariée.

Derrière nous, les autres sortent.

Ils débouchent de l'escalier sous l'enseigne éteinte qui, le soir, invite à descendre à l'Ascot Club, le temple incontesté du cabaret à Milan. De chaque côté des marches usées, les affiches des grands qui sont passés ici au début de leur carrière, dans ces murs, sur ces planches, sous ces lumières. Tous les jours, on pose dans la rue près de l'entrée un panneau lumineux portant les noms des nouveaux qui viennent tenter leur chance.

Le passé pour modèle, la gloire pour vocation et un présent plein d'espérances. Tout ça réuni dans le vieil axiome qui veut qu'à Milan, passé une certaine heure, on ne croise plus que des flics, des artistes, des voyous et des putains.

Allez savoir qui est qui.

Giuliano sort le dernier. Il prend le temps de baisser le rideau de fer de l'Ascot Club, le préservant de la contamination de la lumière

Les autres nous rejoignent.

Le Godié s'approche de Daytona et lui plante l'index et le majeur en ciseaux sur le cou.

— Tac ! Chopé. Bordé de nouilles, le lecu.

Le Godié a une façon de parler et de faire assez folklorique. Il est bien à l'image du lieu, de l'heure et des gens qu'il fréquente. Un cercle qui s'exprime dans un verlan qui se croit original. Après inversion des syllabes, le chien devient le iench, le matos le tosma, et l'argent, le genhar. Et Diego, son vrai nom, devient Godié.

Le Godié, pour être précis.

Simple et un peu con, peut-être. Mais à chacun ses médailles.

Daytona dégage la main du Godié.

— Tu parles d’un lecu. Vous savez pas jouer. Et toi encore moins que les autres.

Le Godié lui file un coup de coude.

— Va chier. Rappelle-toi qu’à Vegas il y avait que moi et Steve McQueen.

Toujours le même humour, un peu répétitif, dont s’inspirent les artistes qui s’exhibent le soir à l’Ascot, ou qui s’inspire d’eux, c’est selon.

Giuliano nous rejoint. Lui non plus n’a pas participé au jeu, juste à la bringue collatérale. Je pense qu’il a touché une enveloppe pour nous avoir mis la boîte à disposition, mais encore une fois, ce ne sont pas mes affaires.

— Alors, qu’est-ce qu’on fait ?

Sergio Fanti, taille moyenne, maigre et chauve, profil marqué, regarde l’heure. On sait tous ce qu’il va dire.

— J’ai juste le temps de rentrer prendre une douche et de filer au bureau.

Sergio est le seul à avoir un vrai travail. Il bosse dans la mode, son costume, froissé mais élégant, en témoigne. Personne ne sait comment il arrive à concilier ses nuits rock’n’roll et une activité commerciale, mais il y arrive. Seul indice de ses méfaits, les deux cernes en valises qui ornent son visage.

Matteo Sana bâille et lisse sa barbe négligée, qui commence à blanchir, comme ses cheveux.

— Moi, je vais me faire un cappuccino chez Gattullo.

Le Godié lui plante à lui aussi les doigts en ciseaux dans le cou. Avec son accent milanais à couper au couteau, il se rallie à la proposition.

— Tac ! J’en suis ! Je vois et je relance : cappuccino et brioches.

— Vous venez, vous deux ? dit Giuliano en nous regardant, Daytona et moi.

Daytona se tape l'index sur le dos de la main.

— Je passe.

Je secoue la tête.

— Idem. Je rentre au bercail.

Ils s'éloignent tous les quatre et rejoignent la BMW 528 de Sergio Fanti, qui a fini par céder. Le Godié s'agite en parlant, comme toujours quand il est un peu fait. Les portières claquent, le moteur démarre, le pot d'échappement crache une fumée bleuâtre. La voiture sort du parking et roule vers la piazza Buonarroti, direction la pâtisserie Gattullo, porta Lodovica.

Je les vois bien entrer là-bas, complètement déchirés. Le temps qu'ils y arrivent, ça sera peuplé de gens qui commandent des cappuccinos et des brioches. Malgré leurs bonnes intentions, j'imagine qu'ils vont demander trois whiskys et un Campari, une douzaine de personnes va se retourner sur eux. Après quoi ils rentreront et prendront un Rohypnol pour calmer la tachycardie provoquée par la coke et les amphétamines avec lesquelles on l'a coupée, forcément. La nuit est finie et c'est comme ça que ces animaux-là regagnent leurs tanières.

On se retrouve sur le trottoir, juste Daytona et moi.

— Tu sais ce qu'il me faudrait pour finir la soirée en beauté ?

— Non.

Je le sais, en fait, je le sais très bien. Mais je veux qu'il le dise.

Daytona me regarde, avec sa mèche de traviole et ses yeux qui brillent, si on peut appeler ça briller, après une nuit sans sommeil. De la tête, il indique l'autre côté de la rue.

— Un petit tour au nord-ouest avec cette belle meuf.

Je souris, sans me cacher, cette fois.

L'Ascot Club fait face à un gros immeuble de bureaux occupé par la Costa Britain. Quatre étages sur une bonne partie du pâté de maisons, de l'angle de la via Tempesta jusqu'au piazzale Lotto. Béton, métal et verre. Et des néons toujours allumés qui illuminent les plafonds et les bureaux déserts, pour rappeler à tout le monde que dans cette ville, même quand on se repose, on pense encore au travail.

Un groupe vient de sortir par la porte vitrée. Ce sont les femmes de ménage. Elles ont vidé les corbeilles, passé l'aspirateur et nettoyé les toilettes. Forçats de la nuit, elles ont trimé jusqu'à l'aube pour que les forçats du jour trouvent tout en ordre. Deux d'entre elles se sont éloignées, pour rejoindre leur lit ou déjeuner. Les autres sont restées là, à parler, elles ont peut-être comme nous l'impression qu'à cette heure du matin l'air vaut la peine d'être respiré. J'en vois une qui s'est arrêtée pour allumer une cigarette, un peu à l'écart. Grande et mince, assez gracieuse malgré ses fringues informes. Elle a de longs cheveux châtains, le visage clair, lumineux.

Et résigné.

Je l'indique de la tête à mon tour.

— Celle-là ?

— Oui. Super belle poule.

Je sais que Daytona se fait déjà un film dans sa tête. Et sûrement pas le genre de film qu'on pourrait passer dans un cinéma du corso Vittorio.

— Elle vaut combien, pour toi ?

— Un bras, si elle est partante.

Cent mille lires, ça fait une belle paire de chaussures, par les temps qui courent. Qui courent de plus en plus vite.

— Deux cents et elle y va.

Daytona écarquille les yeux. Il ne met pas ma parole en doute, c'est le chiffre, le problème.

— Putain, un bras et la moitié de l'autre.

— Cent cinquante mille pour elle, cinquante pour moi.

— T'es qu'un mange-merde.

Je le toise comme si c'était un immigré avec une valise en carton.

— Il est six heures du mat, t'es seul, t'es moche et elle, c'est une belle fille.

Il hésite. Peut-être qu'il se demande si je déconne ou si je parle sérieusement.

Je lui assène le coup de grâce.

— Tu viens de gagner un million huit. Il te reste un million six.

— OK. Voyons ce que tu sais faire.

Je le laisse là. À son tour de jouer les spectateurs. Je traverse la rue et je m'approche de la fille, qui fume, son sac à l'épaule, et m'observe tout en me jaugeant. Elle est beaucoup plus mignonne vue de près. Carrément belle. Ses yeux noisette, mélancoliques, ont dû voir trop de banlieue et parlent de choses désirées et jamais obtenues.

Je lui souris.

— Salut, tu as du feu, s'il te plaît ?

Elle fouille dans son sac et me tend un briquet en plastique. Ça ne doit pas faire longtemps qu'elle travaille ici. Ses mains ne sont pas usées par les détergents et les travaux, domestiques ou autres. À son regard je sais qu'elle a compris que le truc du feu est un prétexte. Pas très original, j'admets.

Je sors mes Marlboro et j'en allume une. Je montre l'immeuble derrière elle.

— Tu travailles ici ?

Elle fait un vague signe de la tête.

— Femme de ménage. Si tu appelles ça un travail, alors oui, je travaille ici.

— Tu t'appelles comment ?

— Carla.

— Bon, Carla, je peux te poser une question personnelle ?

Elle applique la règle du consentement tacite. Elle est curieuse. Signe qu'elle est du genre éveillé.

— Tu gagnes combien ?

Elle m'étudie pour voir où je veux en venir. Il n'y a aucune crainte dans ses yeux et ça me plaît.

— Cent quatre-vingts.

— Tu veux gagner cent cinquante en deux heures ?

Elle pige tout de suite. J'attends la baffe, qui ne vient pas. Ça peut vouloir dire qu'on lui a déjà fait ce genre de proposition. Ou qu'elle traverse une passe difficile. Peut-être qu'elle vient simplement d'entrevoir un moyen d'échapper à la banlieue, aux surgelés et aux vêtements bas de gamme. Autant d'hypothèses qui ne m'intéressent pas.

Reste une chose à mettre au clair, et c'est elle qui le fait.

— Avec qui ?

D'un mouvement de tête, j'indique l'autre côté de la rue, derrière moi. Elle lorgne Daytona. Elle me considère, l'air déçu. Elle baisse les yeux, fixe l'asphalte, avant de répondre.

— C'est pas Robert Redford.

— Si c'était lui, je serais pas là à parler avec toi.

Elle jette un œil aux autres qui semblent l'attendre, un peu plus loin. Depuis qu'on a commencé à parler, elles nous reluquent avec des petits rires, en faisant des commentaires. Pas exclu qu'il y ait un peu de jalousie là-dedans. Carla se retourne vers moi, un air de défi dans son regard noisette.

Elle parle d'une voix basse, un peu distraite. Elle propose autre chose.

— Pour toi, ce serait gratuit...

Je secoue légèrement la tête, pour repousser la proposition.

— Je suis hors négociation.

Elle a besoin d'éclaircissements.

— C'est moi qui ne te plais pas, ou bien tu n'aimes pas les femmes ?

— Ni l'un ni l'autre. Disons que dans le cas présent je ne suis que l'intermédiaire.

Carla se tait. Elle pèse le pour et le contre. Je ne crois pas que ce soit un problème de morale, seulement d'opportunité. Elle sort peut-être d'une famille où le père possède toute la maison, filles comprises. Là, il s'agit de chiffrer quelque chose qu'elle est contrainte de céder d'habitude sans qu'on lui demande son avis. Ou c'est moi qui me raconte des histoires et, comme c'est souvent le cas, la vérité est ailleurs. Personne ne peut vraiment savoir ce qui passe par la tête des autres. L'important, c'est ce qu'ils décident de faire.

Carla hoche la tête.

— Dis-lui de m'attendre devant l'Alemagna, via Monte Bianco. J'y serai dans deux minutes.

Je lui montre la Porsche orange de Daytona. C'est un vieux modèle, à la splendeur fanée, restée dans les mains du précédent propriétaire qui à l'heure qu'il est doit en conduire une flambant neuve. Mais pour un type comme Daytona, et dans le milieu qu'il fréquente, ça reste une jolie carte de visite.

— C'est cette voiture-là.

— D'accord.

Tandis qu'on parle, ses collègues de travail s'éloignent. Carla a l'air soulagé. Pas d'explication à donner pour le moment. Sûr que demain, elle en aura une toute prête. L'argent et la culpabilité sont d'excellentes raisons pour mentir.

— Juste un conseil.

— Oui ?

— Fais-toi offrir un café d'abord. Tu ne montes pas dans la voiture tant que tu n'as pas l'argent dans ton sac.

Elle me fixe avec un sourire mi-figue mi-raisin.

— C'est comme ça qu'on fait ?

— Oui, c'est comme ça.

En me retournant, j'avise la silhouette de Daytona qui attend sur le trottoir d'en face. Je traverse et je le rejoins. Il a vu la négociation de loin, sans entendre la bande-son, comme les collègues de Carla. Arrivé à sa hauteur, je jette mon mégot et j'envoie une dernière bouffée alimenter le smog de Milan.

— Alors ?

— Tu l'attends devant l'Alemagna, elle te rejoint là-bas.

— Combien ?

— Cent cinquante, comme j'avais dit.

— La vache.

Soit il n'en croit pas ses oreilles, et ça exprime l'émerveillement, soit il espérait une ristourne. Ça fait longtemps qu'il ne croit plus au pouvoir de son charme.

— Et cinquante pour moi.

Je tends une main, la paume bien ouverte. Il comprend et fouille dans sa poche, puis m'allonge un billet tout froissé, comme il se doit quand il s'agit d'argent facile. Sauf que cette fois, c'est moi qui l'ai gagné, sans tricher. C'est un jeu vieux comme le monde et j'en connais les règles. Daytona aussi, sauf qu'il ne s'abaisse pas à les appliquer. Il préfère qu'on le fasse à sa place et, comme tant d'autres, il est prêt à payer pour ça.

Il me dévisage, pendant que j'empoche l'argent.

— Pas de blague, Bravo.

Je hausse les épaules.

— Ce n'est pas mon genre, tu sais bien.

Daytona regagne sa Porsche et monte dedans. Quand la voie est libre, il prend la direction du piazzale Lotto. Au feu, ses stops s'allument et la voiture disparaît sur la droite, en route vers une aventure incertaine.

Il ne reste plus que moi.

Je trouve mes clefs dans la poche de ma veste et me dirige vers ma discrète Mini Innocenti bleue, garée tout à côté.

Je monte à bord. Sur ma gauche, Carla passe, rapide, droit vers son rendez-vous. Elle me voit et baisse les yeux. Bonne chance, petite. Un mois de salaire pour deux heures de travail, ça n'est pas une mauvaise affaire, si on sait s'adapter. Et elle a l'air de le vouloir. En ce qui me concerne, c'était une récréation, d'habitude je négocie des contrats bien plus lourds. Je ne m'interroge même pas sur ce que je viens de faire, ni d'ailleurs sur ce que je fais, en général.

La loi des hommes est une ligne tracée d'une main plus ou moins sûre. Il y en a qui franchissent cette ligne, et d'autres qui la respectent. Moi, j'ai le sentiment d'évoluer un poil au-dessus, sans mettre le pied d'un côté ou de l'autre, jamais. Je ne me pose pas de problèmes, parce que le monde autour de moi ne m'en pose pas.

Que ça plaise ou non, je suis comme ça.

2.

Pour toi, ce serait gratuit...

Ses mots résonnent à mes oreilles pendant que je roule sur la Nuova Vigevanese pour rentrer chez moi. Je vois encore ses yeux. Pour chasser cette musique, cette image et l'envie, je flanque par là-dessus la face congestionnée de Daytona, et les mots qu'il va lui dire quand il sera au plumard avec elle. Je me l'imagine désapée vite fait par ses mains épaisses, aux doigts livides sous les poils noirs. Le pantalon baissé à la hâte et son geste pour lui pousser la tête entre ses jambes. Je sais ce qui va se passer, et ce qui va suivre. Un coup comme ça, impossible à conclure à cause des effets de la coke, de l'indifférence de la fille et de l'anonymat du motel.

Mais ça n'est pas le genre de choses qui préoccupe un type comme Daytona. Il n'a pas la puissance d'un prédateur, et elle n'est pas une fragile gazelle. Ça n'est qu'un contrat, donnant donnant. Il y en a pour qui la perspective de la chose est plus importante que son accomplissement. En voilà un cas. Pour d'autres raisons, ça me concerne aussi.

Le feu passe au rouge et je m'arrête en allumant une cigarette. Pendant qu'on jouait les seigneurs, pour le reste du monde, le dimanche est devenu un lundi. Autour de moi, le trafic commence à former un magma qui dans moins d'une demi-heure sera tout à fait compact. Je serai déjà planqué chez moi depuis un bail. La vie des animaux nocturnes n'a rien de magique, ni de glorieux. Elle tient de la mystification, car l'obscurité brouille tout, les croyances et les vérités. Dans les documentaires, on voit les lions festoyer et la meute des hyènes qui rôde, en attendant les restes. Dans la réalité, ce sont souvent elles qui ont tué la proie. Le lion s'est pointé ensuite, royal, pour s'octroyer les bons morceaux sans se fatiguer ; les reliefs iront à celles qui ont fait le sale boulot. Cette image, comme au travers d'une lentille grossière, se projette dans le monde réel et se renverse : difficile de distinguer le lion de la hyène.

À côté de moi, dans une Mercedes rutilante, un mec bâille comme un forcené.

J'essaie de deviner à quelle espèce il appartient.

Il n'a pas l'air défait par une nuit blanche, c'est son réveil qui doit sonner trop tôt, ça se lit sur son visage. Un mec ordinaire, du genre « ni-ni ». Ni jeune ni vieux, ni beau ni laid, ni riche ni pauvre, et ainsi de suite. Il doit avoir femme et enfants, et s'est offert la Mercedes parce qu'il pense que la vie lui doit bien ça, de la même manière qu'on se paye, pour quelques heures, une fille de la catégorie des miennes. C'est peut-être un de ces petits entrepreneurs dont les bâtiments bordent en enfilade la route de Vigevano. Dans le sien, il fabrique des profilés en aluminium, ou alors il vend des chaussures à prix d'usine.

Le feu passe au vert, et dans la foulée, une voiture klaxonne. Tellement couru d'avance que je ne daigne même pas l'envoyer se faire foutre. D'incolore, le ciel a viré à l'azur, et avec le soleil sont apparues des ombres. D'autres ombres doivent disparaître. C'est la loi de la ville et de son bourdonnement habituel, qui selon l'heure, augmente ou s'atténue. Pour ceux que ça insupporte, le moment est venu de se fourrer la tête sous l'oreiller.

Arrivé à la hauteur de Metro[1], je tourne à droite, emprunte une contre-allée et rejoins le quartier de Tessera, où j'habite : des immeubles carrés de cinq étages, carrelés de marron, entourés d'une clôture symbole d'ordre et de propriété. De larges allées au gazon d'un vert chiche les séparent, parsemées çà et là de pins et d'érables. C'est un lotissement construit par la Ras[2] dans le cadre de la loi obligeant les assurances à investir dans l'immobilier. Bientôt, quand tout commencera à se détériorer et que le coût de l'entretien pèsera trop lourd sur les bilans, les immeubles seront mis en vente ; on verra alors qui a la vocation du propriétaire et qui est condamné à rester locataire toute sa vie, et donc à migrer.

C'est là que vivent les banlieusards, des hommes vêtus de costumes bon marché, le col de la chemise toujours un rien trop large ou trop serré, qui le matin quittent une femme et la retrouvent le soir plus vieille d'un jour. Ils ne se demandent pas ce qui la fait vieillir. J'en croise souvent, de ces épouses, et parfois elles me lancent des œillades aussi explicites que désespérées. Je baisse le regard et je passe mon chemin. Je n'ai rien à donner et rien à recevoir. Cet endroit et cette

---

1. Metro : grossiste alimentaire, fournitures et équipements pour professionnels.

2. Riunione Adriatica di Sicurtà, compagnie d'assurances.

vie font passer les couleurs, pas la peine de mélanger les gris : ça ne donne rien d'autre que du gris.

Je gare ma voiture sur le parking en épis, à la place que quitte un autre conducteur à l'air jeune mais résigné. C'est un drapeau blanc fait homme : incroyable comme certains s'avouent vite vaincus. Ce ne sont pas des perdants, ils ne tentent même pas le coup, et ce qu'ils vivent est pire que n'importe quelle défaite.

J'en connais pas mal, dans son genre.

Je présume que j'en vois un chaque fois que je croise un miroir. Je descends et j'enferme la dépression de cette nuit blanche en bouclant la portière de la Mini. Je rentre à la maison en longeant le muret d'enceinte.

Les HLM sont à deux cents mètres de là, sur ma gauche. Un autre monde, précaire et immuable à la fois. Brut et en perpétuel devenir. On y trouve un peu de tout, des ouvriers et des petits voyous, de la main-d'œuvre non qualifiée qui manque d'ouvertures et d'organisation. Un instant de gloire, un peu d'argent facile aussitôt exhibé au bar avec une voiture neuve, puis l'arrivée à l'aube de deux Alfa des carabiniers. Une place se libère et il y a toujours quelqu'un pour la prendre. Une forme de mobilité professionnelle, en quelque sorte.

Selon la topographie de l'hinterland milanais, nous sommes au 4 de la via Fratelli Rossi. C'est l'endroit que, quelques heures par jour, j'appelle ma maison. De l'autre côté de la pelouse, une dame mal réveillée promène son clébard, un berger allemand, qui cavale et lui fait la fête, il a l'air de l'apprécier, lui, cet herbage fertilisé au smog.

J'ouvre la porte vitrée et je monte au premier sans rencontrer personne. J'enfile la clé dans la serrure et au moment où je la tourne, une voix me fait sursauter.

— Le verrou de l'homme qui rentre ne sonne pas comme celui de l'homme qui sort.

Je me retourne, la silhouette de Lucio se dessine dans l'encadrement de la porte en face. L'axe de son regard est un peu décalé. Il porte des lunettes noires. Je sais qu'il ne les met pas quand il est seul, mais, par pudeur, il préfère cacher ses yeux voilés d'une vilaine taie dès qu'il est en présence de quelqu'un.

J'esquisse un sourire qu'il doit deviner.

— Tu as l'oreille d'un chat.

— J'ai l'oreille d'un musicien, les clés sont dans mes cordes. (Il se reprend au vol.) Vanne très discutable. Je fais un piètre comique. Je vais devoir me contenter d'être la version italienne de Stevie Wonder.

Lucio joue de la guitare, et magnifiquement. Je l'entends de chez moi quand il travaille. Cet instrument aux courbes larges, généreuses, féminines est le sésame de sa liberté, il l'affranchit de l'obscurité. Grâce à la musique, il s'en tire plutôt bien. Il se produit en alternance dans des bars du quartier de Brera et dans le métro. J'imagine que c'est pour lui une façon de distinguer le jour de la nuit, vu que, pour le reste, c'est la nuit tout le temps. Il pourrait peut-être gagner plus, mais ce qu'il a lui suffit. Je ne lui en ai jamais parlé et lui non plus. Tout le monde a sa zone réservée, le sacro-saint périmètre où chacun s'occupe de ses fesses. Pas facile de comprendre jusqu'où s'étend cette zone chez les autres.

— Tu veux un café ?

Je reste en carafe, la porte ouverte. Il hausse les épaules.

— Arrête de lanterner, je sais quelle tronche tu fais. Un café en bonne compagnie, ça ne se refuse à personne, je ne vois pas de raison pour faire une exception aujourd'hui.

Lucio a marqué une pause avant de prononcer cette dernière phrase, en appuyant à peine le ton. Je crois que l'autodérision est encore un rempart entre lui et le monde qui lui est invisible. Il se rattrape aux branches : pas vu, pas pris.

— Allons-y pour un café. T'es un vrai casse-couilles.

Il m'entend refermer ma porte et traverser le palier. Il ouvre grand la sienne et s'efface pour me laisser entrer.

— Et toi un connard et un ingrat. Je vais te faire un café de merde, ça t'apprendra.

On entre chez lui. Aucun égard pour les voyants : les étoffes ont été choisies au toucher et les couleurs au hasard. Pas l'ameublement. Quand on s'est connus, il y a un an, Lucio m'a expliqué qu'il avait pris cet appartement parce qu'il était agencé presque comme celui qu'il occupait avant. Les meubles ont été disposés de la même manière, et les parcours mémorisés sans peine.

Ou presque.

Comme il le dit lui-même, dans sa situation, il y a fatalement un presque.

En allant vers la table près de la porte-fenêtre, je jette un œil au-dehors. Derrière les vitres sans rideaux, personne. La dame au chien n'est plus là.

On est tout seuls, ici aussi.

Lucio bouge comme s'il y voyait, dans son petit domaine privé, sans angles ni arêtes. Il disparaît derrière la porte de la cuisine et je l'entends qui s'affaire entre les portes des placards et la cafetière. Je suis en train de m'asseoir quand il me lance :

— Une facile, vu que tu viens de passer une nuit blanche.

— Vas-y.

— Duel inutile. Quatre plus cinq égale cinq.

C'est une énigme. De la définition, on tire deux mots qui ensemble en font un troisième. Pour celle-là, même pas besoin d'y réfléchir.

— Duel inutile : deux vains. Devin.

Cette fois c'est moi qui entends le sourire dans sa voix, sans même le voir.

— Bon, elle était *vraiment* trop facile. Ou alors, Bravo, c'est que tu mérites bien ton nom.

C'est une habitude qu'on a prise, entre nous. On invente et on s'échange des énigmes, au lieu de confidences. Un jour, l'un de nous deux en inventera une particulièrement retorse, l'autre la résoudra. Et ce jour-là, on pourra dire qu'on est amis. Pour l'instant, on est seulement deux prisonniers qui partagent la cour pendant l'heure de la promenade.

Le son rauque de la cafetière annonce le café. Lucio sort de la cuisine avec deux tasses et un sucrier. Je ne l'aide pas, parce que je sais qu'il n'aimerait pas. Le fait est qu'il ne me l'a jamais demandé.

Il les pose sur la table et disparaît de nouveau. Il revient en brandissant une petite cafetière et des cuillères. Il met tout ça sur la table et s'assied en face de moi.

— C'est bon, Mathilde, vous pouvez servir le café.

— C'est une autre énigme ?

— Non, c'est un ordre.

Voilà l'unique concession de Lucio à sa cécité. Ça n'est pas de la politesse, c'est ma mission. Je verse le café dans les tasses, et j'y mets le sucre. Deux pour lui, un demi pour moi. Je pose sa tasse devant lui de façon à ce que le bruit lui indique sa position. Il tend la main, la saisit et boit son café, tranquille. Bien qu'il soit brûlant, j'avale le mien en deux gorgées. C'est pour ça que le Godié m'appelle « gueule d'amiante », sans tortiller, pour une fois, avec son verlan.

J'allume une cigarette, Lucio hume l'odeur qui témoigne de mon vice.

— Marlboro ?

— Oui.

— C'est celles que je fumais. J'ai arrêté.

Je bois la dernière goutte de café.

— Tu ne vas pas le croire, mais fumer sans voir la fumée qu'on exhale n'a aucun intérêt. La composante esthétique du geste est évidente.

Sa voix s'est de nouveau teintée d'ironie.

— Ça pourrait servir pour le sevrage. Tu prends un gars et tu lui bandes les yeux jusqu'à ce que l'envie du tabac lui passe.

Il sourit.

— Ou bien jusqu'à ce qu'il doive se faire refaire le nez à force de se le cramer avec son briquet.

L'idée semble le faire marrer. Puis il pense à autre chose et change de sujet.

— À propos d'yeux bandés, on dirait bien que dimanche, la Fortune a soulevé son bandeau et jeté un œil par ici.

— Explique-toi ?

— Chez Michele, le bar près de l'église, quelqu'un a touché une grille à quatre cent quatre-vingt-dix millions.

— Putain. Joli coup. On sait qui c'est ?

Lucio est à l'aise partout où il va. Son caractère

comme son infirmité inspirent la confiance, et par conséquent, suscitent les confidences.

— Pas de certitude, seulement des indices. Il y a ce type, Remo Frontini, un brave gars, il habite les HLM. Je crois qu'il est ouvrier. Il a un fils, un gamin de huit ans à qui je donne des leçons de guitare pour quatre sous, parce qu'il est doué, et puis comme ça, il ne traîne pas dans la rue. Tu l'as sûrement vu sortir de chez moi.

Jamais. On s'en fout. D'ailleurs, Lucio continue son histoire sans attendre ma réponse.

— Et le peu qu'il me paie, c'est tous les 36 du mois, tu vois un peu...

— Tout à ton honneur.

— Je ne te le fais pas dire, mais la question n'est pas là. Il est venu hier avec son fils, d'humeur enjouée et plutôt causante, lui qui est du genre taciturne, d'habitude. Il m'a juré qu'il me paierait bientôt et qu'il n'y aurait plus de retards. Il m'a même demandé le nom d'une bonne marque de guitare, au cas où il déciderait d'en acheter une neuve à son fils. En prime, Frontini fréquente le bar de Michele et joue au Totocalcio[1] toutes les semaines, c'est vite vu.

J'y pense un instant, peut-être un de trop.

— Quand quelque chose change ta vie, c'est difficile de le cacher.

Lucio baisse la tête et le ton.

— Je ne sais pas pourquoi, mais en disant ça je pense plus à toi qu'à l'autre veinard.

Je me lève sans saisir la perche, avant qu'elle se

1. Jeu de pronostics créé en Italie en 1946 : il s'agit de prévoir le résultat de 13 parties de football (l'équivalent du Loto sportif créé en France en 1985, et devenu le Loto Foot).

transforme en franche curiosité et, par conséquent, en question.

— *Time to go*, Lucio.

Il pige et lâche l'affaire.

— Quiconque devine devin au vol après une nuit blanche mérite le lit où il va reposer.

Je me dirige vers la porte.

— Merci pour l'hospitalité. Tu es un homme de parole.

— C'est-à-dire ?

— Le café était vraiment à chier.

Je referme la porte sur son rire, traverse le palier et un instant plus tard je suis chez moi. Un appartement de cinquante-cinq mètres carrés, le pendant de celui de Lucio. À deux pas, mais c'est un autre monde. Il y a des couleurs, ici, des posters sur les murs, des livres sur une étagère et deux plantes vertes.

Un téléviseur.

Je vide mes poches et j'en pose le contenu sur un meuble : cigarettes, portefeuille, pager, l'argent extorqué à Daytona. J'ôte ma veste et la jette sur le divan. Le voyant lumineux du répondeur clignote. J'appuie sur le bouton et j'écoute la cassette se rembobiner en déboutonnant ma chemise.

Puis les voix.

Bip. Une voix euphorique.

— *Salut Bravo, c'est Barbara. Je suis sur la Côte d'Azur. Le bateau est génial et ce type est super gentil. Il veut que je reste quelques jours de plus, tu vois avec lui pour les conditions ? Merci, je t'embrasse, ensorceleur.*

Bip. Une voix altérée.

— *C'est Lorella. J'ai besoin de travail. J'en ai*

vraiment besoin. C'est l'angoisse totale. Je ne sais plus vers qui me tourner. Je t'en prie, appelle-moi.

Bip. Une voix entre deux sanglots.

— *Bravo, c'est Laura. C'est le souk. Je suis sortie avec la Tulipe, je n'ai pas pu lui dire non et il m'a encore frappée. J'ai la trouille. Un jour, il va me tuer. Quand tu auras ce message, appelle-moi, quelle que soit l'heure. À très vite.*

La chemise rejoint la veste. La femme de ménage rangera. Dans le couloir qui mène à la chambre et à la salle de bains, j'enlève mes chaussures en marchant, et je réfléchis.

Une gonzesse formidable, Barbara. Dingue amoureuse de la grande vie, facile, comme ceux qui n'ont d'autre avantage qu'un physique séduisant. On se comprend parce que d'une certaine manière, on se ressemble. On a un contrat, et ça marche.

Lorella est une belle fille que j'ai fait travailler un moment, avant de découvrir qu'elle était toxico. Vu mes tarifs, ceux qui font appel à moi ont droit à un certain standing. Je ne peux pas me permettre de leur envoyer des nanas abruties par l'héro et avec des trous dans les bras. Je n'ai même pas essayé de la récupérer, je l'ai larguée et basta. J'en ai vu, des filles comme elle, dévaler le précipice et se retrouver derrière le piazzale Lotto à vendre leur bouche, leur chatte et leur cul pour dix mille lires. Du temps foutu en l'air, pas la peine de se fendre d'un coup de fil.

Laura, c'est une autre histoire, bien plus délicate. En voilà une qui bosse comme mannequin, à un niveau modeste mais régulièrement, et qui améliore son ordinaire avec des gains moins officiels, grâce à moi. Un soir on est allés ensemble à l'Ascot et elle y a rencontré Salvatore Menno, dit la Tulipe. On l'appelle comme ça parce qu'il possède un kiosque, piazzale Brescia, qui vend des flcurs l'hiver et de la pastèque en été. En guise de couverture. En réalité, c'est un petit malfrat dans l'orbite de Tano Casale, le boss qui s'est disputé Milan avec Turatello et Vallanzasca. Ce connard s'est donc payé Laura pour un soir, puis il s'est mis à exiger des relations gratuites et, juste après, l'exclusivité. L'étape suivante, c'étaient les coups. Laura est une poule comme une autre qui ne m'intéresse pas plus que ça. Mais côté boulot, elle est brillante et me rapporte un maximum, je ne peux pas me permettre de la laisser chômer parce qu'elle est couverte de bleus.

J'entre dans la salle de bains, je passe sans me regarder devant le miroir pendu au-dessus du lavabo. Je déboutonne mon pantalon, je l'abaisse en même temps que mon slip. Je m'assieds sur le siège des toilettes et je pisse. Pour des raisons de force majeure, j'ai dû subir des interventions chirurgicales qui m'interdisent la miction en position verticale.

À présent, je fais comme les femmes, et j'utilise le papier hygiénique presque de la même façon.

Je me demande comment résoudre le problème de Laura avec la Tulipe sans qu'on y laisse la peau, elle ou moi. Une idée me vient pendant que je me lave les dents. Je vais devoir causer avec Tano Casale et lui proposer un échange.

Cette perspective m'inquiète un peu, mais si je la joue comme il faut, et si ce type est bien l'homme de parole qu'on dit, ça peut marcher. Un peu de bol en prime serait le bienvenu.

Je rejoins ma chambre. À mon réveil, j'aurai pas mal de choses à faire. Je finis de me déshabiller, je prends un Temesta et je l'avale avec un peu d'eau de la bouteille que je garde sur ma table de nuit.

Je m'allonge, je tire la couverture, j'éteins la lumière et j'attends que le cachet apaise mon corps et m'entraîne quelques heures dans cette obscurité où Lucio passe tout son temps.

3.

J'ouvre les yeux.

J'allume la lampe sur la table de chevet, les aiguilles du réveil indiquent cinq heures et demie. Les draps sont aussi lisses que si je n'y avais pas dormi. J'ai sombré dans un sommeil sans rêves et j'en émerge sans douleur. Étrange comme parfois, quand l'esprit s'allie à l'obscurité, il catalyse les mauvais souvenirs et les transforme en cauchemars.

Celui que je me traîne depuis des années est archivé dans un recoin de mon cerveau, planqué sous la cuirasse de la conscience, des gestes et des mots. Quand il surgit, durant le sommeil, il ne me laisse aucune issue. Je reste pétrifié, raide, prisonnier de ce que mon esprit m'inflige. Mais aujourd'hui, le messager des rêves pourris m'a oublié et je suis comme neuf.

Assis au bord du lit, je me laisse le temps de rassembler les morceaux de ma vie et de revenir au présent. Je me lève et je me traîne jusqu'à la cuisine. Contrairement à Lucio, je peux voir l'intérieur de mes placards mais, bizarrement, il m'arrive de m'y cogner, alors que lui, jamais.

Une clarté pimpante de fin d'après-midi filtre du dehors.

La chemise et la veste ont disparu du divan, comme les tasses et les verres sales de l'évier. Les cendriers, vidés et lavés, sèchent sur le plan de travail. Mme Argenti, ma minuscule femme de ménage, est passée pendant que je dormais prendre soin de la maison et de son occupant.

Je me bidouille un café, et le temps qu'il passe, j'allume la radio. Comme mon voisin, je la préfère à la télé, lui parce qu'il ne peut pas la voir, moi parce que, parfois, je préfère l'éviter. La voix d'un présentateur résonne dans la pièce.

... le communiqué numéro six des Brigades rouges, parvenu il y a deux jours au quotidien La Repubblica, *annonçant qu'après un long interrogatoire Aldo Moro avait été condamné à mort, le président Giovanni Leone a déclaré...*

Je change de fréquence. Je ne saurai jamais ce qu'il a déclaré. De la musique rock a remplacé la voix, je ne sais pas ce que c'est, mais ça me va. Il y a des jours où je déteste entendre parler de solitude et l'histoire de cet homme en est pétrie. Les photos de sa détention, son visage désolé, sa condamnation m'amènent à penser que, quand on se sent cerné par le néant, il y a presque toujours quelque chose ou quelqu'un pour transformer ce sentiment en certitude. Qui sait s'il s'est dit ça lui aussi, quand le vaste monde qui s'offrait à lui s'est réduit à une pièce de quelques mètres carrés.

Je me retourne vers la cuisinière où ne m'attendent que les confidences d'une cafetière, avec deux ou trois jets de vapeur pour tout message. Au moment où je me verse un café, mon pager émet un bip. Par confort, je me suis abonné à un service de radiomessagerie. Un peu cher, mais très efficace. L'appareil se manifeste chaque fois que le standard d'Eurocheck reçoit un appel pour moi.

Je vais jusqu'au téléphone et compose leur numéro. Le standardiste me répond d'une voix légèrement éraillée, je me présente.

— Bravo, code 1182.

— Bonsoir. Vous êtes prié de rappeler le numéro 02 67859. Pas de nom.

— Merci.

Et le standardiste repart dans les limbes. Je note ce numéro sur un bloc, je connais par cœur tous ceux que j'utilise, celui-ci m'est inconnu. Que le gars n'ait pas laissé son nom est plutôt normal : les hommes qui vont aux putes ne souhaitent pas semer de preuves n'importe où. C'est une voix mâle, pas de première jeunesse, mais sèche et énergique, qui me répond après quelques sonneries.

— Allô ?

— Je viens de recevoir votre message.

— Vous êtes Bravo ?

— Oui.

— Vous m'avez été conseillé par un ami commun.

— Ami à quel point ?

— Au point de vous demander les services de deux personnes à la fois chaque fois qu'il monte de Rome. Et de me garantir votre discrétion et la qualité de vos choix.

Je sais de qui il parle. Un des plus gros antiquaires de la capitale, qui a une passion pour le triolisme et les femmes vénales. J'ignore à qui je parle, mais ça m'étonnerait qu'il me le dise au téléphone.

— Qu'est-ce que je peux faire pour vous ?

— J'aurais plaisir à rencontrer l'une de vos collaboratrices.

— Une seule ?

Une note d'humour dans sa réponse, et un léger soupir de regret.

— Oui, certaines performances ne me sont plus permises depuis longtemps.

— Ce soir ?

— Non, demain matin. J'aime les réveils réjouissants.

— Vous avez une préférence ?

— Mon ami m'a dit qu'avec vous il n'y a jamais de mauvaises surprises. Mais il a été particulièrement satisfait d'une certaine Laura. Vous voyez de qui il s'agit ?

Mon silence est affirmatif.

— Bien, c'est elle que je veux. J'insiste. Pour vous motiver, j'ajouterais que l'argent n'est pas un problème.

Voilà une bonne nouvelle. J'en avais bien besoin, en prévision du coup de fil que je vais devoir passer.

— Où et quand ?

— Je suis à l'hôtel Gallia, la 605. Neuf heures, ce serait parfait. Je dirai au portier de faire monter la personne qui me demandera.

Je me crispe et je ne réponds pas. Il capte et me calme.

— J'occupe une suite d'affaires. J'ai une ligne directe. Si cela peut vous rassurer, appelez l'hôtel et demandez ma chambre. Dès maintenant.

Voilà un mec avec des neurones. Et de l'argent. Un qui sait vivre et dépenser. Ces deux traits de caractère sont pour moi une indiscutable source d'estime.

— C'est d'accord pour neuf heures. Vous remettrez à la personne un million, en liquide.

— C'est une belle somme.

— Quand vous verrez la fille, vous pourrez décider si elle les vaut ou non.

C'est lui qui marque une pause, cette fois. Puis il ajoute une précision, d'un ton un peu plus autoritaire. Beaucoup plus autoritaire, en vérité.

— Je vous rappelle que ce pourrait être le début d'une longue collaboration, fructueuse pour nous deux.

— Bien entendu. C'est pourquoi je vous accorde le droit de juger sur pièce.

Son ton est redevenu urbain.

— Très bien. Ce fut un plaisir.

— Pour moi aussi. À bientôt.

Je raccroche. Le deuxième coup de fil maintenant, bien plus pénible. Je compose le numéro de Laura. À sa voix, je sais qu'elle était plantée à côté du téléphone, et qu'elle a peur.

— Allô ?

— Salut Laura, c'est Bravo.

Le soulagement qu'elle éprouve à m'entendre est palpable.

— Enfin. Mais où étais-tu ?

Je laisse passer un ange, ça devrait l'aider à saisir que ce ne sont pas ses oignons.

— J'ai eu ton message. Qu'est-ce qui t'arrive ?

— Il m'arrive que ce type est un malade. Il voudrait que je reste cloîtrée dans un appartement à l'attendre en regardant la télé. Quand je lui ai dit non, il m'a cognée.

D'elle-même, Laura m'ôte un souci.

— Il ne m'a pas laissé de marque, mais il m'a fait mal quand même.

Bon, le visage est intact, le reste aussi si ça se trouve. Quand on tombe de cheval, la meilleure chose à faire, c'est de se remettre tout de suite en selle. Reste à la convaincre.

— J'ai un business sur le feu, un truc important. Tu te sens de travailler ?

— Tu es fou ? S'il me croise avec un autre, il va y avoir mort d'homme ! Ce mec n'est pas normal. Si tu avais vu ses yeux...

Ça ne me surprend pas. Il paraît que la Tulipe a les fils qui se touchent. Parmi ceux qui l'ont vu péter les plombs, deux ou trois gars confirment l'affaire et les autres ne sont plus en mesure de confirmer quoi que ce soit. Enfin, c'est ce qui se raconte. Certains ragots, cela dit, dans certains cas et dans un certain milieu, ont un pourcentage de fiabilité plutôt élevé.

— T'inquiète, je m'occupe de tout.

— Comment ?

Comment ? Bonne question. Avec un peu de jus de crâne et beaucoup de bol, j'espère.

— Je connais quelqu'un qui peut me filer un coup de main.

— Tu sais ce que tu fais ?

— Absolument.

Absolument pas.

— J'ai la trouille, Bravo.

Et qui ne l'aurait pas, dans ces circonstances ?

— Aucune raison de flipper, tout va bien se passer.

Je ne sais pas si le silence qui suit exprime l'espoir ou la méfiance. Je brouille les cartes avec une proposition qui nous renvoie à notre univers habituel, quand tout roule tranquille.

— Pourquoi on ne se retrouverait pas à l'Ascot vers onze heures ? Je dois te parler d'un truc qui pourrait nous intéresser.

— C'est lundi aujourd'hui, c'est fermé.

— Non. Il y a une troupe de mimes de la BBC, balèzes, les Silly Dilly M., c'était leur seule date de libre, ils ont annulé le jour de fermeture pour ne pas les louper.

Encore un instant de réflexion, et puis elle cède.

— D'accord. On se retrouve là-bas, à onze heures.

— À plus, alors. Ciao.

Je coupe court en raccrochant le combiné, sa voix disparaît dans le câble téléphonique. Ma tasse à la main, je retourne dans la cuisine finir mon café qui a refroidi. J'allume une cigarette et l'envie de pisser me pousse vers la salle de bains. Cette histoire avec la Tulipe tombe vraiment mal. Mais c'est comme ça, inutile de se voiler la face. Je pourrais m'en foutre et abandonner Laura à son destin de concubine forcée. Mais je dois veiller à conserver une certaine crédibilité, même discutable.

À côté du siège des toilettes, sur le couvercle du panier à linge sale, sont posés un exemplaire de *La Settimana Enigmistica*[1] et un stylo. Je les saisis et je m'assieds. Le portrait en noir et blanc de Dustin Hoffman me sourit sur la couverture, et malgré moi je lui rends son sourire. Chaque fois que je lis le slogan de cet hebdomadaire, « La revue qui revendique d'innombrables tentatives d'imitation », je pense au Bifteck, un oisif habitué de l'Ascot, auteur impitoyable de vannes redoutables et redoutées. Une fois qu'il assistait, de la régie, à l'essai d'un mauvais imi-

1. Hebdomadaire ludique à gros tirage, destiné aux familles, très populaire en Italie, fondé dans les années 1930. On y trouve aussi bien des mots croisés et fléchés que des problèmes d'échecs, de bridge, et de backgammon, des blagues, des jeux pour les enfants, des problèmes de logique et de mathématiques, des rubriques d'anecdotes insolites, etc.

tateur, il en a sorti une de sa voix nonchalante qui lui est restée, à l'artiste.

— Celui-là, c'est comme *La Settimana Enigmistica*. Il revendique au moins 206 tentatives d'imitation.

J'ouvre la revue à la page du Sphinx, j'y trouve un jeu d'esprit, une devinette à l'envers, jouant sur le double sens des mots.

Bandelette de momie (9,9).

Je m'accorde quelques secondes de réflexion, un peu plus peut-être. Résoudre des énigmes m'excite et me détend. C'est un défi à relever, un obstacle à surmonter en poussant l'imagination au-delà des mots. La solution arrive en un éclair, ou jamais. Comme pour toutes les choses de la vie, dont l'énigme est le concept de base. Dans le cas présent, l'intuition est fulgurante.

Une bandelette est une bande très fine enveloppant quelque chose. On embaumait le corps des pharaons pour leur garantir l'éternité...

Donc la bandelette de momie est une pellicule immortelle, c'est-à-dire un classique du cinéma.

Je pose la revue et me lève, cette petite satisfaction m'a mis de bonne humeur. Dans le miroir au-dessus du lavabo je fixe mon visage. Un brun aux longs cheveux ondulés et aux yeux noirs. Beau, à ce qu'on dit. Une fois, dans un lit défait, satisfaite, une femme aux seins généreux et à la peau parfumée m'a dit :

— Avec ces yeux-là, tu peux te mettre dans le pétrin une fois par jour, il y aura toujours une femme pour t'aider à t'en tirer.

J'étais jeune et avide de certitudes, ça ne m'a pas dérangé qu'elle se serve d'une réplique de film pour me faire un compliment. Manque d'imagination. Du reste je ne me souviens même pas de son nom, seulement de cette phrase. Dommage pour moi, elle n'était pas là quand je me suis retrouvé dans le pétrin. Ni elle ni aucune autre.

Au blaireau, j'étale la mousse à raser sur mon visage humide. L'odeur de menthol m'envoie des ondes de fraîcheur, à m'en faire rougir les yeux. À cet instant, je me souviens du personnage que j'avais inventé, petit, en voyant le barbier de mon village passer les soies sur les joues d'un client jusqu'à le faire disparaître à moitié sous cette masse blanche qui me rappelait la crème fouettée. Où est ce pauvre Homme de Mousse aujourd'hui, sait-il ce que cachait ce nuage blanc et aérien ?

Moi, en revanche, je sais bien à quoi je ressemble, je l'ai même su trop tôt, c'est ça mon problème.

Je commence à me raser.

Sous la lame, la réalité reprend ses droits sur mes souvenirs d'enfance et me voilà, les joues lisses, avec mon regard d'adulte, durci par le temps, mes choix personnels et ceux que j'ai subis. De ceux qui font vieillir en vitesse, et en profondeur.

Le temps que l'eau de la douche soit à la bonne température, je cherche une nouvelle énigme pour Lucio. En considérant mon corps nu, il me vient une idée.

Le kilt des Écossais (6, 8, 9).

La solution comporte trois mots. Un de six lettres, un de huit, et un de neuf. Elle n'est pas difficile et je pense qu'il la résoudra vite, même si les apparences simples cachent souvent des réalités tortueuses.

Je prends une éponge et l'imprègne de savon liquide. Je préfère me savonner avec ça, comme si éviter le contact de mes mains sur mon corps changeait quoi que ce soit. C'est parfois avec des petites manies qu'on contourne les gros problèmes.

Pour toi, ce serait gratuit...

Le visage de cette fille, comme un flash. J'ai encore ses mots en tête. J'imagine son corps mince et puissant sous ses vêtements. Je sens ses seins durs sous mes mains. Le parfum du savon m'en évoque d'autres, l'odeur sublime du sexe, sa saveur douceâtre de rouille, avant et après l'ardeur. Le désir monte, implacable, je peux sentir son emprise visqueuse sur mon ventre. Je me masse le bas-ventre, mais je n'obtiens qu'une sanction, chaque jour plus dure à accepter. J'accélère le mouvement, comme pour m'effacer ou me reconstruire, jusqu'à ce que mon cœur s'emballe, et je me laisse glisser au sol, sous le jet qui coule, imperturbable. Je reste là dans l'attente d'un aboutissement qui ne viendra jamais, et c'est une délivrance de pouvoir mêler à l'eau de la douche la seule éjaculation qui me reste permise, celle des larmes.

4.

Je me gare via Monte Rosa, à une centaine de mètres de l'entrée illuminée de l'Ascot Club.

Assis dans ma voiture, j'allume une cigarette et je gamberge, histoire de tirer les conclusions de ce début de soirée.

En sortant de chez moi, à Cesano Boscone, je suis allé à pied via Turati du côté du bar de Michele. J'y étais déjà passé, acheter des clopes ou prendre un café, mais je ne suis pas un habitué, je n'y connais donc personne et personne ne m'y connaît.

La salle était presque vide. C'est un rade assez vaste avec deux vitrines, rectangulaire, le côté long parallèle à la rue. À gauche, l'espace réservé au guichet, avec les affichettes consacrées aux jeux et aux fortunes promises par la Sisal[1]. Au centre, le comptoir coupe la pièce en deux. En face, des petites tables et des chaises au dossier en plastique, comme il se doit dans ce genre d'endroit. Sur les côtés, les masses multicolores d'un juke-box et d'un flipper.

La porte, face à l'entrée, donne sur une arrière-

1. Sport Italia Società A Responsabilità Limitata : équivalent italien de la Française des jeux.

salle où l'on joue aux cartes. À la *scala quaranta* surtout, une sorte de rami, pour des sommes résolument modestes. Ceux qui ont les moyens de se payer des tables un peu plus sérieuses ne viennent pas gâcher leur pognon ici. Ils fréquentent certains tripots en plein air, des petits casinos de rue qu'on trouve facilement à Milan.

Je me suis approché de la caisse et j'ai attendu là. Un grand échalas au teint grisâtre et à l'air emmerdé finissait de servir un café. Il est venu vers moi. Pas un salut ni un sourire.

— Vous désirez ?

— Un paquet de Marlboro et un renseignement.

Ce mot-là, dans les troquets de ce style, a le don de mettre les gens sur la défensive. Le gars derrière le comptoir n'a pas fait exception, il a donc pris son temps. Il s'est retourné, a saisi un paquet de cigarettes sur le présentoir et l'a posé devant moi.

Ensuite il m'a examiné d'un œil interrogatif.

— À quel sujet, le renseignement ?

— Je cherche l'adresse d'un certain Remo Frontini. Un de vos habitués, à ce qu'on m'a dit.

J'ai collé un billet de cinquante mille sur le zinc, avec un demi-sourire pour donner la mesure de l'humaine solidarité.

— Et comme la vie est dure pour tout le monde, vous pouvez garder la monnaie.

Il a scruté mon visage, mon sourire, mes fringues, se demandant à quel point, comment et pourquoi je pourrais représenter un danger. Après quoi il a jaugé le billet, et ayant estimé qu'il n'y avait pas lieu de s'énerver, il a tendu la main et l'a escamoté.

Il m'a indiqué la rue et m'a affranchi à mi-voix.

— Deuxième à droite, au dix, au-dessus de l'épicerie.

J'ai remercié d'un signe de tête et je suis sorti. J'ai marché, tranquille, en cherchant et la maison et les mots pour toucher juste. L'approche serait déterminante. J'ai longé les HLM en passant parmi les voitures garées, des Fiat 124, des 127, des 128, parfois une 131 toute neuve, une exotique Opel ou une Renault. Sous la plaque du dix, une rangée de sonnettes, où j'ai trouvé le nom que je cherchais. La porte cochère n'avait plus de serrure, les locataires ne savaient sans doute pas depuis quand et pour combien de temps. Pas plus mal. Mieux valait éviter de m'annoncer à l'interphone. Je suis monté au deuxième, où une autre plaque m'a indiqué la bonne porte.

J'ai sonné et j'ai eu de la chance, il est venu m'ouvrir en personne. Il souriait en parlant à quelqu'un à l'intérieur, mais quand il m'a vu il s'est tu et son sourire s'est évanoui. Plutôt grand, d'un gabarit moyen, avec un visage ouvert et l'expression inquiète du gars à qui il arrive un truc qui le dépasse. De là où j'étais je pouvais voir un logis modeste, avec des meubles ordinaires, et dans l'air une odeur de cuisine et de fins de mois difficiles. Si l'affaire de la grille gagnante était vraie, ce seul coup d'œil suffisait pour comprendre ce que ça pouvait signifier, quatre cent quatre-vingt-dix millions de lires, dans un contexte pareil.

— Bonsoir, vous êtes monsieur Frontini ?

— Oui.

— Je suis un de vos voisins, j'habite le quartier. Je peux vous parler deux minutes ?

Poliment, il a ouvert sa porte pour me faire entrer. Je l'ai arrêté d'un geste.

— C'est très aimable à vous, mais si ça ne vous dérange pas, je préfère vous parler seul à seul.

Sans un mot, mais la curiosité était inscrite sur son visage, Remo Frontini est sorti sur le palier, et a tiré la porte derrière lui, la laissant entrouverte.

J'avais la balle belle, il s'agissait de ne pas louper la cible si je voulais remporter le Mickey.

— Monsieur Remo, j'irai droit au but. J'ai entendu dire que vous aviez eu de la chance, récemment. Beaucoup de chance.

Alarmé, il a plissé les yeux et s'est mis sur la défensive.

— Mais qui êtes-vous ? Et qui vous a dit que...

Je l'ai interrompu en ébauchant un geste apaisant.

— Rassurez-vous, je ne suis pas là pour vous poser un problème, mais je peux peut-être donner un coup de pouce à la chance, monsieur Frontini.

J'ai marqué une pause.

— Disons dix millions de plus que ceux qui vous reviennent déjà de droit. Histoire de faire un demi-milliard tout rond.

Le mot milliard, en télescopant celui de millions, a fait son petit effet. Et le voir face à moi, écouter ce que j'avais à lui dire au lieu de me chasser à grands coups de pied dans le fion, m'a confirmé que la rumeur disait vrai.

Tant mieux pour lui et, je l'espérais, pour moi aussi.

Petit à petit, en l'assurant que tout ça resterait entre nous, il a lâché prise et admis que c'était bien lui, le super gagnant. Le plus important, à mon grand soulagement, c'est qu'il n'avait pas encore encaissé la grille, et la gardait cachée en lieu sûr en attendant de savoir quoi en faire.

Je lui ai expliqué ce que j'attendais de lui, ce qu'il y

gagnerait et comment les choses allaient se passer. J'ai laissé entendre que je représentais certaines personnes qui savaient se montrer très reconnaissantes quand on leur faisait une faveur, mais très désagréables si on leur opposait un refus. Quand, au bout du compte, il s'est retrouvé mûr pour accepter ma proposition, la crainte des conséquences avait joué bien plus que l'appât du gain.

— Bon d'accord, si ça marche comme vous le dites...

Je lui ai adressé mon plus beau sourire, celui qui m'a valu jadis des bonnes fortunes et un coup de rasoir.

— Bien sûr que ça marche comme je vous le dis. Vous ne courez aucun risque. Vous avez tout à y gagner et rien à y perdre.

Je lui ai tendu la main et il l'a serrée, sans grande conviction, mais il l'a fait.

— Vous verrez que vous avez fait le bon choix, vous ne le regretterez pas.

J'ai amorcé un pas vers l'escalier, pour qu'il pige que notre discussion d'affaires sur un palier était close.

— Je vous contacterai. Pour le moment, bonne soirée.

— Bonsoir, monsieur...

J'ai souri à nouveau.

— Appelez-moi Bravo, comme tout le monde.

Il s'est retourné pour rentrer dans l'appartement et en descendant les premières marches, j'ai entendu une voix de femme venir de l'intérieur.

— Qui c'était, Remo ?

La porte s'est fermée avant que je puisse entendre sa réponse. Je me suis retrouvé dehors, dans l'air d'une chaude soirée de printemps, de celles où l'on se sent en paix avec le monde, et j'ai rejoint ma voiture, plein d'un optimisme prudent, comme on dit à la télé. En roulant sans me presser, je suis arrivé à Brera où, en guise d'apéro, il m'a fallu chercher une place pour me garer. J'avais la faim au ventre en arrivant au restaurant où j'ai mes habitudes, pour le plaisir et pour les relations publiques. La Torre Pendente est un lieu branché où se retrouve le tout Milan. Celui qui fréquente Courmayeur, Santa Margherita, Portofino et ainsi de suite. De luxe, la suite. Milieu de la mode, milieu du business, milieu de la nuit, milieu de merde. Tout ça bien mélangé, difficile de situer l'origine de chacun. J'ai croisé deux ou trois filles avec lesquelles je bosse, dont l'une avec un micheton que je lui ai présenté, et deux ou trois autres avec lesquelles j'aimerais bosser. J'ai salué des amis dont je ne connais pas les noms. J'ai passé un coup de fil pour négocier les affaires de Barbara, et un autre pour programmer la suite de l'opération Remo Frontini.

Enfin j'ai dîné, en prenant mon temps jusqu'à l'heure de mon rendez-vous avec Laura.

Et me voilà, écrasant un mégot sous ma semelle et bouclant ma petite bagnole de cave. Quelques concessions de façade mises à part, allure et fringues adéquates à la fréquentation de certains lieux, je mène ma vie dans les coulisses. La nuit à Milan, on se cache facilement, malgré les strass et les enseignes lumineuses. Autant de lumière, autant d'ombre à disposition. Et j'ai toujours été à mon aise, dans l'ombre.

Je suis devant l'entrée et je m'apprête à descendre quand une Ferrari 308 GTB, d'un rouge à faire enrager les taureaux et les pauvres, ralentit à ma hauteur. Le mec au volant me fait un signe de la main. Je m'approche, il se penche pour m'ouvrir la portière, je monte en la refermant derrière moi : on peut causer.

— Salut Bravo.
— Adieu Micky, ça roule ?
— Un coup à droite, un coup à gauche, comme d'hab.

J'observe le beau gosse blond dans son costard Armani. Micky a trente ans et il est au sommet de la vague. Il s'en tire plutôt bien en frayant avec des dames friquées qui casquent pour ses vices ruineux, et avec les gens qu'il faut pour faire sa pelote, sans se poser trop de questions sur les tenants et les aboutissants. C'est le destinataire d'un des coups de fil que j'ai passés au restaurant.

Sous la lumière orange des réverbères, il a l'air encore plus blond et plus bronzé. Il parle sans détour, je fais de même.

— Qu'est-ce que je peux faire pour toi ?
— Il faut que je parle à Tano Casale.

Micky est un homme très occupé. Entre autres choses, il est chargé de rabattre la clientèle vers les cercles de jeux que le boss installe et déplace habilement dans la ville et ses environs. Il suit des yeux un couple qui entre à l'Ascot et attend qu'il ait disparu, comme s'ils avaient pu nous entendre.

— Quand ?
— Ce soir.
— Pourquoi ?
— J'ai une affaire à lui proposer.

Il est tout de suite sur ses gardes.

— Bravo, pas de conneries.
— C'en est pas une, crois-moi sur parole. Il sera très satisfait de ta médiation, et de la mienne.

Il réfléchit une minute avant de parier sur ma fiabilité et de m'accorder une chance.

— C'est bon. Mais je dois appeler d'abord.

— Logique.

Micky consulte sa montre, une montre en or, et de marque, ça va de soi. M'est avis qu'il en possède plus d'une, lui.

— On se voit ici, à l'extérieur, dans une heure. Si je n'y suis pas, c'est que ça ne peut pas se faire ce soir. Dans ce cas-là je te dirai quand.

— Reçu. Que la Force soit avec toi.

Je sors de la voiture et me dirige vers l'entrée du cabaret, accompagné par le grondement du huit cylindres de la Ferrari qui démarre en laissant dix mille lires de pneus sur l'asphalte et, dans l'air, l'odeur de l'argent qu'on claque.

Je descends, et quelques marches plus bas, j'arrive dans un sous-sol qui s'est couvert de gloire en faisant éclore presque tous les grands noms du spectacle de divertissement au nord de l'Italie. Passé le seuil, on trouve une petite salle consacrée au rien foutre, où les habitués se retrouvent pour boire et fumer. Côté esthétique, ça laisse franchement à désirer, la ringardise absolue ; pour autant, il y a dans l'atmosphère un truc magique, le principe du succès possible, fulgurant, du genre qui peut te changer la vie. Tout le monde le sait, c'est ici que les producteurs du cinéma et de la télévision en quête de talents neufs viennent prospecter. Pour certains, travailler à l'Ascot sera l'apogée, mais pour beaucoup d'autres, ça n'est qu'un début. Après quoi, difficile de couper le cordon. Il y a des soirs où, sans compter les jeunes qui sont à l'affiche, on trouve ici tant de comiques célèbres et de chanteurs en vogue que, si une bombe y explosait, notre riant et chantant pays perdrait une bonne moitié de ses artistes de variété.

C'est une de ces soirées-là. La petite salle en bas

des escaliers est comble. La réputation des Silly Dilly M. a attiré un maximum de monde, et pas mal de professionnels qui sont venus par curiosité ou pour pouvoir dauber à la fin.

Il y a la queue au vestiaire. Le couple que j'ai vu entrer s'est attardé devant les affiches. Peut-être qu'ils viennent de province et se sentent un peu décalés, avec toutes ces personnalités.

On me salue, j'en salue quelques-uns, et je laisse vaguer mon regard jusqu'à ce que je la voie. Laura est assise sur un divan et parle avec un garçon. Ses problèmes avec la Tulipe lui ont peut-être fichu un coup au moral, n'empêche qu'elle est toujours aussi belle. On dirait une gamine. Elle porte une tenue décontractée, jeans et chemisette blanche sous une veste sport de toile bleue, sans beaucoup de concessions à la mode de l'an de grâce 1978. Ses cheveux acajou sont rassemblés en queue de cheval, et elle ouvre sur le monde des yeux d'un bleu intense, deux lacs de montagne.

Voilà ce que je lui dirais, si j'étais un homme amoureux. Mais je suis l'homme qui la vend et, par la force des choses, mes propos sont d'une tout autre nature.

Le gars qui parle avec elle, c'est Giorgio Fieschi, un artiste qui passe à l'Ascot Club depuis le début de la saison. C'est un brun au visage lisse, avec beaucoup de talent et autant de naïveté. Il est arrivé en ville, a demandé une audition et, le soir même, il faisait fureur. Bonverde, qui a l'œil américain, l'a tout de suite engagé. Le public l'a aussitôt adopté. Les vétérans de l'Ascot l'ont accueilli avec un certain dédain, en le mettant, l'air de rien, en quarantaine dès le premier jour. Pas sûr qu'il s'en soit aperçu, quand ce sera le cas, je lui souhaite de piger dare-dare que c'est bien son talent qui fait problème, pas une quelconque supériorité de ces messieurs. Mais, pour s'élever vers la gloire, il faut une rage et une cuirasse dont ce jeune homme n'est pas encore pourvu.

En m'approchant, je surprends dans les yeux de Laura un certain regard, et dans les siens, le même. Je connais trop bien la façon dont circule le désir pour ne pas capter qu'il s'agit d'autre chose. Ce que je vois là, c'est un homme et une femme, pas un mâle et une femelle. J'entends déjà le son des violons, ça sent l'embrouille.

Je me pose sur un fauteuil face à eux, je dérange, c'est clair.

— Salut, beaux jeunes gens, ça va ?

Ils n'ont pas le temps de me répondre car Piero, un serveur au maintien professionnel, se matérialise à nos côtés et signale à Giorgio que c'est bientôt à lui. Deux jeunes artistes de la compagnie régulière de l'Ascot ouvrent la première partie du spectacle. Les Anglais, l'attraction de la soirée, passeront ensuite.

Notre artiste en herbe sourit jusqu'aux oreilles. L'heure d'aller bosser, pour lui, c'est le début de la rigolade.

— OK, il est temps d'y aller. On se voit plus tard, Laura ?

— Oui, je serai dans la salle.

De la savoir dans le public a l'air de lui faire plaisir. À vue de nez, ça le réjouit même carrément.

— Super. Ce soir j'essaie un nouveau numéro.

Il se lève et, quelques pas et trois marches plus loin, disparaît derrière une porte sur la gauche qui mène à l'arrière-scène et à la régie.

On reste seuls, Laura et moi. Je la dévisage, mais elle ne soutient pas mon regard. Le son des violons s'est évanoui, le parfum d'embrouilles demeure. Elle se redresse, lisse sa veste. J'ai comme l'impression que l'histoire à laquelle elle est mêlée ne l'accable plus tant que ça. J'ignore dans quelle mesure c'est lié à mes propos lénifiants de tout à l'heure, ou à la rencontre de ce soir.

— Ça t'ennuie si on parle plus tard ? J'aimerais bien le voir sur scène, il paraît qu'il est très fort, me dit-elle.

— D'accord, je viens avec toi.

On y va, suivant le même chemin que Giorgio avant nous, sauf qu'on continue tout droit en passant devant le bar où sont assis deux autres artistes au programme cette semaine. Accoudé au comptoir, Bonverde, avec sa gestuelle inimitable, cause avec un joueur de tennis célèbre, un habitué des lieux quand il est de passage à Milan.

Au fond d'un petit couloir, la porte qui mène au théâtre. On la franchit et on reste debout, dans la pénombre, contre le mur à côté de l'entrée. À notre droite, la salle en amphithéâtre est bourrée de monde. Si Giorgio Fieschi a été choisi ce soir, c'est qu'il est en train de se faire un nom parmi les comiques milanais.

Je me dis ça quand, justement, Giorgio émerge du drap noir qui sert de fond et de rideau et apparaît sur la scène. Il attaque en balançant, à la diable, quelques bonnes vannes sur l'actualité, comme ils font tous, pour briser la glace. Il enchaîne sur un quart d'heure d'un excellent répertoire que je connais déjà, qui chauffe le public. Et puis il se met à parler de lui, comme quoi il vient d'une famille nombreuse, qu'il n'a pas eu une vie facile. Je m'attends à un de ces numéros classiques, du genre élégie tragicomique sur la pauvreté, au lieu de ça il nous surprend tous en adoptant tout à coup une petite voix d'enfant poli.

... Ah ça oui, notre famille était vraiment nombreuse. Je me souviens qu'on se réveillait à l'aube et qu'à peine levés on se saluait, bonjour Aldo, bonjour Glauco, bonjour Ugo, bonjour Silvio, bonjour Sergio, bonjour Giorgio, bonjour Amilcare, bonjour Gaspare, bonjour Anselmo, bonjour Massimo...

À chaque prénom, Giorgio tourne la tête, change de voix, d'intonation, et d'expression. On croirait vraiment qu'ils sont tous là en personne sur scène. Après un silence, il s'adresse au public.

Vers onze heures et demie, nous sortions affronter le rude labeur des champs. À midi la mamma nous appelait pour la bonne chère quotidienne et nous nous asseyions à table en remerciant le Seigneur pour cette abondance et puis bon appétit Aldo, bon appétit Glauco, bon appétit Ugo, bon appétit Silvio, bon appétit Sergio, bon appétit Giorgio, bon appétit Amilcare, bon appétit Gaspare, bon appétit Anselmo, bon appétit Massimo...

Il amorce un geste de renoncement, et prend un ton un peu plus adulte.

Jamais mangé une soupe chaude de ma vie.

Puis il se remet dans la peau de son personnage.

Enfin le soir venu, épuisés mais heureux, nous allions au lit après nous être lavé les dents et avant de dormir...

Désormais le public s'y attend et se met à répéter avec lui

... bonne nuit Aldo, bonne nuit Glauco, bonne nuit Ugo, bonne nuit Silvio, bonne nuit Sergio, bonne nuit

Giorgio, bonne nuit Amilcare, bonne nuit Gaspare, bonne nuit Anselmo, bonne nuit Massimo... Et nous nous endormions tranquillement...

Encore un effet de pause.

... vers quatre heures.

Quelqu'un est pris d'une vraie crise de fou rire, incontrôlable et hautement contagieuse, de celles que seul le talent, le vrai, peut susciter. Giorgio poursuit.

Un dimanche, jour du Seigneur, nous nous tenions dans la cour de la maison et nous jouions au football, en nous passant la balle nous disions, merci Aldo, merci Glauco, merci Ugo, merci Silvio, merci Sergio, merci Giorgio, merci Amilcare, merci Gaspare, merci Anselmo, merci Massimo...

Il s'interrompt et semble regarder quelque chose au loin à droite.

À un moment nous avons vu une silhouette descendre lentement la colline et venir dans notre direction. Quand il s'est approché, nous avons reconnu le mari de la sage-femme, qui nous connaît très bien puisqu'il nous a pratiquement tous vus naître. Alors, nous nous sommes mis en rang le long de la barrière, pensant qu'il nous saluerait un par un en arrivant devant nous. Au lieu de quoi, quand il s'est trouvé à notre hauteur, il a souri, a levé la main et a dit « Salut tout le monde », et puis il est parti...

Giorgio marque une dernière pause, en regardant autour de lui avec une expression stupéfaite et incrédule. Puis il prend une voix désolée.

Et il a bousillé notre enfance.

Le public reste un instant silencieux, avant de réaliser. Et les applaudissements éclatent, chaleureux, pour la tendresse, l'humour poétique et la virtuosité du sketch. À côté de moi, dans la pénombre, Laura applaudit, ses yeux brillent et une larme de rire glisse sur sa joue. Il est bon, ce Giorgio Fieschi, s'il arrive à lui faire oublier l'existence d'un sale type comme la Tulipe.

C'est bientôt l'heure de mon rendez-vous avec Micky, à la sortie. J'entraîne Laura hors du théâtre. Je veux qu'elle me regarde et qu'elle m'écoute. Quand on ferme la porte, l'écho des acclamations du public retentit encore dans la salle.

Je colle Laura contre le mur. Je parle tout bas, mais d'une voix tranchante. Je ne suis pas comédien, mais je sais y faire moi aussi, quand c'est utile.

— Écoute-moi. Je fais un truc pour toi, tu en fais un pour moi. J'ai un rencard tout à l'heure pour arranger ton problème une bonne fois pour toutes. Toi, de ton côté, demain matin à neuf heures, tu as rendez-vous à l'hôtel Gallia, suite 605, avec un monsieur très bien et très courtois, si tu lui plais, il te refile un million.

Elle me fixe et moi aussi, pas de violons dans l'air, seulement de l'électricité.

— Dis-moi que tu as compris et que la réponse est oui.

Elle hoche à peine la tête.

— C'est un oui ?

Laura consent enfin, comme elle l'a toujours fait.

— J'ai compris. À l'hôtel Gallia. La suite 605. À neuf heures.

— Bien.

Je me détends. En souriant, je lui concède un dérivatif, qu'elle se serait accordé de toute façon.

— Baise ton comique quand tu veux, mais demain, avec ce type, sois une bombe.

Je la laisse là, elle ne va pas rester seule longtemps, c'est sûr. Je remonte sans saluer personne. En fait j'ai un quart d'heure d'avance, mais j'ai besoin de prendre l'air et de fumer une clope, le talent et le succès des autres me gonflent. J'attends sous la lueur des réverbères et l'œil curieux de deux ginettes qui se disputent les quelques voitures en maraude, et bientôt, précédée par le grondement de son moteur, la Ferrari de Micky se pointe à l'angle de la via Silva. Comme il l'a fait tout à l'heure, il se range à ma hauteur et me fait signe de monter. Je m'installe sur le siège de cuir Connoly couleur crème.

— On y va ?

Il confirme.

— Oui.

Il démarre pendant que je referme la portière. D'instinct, je me dis que c'est peut-être mon dernier voyage, en route vers ce rendez-vous d'affaires avec un homme qu'on dit commanditaire de dizaines de tombes anonymes coulées dans le ciment des fondations de cette ville.

5.

Micky conduit la Ferrari sans faire le mariole. Il a fait une marche arrière, a pris la via Tempesta jusqu'au piazzale Zavattari et s'est engagé sur le périphérique extérieur. À présent on dépasse la piazza Bolivar et je ne sais pas où on va. Il a choisi de garder le silence pendant le voyage, et je m'y conforme. D'ailleurs, qu'est-ce qu'on pourrait bien se dire, lui et moi, qu'on ne sache déjà ? Chacun à sa façon, on est de la même espèce, bien qu'on soit deux pièces différentes sur l'échiquier.

Deux pièces minables, j'ajouterais, quoi qu'en dise la plaidoirie de la défense.

On roule à travers une ville à moitié endormie, l'autre moitié se préparant à satisfaire ses vices en grand. C'est gala tous les soirs, et puis une nuit, douze coups sonnent, et on réalise que tout ça, c'était du pipeau.

Pas belle à voir, l'heure de vérité.

On s'arrête à un feu rouge, à côté d'un kiosque, couvert d'affiches de magazines et de unes de journaux. Aldo Moro, encore, son histoire tragique, le procès des Brigades rouges, Goldorak, le nouveau mec de Loredana Bertè, le prochain championnat du monde de football, la Juventus et le Torino FC, « TV sourires et chansons », l'affaire du président Leone.

Le tout pêle-mêle, sur le même plan, dans le même monde, la même vie. Et moi qui me contrefous de ça comme du reste. À commencer par mézigue. Je me tourne vers Micky. Est-ce qu'il se pose des questions, ou marche-t-il seulement à l'instinct ? La bagnole, l'amour, la vie à tombeau ouvert. Et le temps, qui court toujours plus vite, le temps qui t'assassine au galop, parce qu'il n'y a pas de mémoire qui puisse sauver le passé.

Micky croit que je m'impatiente.

— On n'y est pas encore. Il faut qu'on aille jusqu'à Opera.

J'abrège, d'un geste détaché, mes réflexions.

— Tranquille. Pas d'urgence. On a tout le temps qu'il nous faut.

Je fixe la route.

Tout le temps qu'il nous faut...

Lucio apprécierait l'ironie. Mais combien de temps nous faut-il, au juste ? Maintenant que je sais qui je suis, j'aimerais mieux ne pas le savoir. La mémoire, c'est tout ce qu'on a pour être sûr d'avoir existé. Et comme je ne me souviens de rien, je serai vite oublié.

Micky tourne à droite, quittant le viale Liguria en direction de l'autoroute Milan-Gênes. Il me propose une ligne de coke. Je décline. Il tire de sa veste un ustensile en or, noblesse oblige, un truc qui permet de prendre une prise à la fois, se le colle dans le pif et sniffe un bon coup, remet ça avec l'autre narine, puis le referme et le secoue, avant de le ranger, prêt à l'usage.

Il me jette un coup d'œil et commente.

— De la bonne.

Je le crois sans peine. Les mecs de son espèce s'offrent toujours le meilleur matos.

Comme on roule sur la bretelle d'Assago, on accélère et le huit cylindres de la Ferrari commence à pomper et à donner de la puissance. Voilà un jeu qui me plaît, celui de la mécanique, un jeu honnête : donnant donnant. La cocaïne est une arnaque : elle te laisse tel quel en te faisant croire que tu es meilleur.

On s'engage sur la voie rapide et on fonce.

Je n'ai pas peur. Je n'ai pas peur de mourir, en règle générale. En fait, cet incident fâcheux m'est arrivé une fois, déjà. Se fracasser dans une tire lancée à deux cents à l'heure ne serait que la cerise sur le gâteau.

On prend la sortie Vigentina-Val Tidone. Avant d'entrer dans Opera, on vire à droite, et on y est presque. Micky ralentit et la Ferrari bifurque vers une piste qui débouche sur la gauche. Le gravier crisse sous les roues, on encaisse dans les reins toutes les aspérités de la chaussée. Deux virages plus loin se dessinent le hangar et la zone pleine d'épaves d'une casse, entourée d'un grillage métallique. Quelques réverbères s'efforcent vaillamment d'éclairer les parages.

On arrive à un portail fermé. Micky lance des appels de phares et tout de suite, derrière la grille, un homme surgit de la pénombre. C'est un type petit et trapu, vêtu d'un bleu et un blouson en jean, qui nous jette un regard ahuri.

Il reconnaît la voiture et ouvre le portail, on passe devant lui et on roule vers le hangar, entre les colonnes de bagnoles empilées, installations cubistes d'épaves désormais inertes. Des totems érigés à coups de sacrifices humains et mécaniques, sans personne pour les adorer.

Micky s'arrête sur un bout de terrain où sont

déjà garées plusieurs voitures. Au premier rang une Porsche flambant neuve et à côté, piteuse, celle de Daytona. Quand on parle du loup. Autant dire : là, c'est moi, et ça, c'est ce que je voudrais être. Une paire de Mercedes, un 240 et une Pagoda, une BMW 733i et diverses autres marques et cylindrées. Toutes impeccables, immobiles et brillantes comme un défi, au milieu des carcasses. Il y a dans l'atmosphère un je ne sais quoi de tristesse et de rouille, une impression de défaite.

Quel couillon je fais.

Je suis ici pour d'autres raisons, et je cours d'autres risques. Pas de temps à perdre en mélancolies existentielles.

Si je me plante, je pourrais me retrouver dans le même état que ces caisses détruites qui n'attendent plus que la presse.

Micky sort de la Ferrari et je le suis, on longe le bâtiment à notre gauche, dans la lumière faiblarde des réverbères. Juste après l'angle, on tombe sur une porte en fer coulissante. Un type monte la garde, au bruit de nos pas, il s'est avancé vers nous. Rien à voir avec le lascar à l'entrée. Avec son costard marron, il a l'air du genre à appuyer sur une sonnette aussi facilement que sur une gâchette. Celle de l'arme qu'il a passée dans sa ceinture et qu'on entrevoit sous sa veste, par exemple.

Il se détend un peu quand il reconnaît Micky.

Sans faire de salamalecs, mon pote va droit au fait.

— On a rendez-vous avec Tano.

Le type me dévisage avant de juger que mon escorte est assez fiable pour cautionner ma présence. Il fait un signe vers l'intérieur et nous ouvre la petite porte réservée aux piétons.

Passé le seuil, c'est un autre monde. Dans cette partie du hangar sont entreposés les machines et les outils de l'entreprise proprement dite. Bancs, presses, tours, et d'autres engins dont j'ignore l'usage. Face à nous, la porte vitrée qui mène à l'atelier de peinture. Il flotte une odeur de solvant, de métal fraisé et de lubrifiant. Je ne serais pas surpris qu'on démolisse ici des véhicules démunis de papiers officiels ; on doit aussi en maquiller certains dont la provenance est tout sauf régulière.

Mais de l'autre côté, surprise. Sur un plancher amovible, inondé de lumières, un vrai casino miniature est aménagé. Il y a là une roulette américaine et son croupier, une table consacrée aux dés et une autre autour de laquelle des hommes et des femmes jouent au blackjack. Je crois apercevoir parmi eux le crâne de Daytona, avec sa double mèche. Il y a même un petit bar, auquel sont accoudés un homme et une blonde. Trois hommes portant costume sombre circulent, vigilants.

Tano Casale est un homme qui fait bien les choses. Demain matin, il ne restera rien de tout ce que je vois là, c'est certain. Tables et plancher, tapis verts, draps noirs qui occultent les fenêtres du hangar, tout aura été démonté, escamoté. À la place, des employés taillant de la tôle à la flamme oxhydrique, tapant du marteau ou peignant au pistolet. Mais ce soir, pour tous ceux qui y croient, c'est encore l'heure de tenter sa chance. En payant son dû, en gagnant parfois et en perdant presque toujours, comme le veut la règle.

Je suis Micky, qui traverse le hangar et file droit vers la porte de ce qui semble être un bureau. On en est à deux pas quand elle s'ouvre à la volée, et qu'un péquin en sort, la face tuméfiée, épongeant de son mouchoir le sang qui lui coule du nez. Un balèze à la tronche d'ancien boxeur le tient par le bras et le pousse vers la sortie, le cachant de sa masse à la vue des joueurs.

Micky frappe deux coups sur le montant de la porte restée grande ouverte, il entre, et moi à sa suite. Il y a là deux hommes. L'un, assis à un bureau couvert de dossiers, l'autre debout, appuyé à un casier en zinc.

Le premier, c'est Tano Casale.

Il a dans les quarante-cinq ans. Des cheveux lisses, plaqués vers l'arrière. Quelques fils d'argent sur les tempes, mais pas dans la moustache noire et fournie. Le regard est déterminé, malgré la cicatrice qui brise la ligne du sourcil droit, lui donnant l'air interrogatif. Les mains sont grandes, bien à plat sur le bureau, elles évoquent la force, et il doit savoir s'en servir.

Il salue Micky d'un signe de tête, à son sourire on voit qu'il l'aime bien. Mon collègue a dû lui rendre des services. D'après ce qu'on dit, pour un homme de parole comme Tano Casale, c'est une chose dont on se souvient et qu'on récompense.

— Salut blondin.

— Salut Tano.

Micky peut bien se la jouer, il est intimidé. Il me désigne de la main.

— Voilà Bravo, celui dont je t'ai parlé au téléphone.

Tano fait mine de s'apercevoir de ma présence. Il me dévisage en silence, et son expression se durcit.

— Bravo ? Quel nom à la con !

Une voix surgit de très loin et résonne dans ma tête, du papier de verre sur de la rouille.

... ne bouge pas, jeune homme, sois fort, voilà, bravo. Si tu es courageux, je ne te ferai pas trop mal. Tu piges ? Voilà, bravo...

Je hausse les épaules.

— Peut-être que c'est pas un nom, juste une appréciation.

Tano éclate de rire.

— Bonne réponse, bravo !

— C'est toi qui l'as dit.

Ma repartie a peut-être fait mouche. Quand son sourire s'efface, il me regarde d'un autre œil. Il m'indique la chaise en formica, devant le bureau. Micky se sent de trop et sort avant qu'on le lui demande. L'autre homme reste là, debout, à ma gauche.

Tano prend un ton réfléchi et me passe un peu de pommade.

— Blague à part, j'ai entendu parler de toi. Tu as monté ta petite entreprise, tu te débrouilles bien et, surtout, tu sais où t'arrêter.

Il montre la porte par laquelle est sorti le type en sang.

— Pas comme certains, qui se croient malins et osent venir faire la poussette dans mon casino. La connerie humaine n'a pas de bornes... Mais ne parlons pas de choses qui fâchent. Micky me dit que tu as une affaire à me proposer.

— Je dirais plutôt un échange.

— Je t'écoute.

Je prends mon temps et m'allume une clope. D'un geste, je désigne l'ensemble du décor derrière nous.

— J'imagine qu'avec tout cet argent qui rentre, c'est difficile de savoir quoi en faire.

Tano sourit, un chat devant une souris.

— On sait toujours quoi faire avec le pognon.

J'acquiesce, et je poursuis, en me demandant s'il garderait ce sourire en donnant à ses sbires l'ordre de m'étriper.

— N'empêche que parfois, il y a moyen de faciliter les choses. J'ai le nom et l'adresse d'un type qui a touché une grille de treize pour quatre cent quatre-vingt-dix millions. Il est d'accord pour vendre la grille moyennant une modeste gratification, dix millions.

Pour prévenir toute équivoque, je précise.

— Je ne touche pas une lire là-dessus. Je lui ai promis ça comme rémunération, parce que c'est une bonne personne et, surtout, une personne raisonnable.

Tano a compris où je veux en venir, je le sais, mais il veut me l'entendre dire.

— Développe.

— Ben c'est pas compliqué. Si tu lui achètes la grille, tu te retrouves avec une belle somme d'argent propre, et pas imposable, en plus, vu que c'est géré par l'État.

Tano Casale me regarde sans me voir. Puis il se tourne vers l'homme qui tient le casier. Il en reçoit une approbation muette, confirmant la décision qu'il avait déjà prise. D'une voix tranquille, il me répond.

— C'est faisable. Il faut voir comment, mais c'est faisable.

Puis il en vient à la contrepartie.

— Maintenant, à toi. Qu'est-ce que tu y gagnes ?

— D'être un peu plus peinard, côté boulot. Il y a un problème entre Laura, une de mes filles, et un de tes hommes.

À partir de là, tout va très vite. Le type au casier, un homme de taille moyenne, à l'œil exorbité et au rictus mauvais, me chope au collet et me soulève de ma chaise. Je me retrouve plaqué au mur, avec sous le nez sa gueule de louf et son haleine qui ne sent pas la violette. Il écume de rage. Ça ne m'étonne pas plus que ça. En général, c'est sa façon de faire, à Salvatore Menno, alias la Tulipe.

Sans bouger de sa place, son boss intervient.

— Salvatore, lâche-le.

Mon agresseur n'entend pas et me cogne contre la cloison.

— Tu cherches quoi, tête de nœud ?

Ben justement..., me dis-je in petto.

Lucio applaudirait l'à-propos, s'il savait. Mais je ne crois pas que la Tulipe saisirait la vanne, même en étant au parfum.

Tano Casale bondit de son siège. Il ne hurle pas, mais c'est pire.

— Je t'ai dit de lui foutre la paix. Retourne à ta place.

Même un psychopathe de l'acabit de la Tulipe chie sous lui quand Casale parle sur ce ton. Je sens qu'il relâche sa prise. Il recule jusqu'au casier et je lis ma mort dans ses yeux.

Je me décolle du mur, j'arrange ma veste. Ignorant mon adversaire, je m'adresse à Tano, avec un flegme qui n'est que du bluff.

— Comme c'est la poule qui chante qu'a fait l'œuf, pas la peine que je te dise qui c'est. Laura bosse pour moi, et ton homme veut la forcer à jouer les concubines.

D'instinct, la Tulipe s'avance, Tano le bloque d'un geste. Il ne lui reste que les mots pour se défouler, et il les éructe, la bave aux lèvres.

— Laura n'est qu'une pute et toi, tu bouffes sur sa chatte.

— Admettons. Mais elle est libre de faire la pute quand elle veut et avec qui elle veut. C'est elle qui voit. Je n'impose rien, je propose, c'est sans contrainte et, surtout, sans raclées.

La menace tombe, sans surprise.

— Je vais te faire couper les mains.

Je me tourne vers lui et le fixe droit dans les yeux.

— C'est fini, l'époque où tu avais les couilles de les couper toi-même ?

La voix de Tano, un ton au-dessus, tranche net cet échange de gracieusetés.

— Basta ! Et ça vaut pour vous deux !

Il retourne s'asseoir derrière son bureau et parle à la Tulipe sans le regarder.

— Salvo, va voir là-bas si tout roule.

Ce qui équivaut à un sonore : Dégage ! De mauvaise grâce, Menno prend le chemin de la porte, d'un pas lent, histoire de garder la face. Avant de sortir, il me lance un coup d'œil qui résume le programme : je viens de me faire un ennemi.

Mais on ne vit qu'une fois.

Nous voilà en tête à tête, Tano et moi. Je m'assieds, il croise les mains derrière sa nuque, et conclut.

— D'après toi, la liberté de cette Laura vaut tout ce fric.

— Oui.

Il me mate comme si j'étais un Martien.

— T'es un gars intelligent. Tu manques pas d'audace. Tu présentes bien, et tu sais parler. Serais-tu ambitieux, aussi ?

On dirait le préambule d'une proposition de travail. Que j'essaie d'esquiver avec tact.

— L'ambition, des fois, ça fait faire de drôles de voyages... Dans une caisse à l'arrière d'un fourgon. Et je suis allergique aux fleurs.

Tano Casale rigole.

— Philosophe, en plus. Être heureux, c'est savoir se contenter de peu.

J'amorce une grimace de circonstance.

— On peut voir ça autrement. Si on sait se contenter de peu, on peut être heureux plus longtemps.

L'homme qui me fait face a l'air satisfait, de moi et de la tournure des événements.

— Très bien. Je te garantis que Salvo ne te cassera plus les couilles avec cette nana. Pour le reste, laisse-moi le temps de réunir la somme et on conclut l'opération. Je veux que tu t'en occupes, accompagné d'une personne de confiance, tu vois pourquoi.

Je saisis un stylo sur le bureau et inscris sur un bloc-notes le numéro de mon service de messagerie. Je le pousse devant lui.

— Tu peux me joindre à n'importe quelle heure du jour ou de la nuit.

Tano se lève et moi aussi, l'entretien est clos. Je serre la main qu'il me tend.

— Maintenant, si tu veux faire un tour à côté, je te fais donner quelques jetons, histoire de dire que tu ne pars pas les mains vides.

Je le rencarde sur une autre facette de ma personnalité.

— Je te remercie, mais je ne joue pas.

— Pas plus mal. Il y a des façons plus intelligentes de claquer du pognon.

On sort du bureau. Sous le hangar, pendant que je traitais avec Casale et que la Tulipe me pourrissait, ça s'est rempli. On ne distingue même plus la roulette tant c'est bondé. Idem pour la table des dés, et je vois qu'on en a dressé une autre pour le blackjack. C'est un vrai pactole, cette affaire. Une recette éprouvée, et sans trop de risques, pour toutes les nuits que Dieu fait. Des joueurs prêts à parier leur chemise, la terre en est pleine. Sans compter qu'à l'adrénaline du jeu de hasard, s'ajoute le frisson de l'interdit. Mais de ce côté-là, je suis sûr que Tano s'est assuré les couvertures adéquates.

On s'est tout dit, le boss m'adresse un signe et rejoint Menno, debout face au croupier qui dirige la roulette. Je vois Micky s'excuser auprès d'une blonde élégante avec laquelle il plaisantait, la laisser en plan, se rapprocher d'eux et palabrer. Puis mon pote le blondin vient vers moi, tandis que les autres s'éclipsent par la porte du fond, suivis par un troisième lascar en guise d'escorte.

— Putain, qu'est-ce que tu fous là, toi ?

La voix, à l'accent milanais épais, me cueille par surprise. L'instant suivant, Daytona est devant moi, qui s'essuie le visage avec un mouchoir. Il a perdu : la Fortune a ôté son bandeau pour qu'il puisse s'éponger avec.

Je ne juge pas utile de lui donner les vraies raisons de ma présence au casino de l'Opera Démolition. Je déconne, pour changer de sujet.

— Je suis venu contrôler que tu n'avais pas joué ton slip.

— Ben t'aurais dû arriver avant, parce que c'est déjà fait.

Rouge comme il est, il a perdu gros. Mais il n'a pas touché le fond, la montre est là.

Là-dessus, Micky se pointe. S'ils se connaissent, Daytona et lui ne s'aiment pas au point de danser ensemble sur les tables. D'ailleurs Micky s'adresse à moi et l'ignore superbement.

— Tout va bien ?

— Tout va bien. Je te remercie.

— Mais de rien. Quand tu veux y aller, tu me dis.

Daytona est une petite frappe, avec des ambitions frustrées. Il a capté la scène avec la blonde. Il sait que Micky est un des protégés de Tano, et il dégaine le mode obséquieux pour gagner ses grâces.

— Si tu veux rester, Micky, moi je l'accompagne, Bravo.

Micky nous lorgne, Daytona puis moi, en levant un sourcil.

— Ça te pose un problème ? J'ai à faire, là, ça m'arrangerait.

— Aucun problème.

— Bien, alors à bientôt.

Il nous plante là et fond sur sa proie. Au fond, encore un marché équitable, donnant donnant. Micky a en magasin exactement ce que cette femme désire. La suite dira si le tarif était le bon, et puis c'est leurs oignons.

Daytona se frotte les mains, l'air chafouin du type qui vient d'avancer d'une case sur l'échiquier.

— Alors, on y va ?

Je me dirige vers la sortie et il me suit, avec sa démarche à la con, le bide forçant la veste d'un costard bleu qui n'est plus à sa taille. Dehors, le videur nous toise, impassible, sans esquisser un salut.

— Avec tout le fric qu'on leur a laissé, ça leur arracherait la gueule de dire bonsoir, marmonne Daytona, à distance raisonnable.

— Me mets pas dans ce coup-là, je te prie, je lui dis. Avec tout le fric que *tu* leuras laissé, tu veux dire ?

Son visage s'illumine, comme si soudain il se rappelait quelque chose.

— Oh, à propos de pognon...

Il ouvre la portière de sa Porsche, s'y installe et attend que je sois monté pour poursuivre.

— Tu sais cette meuf qui est partie avec moi ce matin, celle qu'on a levée devant l'Ascot et qui grâce à toi m'a coûté un max ?

On ? me dis-je, mais je me tais et j'attends.

Daytona se lâche, tout fébrile.

— Un corps fantastique, à tomber. Deux nibards de science-fiction et un valseur doué de parole, ma main à couper qu'il a déjà donné des interviews !

Il démarre, engage la vitesse, et roule vers le portail.

— Si ça te dit, crois-moi, ça vaut la peine. À moi, elle m'a dit que si je voulais la revoir, ce serait plus cher, donc elle peut aller se faire foutre. Mais je crois que pour toi, elle ferait un effort... Attends...

Il glisse deux doigts dans la pochette de sa veste et me tend un papier plié en deux.

— Tiens, elle m'a même donné son numéro de téléphone. Appelle-la, fais confiance à ton pote.

Je déplie le papier, dans la pénombre de l'habitacle j'entrevois des chiffres, je le froisse et le pose dans le cendrier. Daytona me regarde.

— Là, tu te goures. C'est une gonzesse de compétition...

— J'en connais assez comme ça, des nanas de compétition. Une de plus...

On dépasse le portail, bizarrement les commentaires de Daytona sur la fille m'agacent. Et le temps qu'on rejoigne la route, je me dis que notre Carla a vite appris la leçon. Le reste du voyage, alors que mon chauffeur déblatère, j'ai ce regard devant les yeux et dans la tête cette petite voix.

Pour toi, ce serait gratuit...

6.

Quand le taxi stoppe près de l'entrée du club, j'ai un peu la gerbe. Le taximan, un baba cool avec les cheveux longs et une barbe roussâtre de clodo, a un faux air de Chewbacca, le grand velu de *La Guerre des étoiles*. J'ignore si ce dernier conduit son astronef de la même manière, mais une chose est sûre, on a fait quelques bonds dans l'hyper-espace entre la piazza Napoli et l'Ascot.

Je paie ce qu'il me demande même si, comme d'habitude, ça ne colle pas avec le montant inscrit au compteur. Certains rongeurs à Milan sont capables de te facturer le tarif de nuit en plein jour parce que tu portes des lunettes noires, et d'ajouter le supplément bagages à cause du larfeuille que tu as en poche. Il repart comme une fleur, j'aurais dû l'envoyer chier.

Mais ce fut une bonne soirée, je viens de résoudre un problème, je suis seul, peinard et content de l'être.

Juste avant, on venait d'entrer dans Milan, et on roulait via Giambellino, quand Daytona a d'un coup cessé son baratin à propos des femmes, des bagnoles, et de la thune qu'il attend toujours. En l'occurrence d'un certain Rondano, son assureur.

Je savais à quoi il pensait et la question qui lui

trottait dans la tête, je m'attendais même à ce qu'il la pose bien plus tôt. Au bout du compte, il est passé à l'attaque d'une voix blasée, en affectant de scruter la route avec attention.

— Pas mal, l'affaire qu'il a montée, Tano Casale, hein ? Ça doit rapporter un max de blé.

— C'est sûr.

— T'es dans son business ?

— Je crois pas.

— Tu sais, je t'ai vu sortir de son bureau avec lui et j'ai pensé...

Je coupe court. En le charriant pour esquiver le sujet.

— Daytona, évite de penser. Par expérience, tu devrais savoir que ça ne te réussit pas.

Si Daytona se met dans le crâne que j'ai mes entrées chez Tano, il ne va plus me lâcher. J'ai déjà vu ce que ça donnait avec Micky. Il n'apprécie pas ma vanne.

— Va te faire mettre. Si c'est ta façon de me dire de m'occuper de mes fesses...

Oui, je garderai mon secret à jamais.

Voilà ce que j'ai envie de répondre avec la voix grave de Greta Garbo. Mais je préfère lui filer une explication plausible pour qu'il ne remette pas ça sur le tapis un jour ou l'autre. Et aussi parce que cet interrogatoire me les brise.

— J'étais là en mission, en qualité de simple messager. Message consigné : fin de la mission. Aucun business en cours.

Convaincu ou pas, la discussion est close et Daytona n'a plus de raison de s'intéresser à mon cas.

Cette fois il se tourne vers moi pour me demander.

— T'es garé où ?

— À l'Ascot.

Tronche de circonstance.

— Ça te dérange si je te laisse à la station de tacots au bout de la rue ? Je dois aller quelque part et je suis déjà en retard.

Depuis que je le connais, Daytona doit toujours aller quelque part. Quelque part où on fait des trucs louches. Un jour ou l'autre, il passera directement de là-bas à la zonzon sans passer par la case départ, comme dirait le Godié. En lui plantant le majeur et l'index en ciseaux sur la gorge.

Tac ! Chopé ! T'as le droit de garder le silence.

Je fais un geste vague.

— C'est bon, laisse-moi où tu veux.

— Bravo, t'es un ami.

Un ami. Je me marre. Après une certaine heure, et avec la bonne quantité d'alcool et de java, rien de plus facile que de trouver des amis à Milan. On finit dans des bouges en compagnie de types qui, mis ensemble, comptabilisent sept cents ans de placard, à se raconter des conneries directement inspirées de la coco. En vérité, personne n'est l'ami de personne, ni même son propre ami. Et c'est comme ça qu'on se réveille à côté d'une mocheté dont on ne se rappelle pas le nom. Un veau quelconque, draguée au désespoir, quand la solitude et la cuite obscurcissent la vue mieux qu'un rideau de fer.

Je suis descendu de la Daytonamobile et j'ai marché vers la file de bahuts en attente, sans savoir que j'allais grimper dans le *Millenium Falcon*. Qui doit avoir à présent atteint la vitesse de distorsion neuf, et donc dépassé le stade San Siro.

Je m'apprête à ouvrir la portière de la Mini quand je vois sortir du club Giorgio Fieschi et deux de ses collègues. Je les entends rire en montant dans une R4 verte, qui s'éloigne vers la piazza Buonarotti. Je les envie. Ils sont jeunes et ils ont du talent. J'espère qu'ils réalisent que le monde est à portée de leurs mains. J'adresse une pensée reconnaissante à Laura, et à son sens du devoir. La cote de l'artiste a été suspendue pour le moment en raison de l'engagement du lendemain matin. C'est vrai que soixante-dix pour cent d'un million est une belle somme, pour une heure de boulot.

Le reste, c'est ma commission.

Quelqu'un surgit au moment où j'introduis la clé dans la serrure. Au même instant, j'entends sa voix, je reconnais son visage et je vois le calibre. Je retiens surtout son expression, à la Tulipe, elle ne laisse rien présager de bon.

— Salut, maquereau. Comme on se retrouve.

Je sais pourquoi il est là. Son sens de l'honneur est plus fort que la crainte qu'il éprouve envers son chef. Je lui ai infligé une humiliation et il ne la digère pas. Rien à voir avec Laura et Tano, à ce moment précis, c'est une histoire entre lui et moi. Je ne vois pas ce que je pourrais dire ou faire pour retourner la situation.

Par conséquent, je me tais et je le regarde.

Il est calme. La colère a laissé place à une froide détermination. À mon avis, c'est pire.

— T'as mangé ta langue ? Comme c'est curieux.

Dans le silence de la nuit, venue de nulle part, une baffe explose ma joue droite avec la force d'un coup de feu. Mon oreille siffle. Des moucherons dorés dansent devant mes yeux.

— Comme tu vois, j'ai encore les couilles de venir en personne m'occuper des peigne-culs dans ton genre. Avance.

Il pointe le pistolet en direction du piazzale Lotto. Je

me mets en marche en zyeutant, l'air de rien, alentour. Il s'en aperçoit.

— Il n'y a personne, ma poule. Sois tranquille. Juste toi et moi.

Il a raison. Le spectacle à l'Ascot est terminé depuis des plombes et le parking est presque désert. Les ginettes qui racolent d'habitude à côté du club ne sont pas là ce soir. Ça ne sent pas bon du tout.

On rejoint une grande Citroën CX. En gardant ses distances, il fouille la poche de sa veste, puis pose les clés de la caisse sur son toit.

— Tiens. Tu conduis. Mollo et sans faire le con.

Je les prends, m'installe au volant et démarre. Il s'est assis à côté de moi. La Tulipe est un homme d'expérience, et à aucun moment mon bide n'a quitté sa ligne de mire.

Je la ferme et j'attends.

— Tu prends la Nuova Vigevanese.

Je sors du parking et m'engage dans la direction indiquée. Est-ce que je fais la même tête qu'Aldo Moro sur cette photo qui circule dans les journaux depuis un moment ? Pour ma part, je ne serai pas l'objet des préoccupations de tout un pays. Personne pour intercéder en ma faveur. D'ailleurs je ne le mérite pas. À moins d'un miracle, je vais disparaître dans le néant sans que quiconque vienne m'y chercher, et tout le monde s'en fout.

On roule en silence. Le seul truc que je pourrais tenter suppose qu'on croise une voiture de flics. Mais je ne suis pas sûr que ça changerait quoi que ce soit pour mon ravisseur. D'après ce qu'on m'a dit, et ce que j'ai constaté moi-même, la Tulipe doit avoir quelques plombs cramés. S'il a décidé de franchir la ligne en désobéissant aux ordres de Tano, pas grand-chose ne l'arrêtera.

À croire qu'il lit dans mes pensées.

— Tano m'a dit de laisser la greluche en paix, à ton sujet il n'a rien dit.

— On a une affaire en cours, lui et moi, et tu vas la faire foirer. Il va le prendre mal.

Il sourit. Et j'aurais préféré ne pas voir ça.

— Ça fera rien foirer. Tu m'écris le blaze et l'adresse du cave sur un papier, moi je l'amène à Tano et c'est bon.

— Et pourquoi je ferais ça ? De toute façon, tu vas me buter.

— Je vais te le dire, pourquoi. Pour éviter de crever salement. Je suis pas pressé. Je peux te tirer dans le genou et attendre. Et puis dans l'autre genou, et puis dans l'épaule, et ainsi de suite. Ou bien je peux te faire sauter le service trois pièces. Il paraît que ça fait un mal de chien quand on te tire dans les couilles.

Je ne dis rien. Mes pensées sont ailleurs et moi aussi. Avec d'autres hommes pareils à la Tulipe, animés des mêmes intentions, mus par la même indifférence.

Il y a longtemps maintenant.

Dommage, mon garçon, que tu ne puisses pas laisser ta queue dans ton pantalon. À trop forcer sur la braguette, on peut avoir un accident...

La voix de la Tulipe me ramène à la réalité. Il pense que je prépare une embrouille, et me rencarde sur ses conséquences.

— Si par hasard tu penses m'enfumer, me donner un faux nom ou une fausse adresse, oublie. Je saurai si tu as une chérie, un pote, un chien. Je vais buter tous ceux que tu aimes sur cette terre.

Il tiendra sa parole, ça ne fait aucun doute. Salvatore

Menno est un malade. Je pense au visage de Laura fascinée par Giorgio Fieschi, à celui de Lucio absorbé par sa cécité, à l'énigme que je lui ai laissée. Je ne saurai jamais s'il l'a résolue.

En suivant la via Lorenteggio, on a dépassé la via Primaticcio. Je m'engage sur la Vigevanese, deux voies dans chaque sens. Ça défile : les enseignes des distributeurs nocturnes, les tapins au rabais, les hangars, les bagnoles garées sur la contre-allée. Un jeune attend à côté du guichet d'une pharmacie de garde, il doit vouloir acheter une pompe pour se shooter. Le sort d'un toxico, à vrai dire, je m'en tape. Il a au moins le privilège d'avoir choisi sa manière de se foutre en l'air.

— Continue tout droit jusqu'après Trezzano, ensuite je te dirai.

La voiture roule. Le pistolet est toujours pointé sur mon estomac. Je fixe la route. La Tulipe me fixe, et il sourit. On dépasse le quartier Tessera. C'est un voyage sans retour et, ça m'étonne, je n'éprouve aucune nostalgie. Je me demande seulement : c'est tout ? Rien d'autre ? Voilà toutes les merveilles promises, toute la beauté du monde, cette vie qui mérite tant d'être vécue ? J'ai du mal à trouver un sens quelconque à tout ça, en passant devant le lieu anonyme où j'habite pour aller je ne sais où, me prendre un pruneau dans la tête.

Trezzano défile en un éclair, c'est comme ça quand on va mourir. On en sort, les réverbères ne sont plus qu'un souvenir. Ici, on ne fait pas de concessions. La route devant nous ne reçoit que la lueur des phares.

— Tourne à droite.

Du canon de son flingue, il indique une voie secondaire. Je ralentis et j'oblique vers ce ruban d'asphalte entouré de verdure, qui bientôt vire à la piste. On longe une carrière, puis on arrive à une sorte de clairière, bordéc de buissons et d'arbres.

— Gare-toi et descends.

J'obéis. Sous mes semelles, le terrain est dur et irrégulier. L'atmosphère est humide, et ça sent l'herbe. C'était une bonne nuit pour rester seul et peinard. Mais le temps presse. Comme toujours. La Tulipe est déjà tout proche, dans le halo rougeâtre des feux arrière. Le pistolet n'a pas dévié d'un poil. Ses intentions non plus, je le crains. Il recule de quelques pas et désigne le coffre.

— Ouvre-le.

Je m'exécute. À l'intérieur, au milieu du bordel, il y a une pelle. Une fraction de seconde, je me dis tente le coup. Mais ce connard est plus madré que moi. Moi qui suis toujours du mauvais côté d'un calibre ou d'une lame.

Ce qui n'enseigne rien, sauf la peur.

Le son de sa voix coupe court à mes velléités.

— Tu la prends et tu t'éloignes.

Je fais deux pas en arrière, pathétique, la pelle en main. Il s'approche du coffre ouvert et fouille dedans, sa main en tire une torche électrique.

Puis il éteint les phares et l'obscurité n'est plus tranchée que par ce faisceau lumineux, qui se déplace et dévoile un sentier parmi les plantes.

— Par là.

Je m'avance. Je ne sais pas où on est, mais le bargeot semble connaître l'endroit comme sa poche. J'imagine qu'autour de nous, sous un mètre de terre, reposent les corps de ceux qui ont fait ce voyage avant moi. Je marche comme je peux, guidé par la torche qui dessine mon ombre sur le maquis, je sens la griffure des buissons sur mes mains.

On s'arrête quand la Tulipe avise le bon endroit : un petit rectangle d'herbe, de la bonne dimension. La lumière s'éloigne puis se déplace sur ma gauche. Sa voix m'arrive de la nuit. Son ton est tout à fait sarcastique, à présent.

— Creuse. T'as peur de ruiner ton beau costard ? T'inquiète, je l'envoie au nettoyage dès que t'as fini.

Je m'y mets pour ne plus entendre son rire. Et pour réfléchir. Côté espoir, c'est zéro. Mais capituler devant ce connard me fait mal. Je ne peux pas me laisser rayer des registres par un baltringue pareil. Quand il voudra le nom et l'adresse, je pourrai agir. Un instant de distraction, qui sait, un faux mouvement, peut-être...

Ça doit être vrai, ce qu'on m'a appris à l'école. Dans la boîte de Pandore, seule l'espérance est restée, et je m'y accroche.

Je me tiens dans une fosse de plus en plus profonde. La sueur inonde mon front, coule le long de mon dos. J'ai mal aux mains. Je me redresse et m'appuie sur la pelle, agrippé au manche.

— Qu'est-ce que t'as, tu tiens pas le coup ? T'en peux déjà plus, branleur ?

Je vais me le prendre à coups de pelle parce que la rage a pris le pas sur l'instinct de survie. Et là quelque chose se passe.

Dans le silence, soudain, trois bruits étouffés se succèdent.

Toumpf... toumpf... toumpf...

La torche est projetée en l'air et opère deux trois vrilles lumineuses avant de retomber au sol. J'entends le craquement des branchages, un corps tombe dans les fourrés, des pas furtifs, mais c'est peut-être une impression, parce que ça cesse tout de suite.

Et de nouveau le silence.

Une vraie torture, mais rien ne bouge. Juste la lumière sourde de la torche à ras de terre, illuminant la base d'un buisson. Je m'approche, la saisis, et éclaire alentour.

La Tulipe est étendu sur le dos, les bras en croix, un peu plus loin. Les yeux grands ouverts, comme stupéfait du trou apparu au milieu de son front. Il y en a deux autres sur sa poitrine, d'où s'échappe un flot de sang.

D'instinct, je recule en éteignant la torche. Aucune envie que celui qui vient d'abattre ce fils de pute ne profite de la lumière pour me prendre pour cible à mon tour. J'attends un peu, et je me dis qu'il est temps de se tirer. Je rallume la torche et ramasse la pelle, je file par le sentier en espérant ne pas me perdre. Plus loin, j'aperçois le reflet du coffre de la CX. C'est le moment de mettre les voiles en vitesse. Je saute dans la voiture, et je prends le large vers la nationale. C'est désert et je ne croise personne. Maintenant que le pire est passé, j'ai une attaque de panique et j'ai du mal à maîtriser le tremblement de mes mains. Je ne réfléchis pas trop à ce qui vient de m'arriver, trop content d'être vivant. Grâce à qui, je ne sais pas, l'homme qui voulait ma peau pourra être enseveli dans la fosse que je lui ai creusée.

Je retrouve la route, tourne à gauche et rentre en conduisant calmement à Milan. Je dois me débarrasser de cette caisse au plus vite. Je ne voudrais pas qu'une patrouille de flics, qui ne sont jamais là quand on a besoin d'eux, m'arrête au volant de la voiture d'un homme qu'ils trouveront tôt ou tard avec trois balles dans la peau.

Arrivé piazza Frattini, je largue la CX dans une rue transversale. C'est à la fois assez loin et assez proche de l'Ascot, je n'aurai pas besoin d'un taxi pour rejoindre le club. Dingue, la mémoire de certains nuitards. Avant de m'en aller, j'essuie tout ce que j'ai pu toucher. Le volant, le levier de vitesse, la portière, la pelle et le coffre.

Puis je pars à pied.

La panique m'a quitté, mais d'avoir frôlé la mort m'a vidé de mon énergie. Je suis éreinté, tout à coup. Comme si j'avais dû faire un boulot pénible toute ma vie d'avant, sans jamais pouvoir me reposer. Je me traîne comme je peux, en repassant dans ma tête les événements qui m'ont amené à marcher seul dans Milan avec des fringues pleines de terre. Je me pose un tas de questions, et je n'y trouve aucune réponse satisfaisante. Après un temps infini et un nombre de pas incalculable, accablé de fatigue, je passe l'angle de la via Tempesta : l'Ascot Club, enfin. Il est fermé, toutes lumières éteintes, mais, à mes yeux, il resplendit plus que toute la ville de Vegas.

En rejoignant ma Mini je distingue la silhouette toute proche d'une femme. De dos, elle fume une cigarette. Elle a quelque chose de familier. Je me dis qu'il est bien tard, même pour une bitumeuse fauchée et acharnée. C'est là qu'elle se retourne, et que je la reconnais.

C'est Carla.

L'effet de surprise l'emporte sur l'épuisement qui me coupe les pattes et me casse en deux.

Je m'approche, elle me voit, jette son mégot et offre sa dernière taffe à la nuit. Elle vient vers moi, aussi belle que dans mon souvenir. Elle porte une petite veste sur une robe légère et bouge avec l'élégance naturelle d'un félin. Un détail auquel je n'avais pas fait gaffe la première fois, occupé que j'étais à frimer devant Daytona. Ses yeux peu à peu émergent de la pénombre. Elle me fixe bien droit, mais il y a un peu d'embarras dans sa voix, quand elle se met à parler. Prudence ou pudeur, gênée d'être plantée là devant moi, à cet endroit et à cette heure.

— Salut.

— Salut, qu'est-ce que tu fais là ?

— Je t'attendais.

— Tu m'attendais ?

— Oui.

— Et pourquoi ?

D'un mouvement de la tête, elle désigne l'immeuble où, derrière les fenêtres illuminées, ses collègues s'affairent avec des seaux et des serpillières.

— J'étais au boulot. En arrivant j'ai vu ta voiture. Après, j'ai continué à la regarder de là-haut, j'espérais que tu viendrais la reprendre. Et puis j'en ai eu marre, j'ai tout laissé en plan, j'ai posé mon tablier, et je suis descendue.

Ma vision se trouble, j'ai l'impression d'avoir bouffé de la sciure et tous mes muscles sont tétanisés. Malgré ça, je suis frappé par son allure : elle est vraiment spéciale.

Mais je suis dans le pâté et elle me force la main, du coup je suis un peu sec.

— Qu'est-ce que tu veux ?

Elle me répond sans me regarder.

— J'en ai ras-le-bol de cette vie. Ras-le-bol de me casser le dos pour quatre sous. De voir toutes ces femmes usées qui n'ont pas eu de jeunesse. Marre d'être obligée de baiser avec mon patron pour garder mon boulot, et avec mon proprio pour payer le loyer.

Je respire à fond. Ce déballage me tombe dessus avec un doux fracas. Je ne sais pas pourquoi, mais on est à un tournant, nos deux vies vont se mêler et je me sens comme un con parce que je suis si crevé que j'arrive à peine à articuler.

— Et alors ?

Elle plante ses yeux dans les miens, je n'y lis plus ni pudeur ni prudence.

— La proposition que tu m'as faite, hier matin...

Elle attend. Comme si j'avais pu oublier.

— Oui ?

— Ton ami m'a dit que tu étais un pro. Que tu as un bon réseau. Je veux en faire partie et gagner plein de fric.

Je me tiens devant elle et je vois sa silhouette s'estomper dans une sorte de brouillard. J'ai la tête qui explose et les jambes en coton. Je lui pose une question qui l'étonne peut-être.

— Tu sais conduire ?

— Oui.

Je fouille dans ma poche et je lui tends les clés de la Mini. Je dois faire une drôle de gueule, et avec le peu de voix qui me reste, je lui dis ce que j'attends d'elle.

— Ramène-moi à la maison, s'il te plaît. Avant que je tombe dans les vapes.

7.

La dernière chose que je vois, c'est un phare.

La lumière disparaît d'un coup, je ne peux plus respirer. Un sac de toile de jute sur la tête, des chocs, des heurts, une main rude me pousse dans une voiture. Dans le noir, le bruit sec des cahots, le cliquètement et les vibrations du moteur. La respiration lourde des hommes. Puis le moteur se tait, et à nouveau, des chocs, des heurts, une main rude me tire

La même ?

à l'extérieur, et j'ai le souffle coupé parce que deux mains

Les mêmes ?

me serrent le cou et me forcent à m'agenouiller. Et cette voix qui arrive de nulle part et...

Je me réveille en sursaut.

Je suis nu dans mon lit et mes draps sont trempés de sueur. Peut-être pas que de la sueur, mais je m'en fous. J'essaie de mettre un peu d'ordre dans mes pensées, et tout me revient. La Tulipe, la route de la carrière, les trois détonations assourdies par un silencieux, la tache de sang sur sa chemise et ses yeux grands ouverts. Puis le regard de Carla, docile puis rebelle, attentif quand elle conduisait en écoutant mes instructions. Je ne préfère pas imaginer ses yeux quand elle m'a vu à poil.

À peine arrivé chez moi, je me suis traîné comme j'ai pu jusqu'à ma chambre et écroulé tout habillé. Je me suis endormi d'un coup. Elle a dû me désaper. Je vois d'ici son geste de recul en enlevant mon caleçon, son expression horrifiée. Son cœur qui s'emballe. Le genre de choc dont on se souvient.

Je me lève et m'enveloppe dans mon drap, me voilà en toge, prêt à subir mes vingt-trois coups de poignard. Je m'enferme dans la salle de bains, assis sur le siège des toilettes, je me libère. À cette heure-ci je devrais reposer sous un mètre de terre avec une balle dans la tête, le seul fait de pouvoir chier et pisser est un hymne à la vie.

Je passe sous la douche et me savonne avec soin, pour effacer toute trace de la dernière soirée. J'ignore qui a fumé la Tulipe, quant à faire des hypothèses, la liste de ceux qui pourraient vouloir la peau de ce taré sanguinaire est bien trop longue. Ce que je ne parviens pas à piger, c'est pourquoi ce type ne m'a pas supprimé moi aussi.

J'enfile un peignoir. À côté du panier à linge sale, mes fringues de la veille sont entassées. Je vais devoir m'en débarrasser. Mieux vaut ne pas courir de risque, cette terre vient d'un endroit où on va trouver un cadavre troué de balles.

Les cheveux humides, je passe au salon. Carla dort sur le divan, tout habillée, les jambes pliées et un bras passé sous l'un des petits coussins. Elle a ôté sa veste et s'en est recouverte, ses chaussures sont posées sur la moquette. Elle respire tranquillement, malgré l'inconfort de sa position. Son visage est sublime, lumineux, même les yeux fermés.

Je jette un coup d'œil circulaire.

Sur la commode, à côté du téléviseur, sont alignés tous les objets que j'avais en poche. Les clopes, le briquet, le portefeuille, la pince à billets et le pager. Comme quand je les range moi-même avant de me coucher, presque dans le même ordre. La pendule sur le mur me dit qu'il est midi, la loupiote rouge du téléphone m'annonce des messages.

Plus tard.

Quand je me retourne vers Carla, elle est réveillée. Je n'ai fait aucun bruit en marchant, mais elle a senti ma présence. Elle parle sans changer de position, recroquevillée, sur la défensive.

— Désolée.

— De quoi ?

— De t'avoir déshabillé. Je ne...

J'élude la question en vitesse.

— Pas de problème. Tu veux un café ?

Elle m'observe avec attention. Puis elle s'assied, d'un mouvement gracieux.

— Tu veux en parler ?

Je fais un geste de dénégation en serrant les dents malgré moi.

— Non.

Je vais dans la cuisine et sa voix me suit.

— Ce bidule a fait du bruit deux trois fois.

Je ne réponds pas. Le bidule doit être le pager, ça attendra. Je n'ai pas envie de reprendre contact avec le monde extérieur. Je suis vivant, chez moi, en compagnie d'une des rares personnes au fait de mon état. Curieusement à l'aise. Je prends cette sensation comme un don du hasard. Car je ne crois pas que le ciel se dérangerait plus que ça pour mon cas.

Pendant que je prépare la cafetière, elle continue de me parler.

— Je ne sais même pas comment tu t'appelles.

— Bravo.

— Drôle de nom.

— C'en est pas un. Mais c'est comme ça qu'on m'appelle.

— Mais tu as bien un nom.

— Un nom, ça ne veut rien dire, crois-en Shakespeare. Tu n'as qu'à dire Bravo, comme tout le monde.

— Et il vient d'où, ce surnom ?

Tu piges ? Voilà, bravo...

Je hausse les épaules, comme si elle pouvait me voir.

— De nulle part, c'est venu tout seul, je ne sais même plus comment.

Je me retourne pour mettre la cafetière sur le gaz : elle m'observe sur le pas de la porte. Elle aussi a marché sans faire de bruit.

— Tu veux de l'aide ?

— Non, te dérange pas. Pas de place pour deux personnes dans cette pièce.

Elle va s'asseoir sur une des quatre chaises qui entourent la petite table ronde, près de la fenêtre. Je repense à ce qu'elle m'a dit ce matin, devant l'Ascot, à la détermination et à l'émotion que ça suppose, de parler comme ça. La première fait agir, la seconde fait fuir, reste à établir le pourcentage de l'une et de l'autre. Et il n'y a qu'un moyen pour ça. Appuyé au chambranle de la porte, je lui demande.

— Tu es vraiment décidée à faire ce que tu m'as demandé ce matin ?

— Oui.

— C'est pas un pacte avec le diable, mais on peut se trimballer de mauvais souvenirs, après.

Elle secoue la tête avec humeur.

— Après, on verra. Je parle au présent.

J'entends dans la cafetière le café qui monte en gargouillant, j'éteins le gaz. Je pose les tasses et le sucre devant elle, puis je reviens avec le café et elle me regarde le verser. Il y a dans ses yeux une intensité à filer le vertige.

— Toi, pourquoi tu fais ça ?

— Pour la même raison qui te pousse à vouloir le faire, pour la thune.

Elle boit une gorgée de café sans l'avoir sucré, repose la tasse sur la table après l'avoir machinalement essuyée.

— Tu es sûr que c'est aussi simple ? Pour moi ça l'est, ma vie est merdique et je veux juste me servir de ce que j'ai pour en sortir.

Elle se tait un instant, semble réfléchir à mon cas et reprend, l'air absorbé.

— On ne dirait pas que tu viens de la banlieue. Je sais reconnaître les gens comme toi. Tu parles sans accent, tu as de belles manières, de l'élégance, je dirais. Les livres sur tes étagères n'ont rien à voir avec les bouquins de cul que lit mon frère.

Elle est tendue, ça s'entend à sa voix, elle a du mal à ne pas parler de ce qu'elle a vu en enlevant mon caleçon.

— En fait, tu n'as pas l'air d'être ce que tu es.

— Je le suis à cent pour cent.

Je termine mon café et je développe.

— Les hommes qui ont recours à moi, en général, ont peur et manquent de temps. Ils font tourner une boîte, une banque ou un parti. Des activités chronophages. Leur trouille, c'est qu'on leur dise en face le mot qu'ils sont le moins disposés à entendre : non.

Je vais chercher mes clopes sur la commode et m'en allume une.

— Moi, je les libère de leur peur et je leur offre du temps. Mes filles, c'est le oui absolu, facile, satisfait. Une bulle de sourire, sans nom et sans mémoire.

Mes paroles ont la même consistance que la fumée de ma cigarette.

— Souvent, ces hommes ont une femme qu'ils n'aiment plus, ou qui ne les aime plus. Des enfants vus entre deux portes. Leur faiblesse, c'est leur famille, même si elle est cuirassée de pognon.

Enfin je sors de mon chapeau le petit lapin de la cupidité.

— Et dans toutes les cuirasses, il y a une fêlure. Je sais où la trouver, j'en fais d'abord une faille, puis une porte grande ouverte.

Elle me surprend avec une digression.

— En espagnol, “bravo” veut aussi dire courageux.

— Je sais.

— Tu l'es ?

Me revient à l'esprit une certaine fosse, et mon état au moment où je la creusais. J'esquisse un sourire.

— Pas besoin de beaucoup de courage pour faire ce que je fais. Pas de quoi être fier non plus. En définitive, j'en tire un très modeste sentiment de pouvoir.

Nos yeux se cherchent, puis s'évitent, une petite danse, synchrone. L'un comme l'autre, on se tait et on gamberge.

Elle nous ramène aux impératifs du quotidien.

— Je peux prendre une douche ?

— Sans problème. J'ai des fringues qui devraient être à ta taille, si tu veux. Une copine s'est changée ici avant un rendez-vous. Je les ai fait nettoyer et elle n'est jamais venue les récupérer. Dans la penderie au fond du couloir.

Elle se lève, j'aimerais que ça ne finisse jamais quand elle bouge, dans sa petite robe de rien du tout. Je me rappelle ce que m'a dit Daytona en partant du tripot d'Opera.

Un corps fantastique, à tomber. Deux nibards de science-fiction et un valseur doué de parole...

Dans le couloir, elle se tourne vers moi.

— Tu ne viens pas avec moi ? J'imagine que tu dois examiner la marchandise.

Je reste assis en la matant. Quelque chose vibre en moi. Quelque chose qui me mine et risque de me tuer. Seul exutoire à mon désir, la rage. Je voudrais lui faire du mal, mais je ne peux pas. Tout au plus une pique, pour lui rappeler qu'elle a déjà vendu son cul par mon intermédiaire.

— Pas la peine, mon pote m'a fourni d'excellentes références à ton sujet.

Elle pige. Disparaît dans le couloir et me laisse seul. L'envie que j'ai d'elle, malheureusement, je la garde en moi. Et ça me ronge.

J'allume une autre clope, et j'appelle le standard d'Eurochek. Qui me transmet un numéro sans indicatif, le 02 212121. Je le reconnais, ça n'est pas un numéro de téléphone, mais un message. Dans ma tête chacun de ces chiffres prend la forme d'un S barré.

Le numéro que je compose, je le connais par cœur : ni carnet ni agenda, pas de trace écrite. La mémoire prime. Puis vient le cran, avec le temps. Question de mental.

Ça décroche tout de suite.

— Allô ?

— C'est Bravo.

Une voix sèche et directe, habituée à donner des ordres.

— J'ai besoin de trois filles.

Pas de salamalecs. L'homme à l'autre bout du fil me méprise pour ce que je fais, je le sais. Il doit croire que c'est réciproque, à cause de ce qu'il me demande. Mais peu importe. Il a de l'argent, j'ai des femmes, belles et pas bavardes. Comme d'habitude : donnant donnant, question d'équilibre.

— Pour quand ?

— Demain, début d'après-midi. Disons vers trois heures. On viendra les chercher comme la dernière fois. Elles devront rester la nuit et être totalement disponibles. Vous pensez que trois millions chacune suffiront à les convaincre ?

Je retiens un sifflement. Comme on est à soixante-dix/trente, les filles et moi, ça fait deux millions sept qui piaffent d'entrer dans mes poches.

— Sans aucun problème. Vous désirez les mêmes filles ?

— Oui, elles étaient parfaites. Si je ne me trompe pas il s'agissait...

Je le coupe.

— Pas de nom au téléphone, le mien suffit.

Il écrase, ça ne doit pas lui arriver souvent.

— Comme vous voulez.

— Parfait. Je m'occupe de vous.

Pas besoin d'en savoir plus. Je connais l'adresse, pourtant la première fois, je l'ai aussitôt oubliée. Ma première *non*-rencontre avec Lorenzo Bonifaci.

J'étais en villégiature avec Jane et Hanneke. Une Américaine et une Hollandaise, des mannequins. Elles étaient arrivées en guenilles dans notre beau pays, espérant percer dans la mode. Après pas mal de vicissitudes, elles étaient tombées sur moi. Pas exactement le gros lot, mais pas loin, en ce qui les concernait. Le niveau de vie de leurs parents, aux Pays-Bas et dans le Tennessee, a dû faire un bond grâce à cette rencontre. C'était pas *Miracle à Milan*, mais tout de même assez bonnard.

Autour de nous, l'inévitable faune estivale, figures et touristes de la Riviera du Levant, de ceux qui peuplaient surtout les légendaires boîtes de nuit, le Covo di Nord Est de Santa Margherita, et le Carillon de Paraggi, où on était attablés.

La bouffe était bonne, le vin frais, les filles belles et stylées. Et je me disais que le destin me réservait quelques chouettes palliatifs. Un type s'était approché, discret.

— Vous êtes bien mister Bravo ?

Il avait un léger accent anglais, d'où le « mister ».

— C'est moi. Je peux vous aider ?

— Si ça ne vous dérange pas trop, j'ai besoin de vous parler.

Après avoir souri aux filles, il s'était à nouveau tourné vers moi.

— Seul.

Tiré à quatre épingles dans son costume de lin bleu nuit, il sentait Eau sauvage et le fric. Si le parfum était français, le reste m'allait bien, d'où qu'il vienne.

J'avais fait le gros lourd.

— Les filles, vous iriez pas vous repoudrer le nez en attendant le dessert ?

Hanneke et Jane avaient capté le message et s'étaient éclipsées. Il s'est assis à la place de l'Américaine.

— Je m'appelle Gabriel Lincoln, je suis le collaborateur d'une personne qui n'est pas là, mais qui l'était lorsque vous êtres entrés, vos amies et vous.

L'homme avait la peau claire et les cheveux fins. Je l'ai laissé causer.

— L'élégance de vos amies a beaucoup impressionné cette personne, qui est à présent à bord de son yacht, amarré non loin, et serait honorée de pouvoir vous offrir une coupe de champagne après dîner.

— Je peux savoir qui est cette personne ?

J'avais un peu forcé le ton sur les deux derniers mots, pour qu'il pige que le mystère ne m'excitait pas, voire me gavait. Avec un demi-sourire, il avait lancé son missile, et les bras m'en étaient tombés.

— Le nom de Lorenzo Bonifaci vous dit quelque chose ?

Putain, et comment. Ça me disait acier, presse, banques, et des sommes invraisemblables de lires. Mais ça disait aussi pouvoir et, quelques chromos mis à part, vie protégée et à l'écart des chroniques mondaines. S'être trouvé là en même temps que lui était un privilège.

— Certainement. C'est assez clair.

— Vous viendrez ?

— Mister Lincoln, nous sommes entre hommes du monde. Je ne vous offenserai pas en supposant que ma présence est superflue ?

— Aucunement. Ce serait une preuve d'élégance, très appréciable.

— Bien. C'est comme si mes amies étaient déjà à bord avec une coupe en main.

Et sans leur culotte...

Pour des raisons évidentes, j'ai gardé ça pour moi. Mister Lincoln me contemplait avec une curiosité teintée d'embarras.

— J'imagine, d'après ce qu'on m'a dit de vous,

que tout cela implique une contrepartie financière. Ne vous inquiétez pas...

— Je ne m'inquiète nullement. Cette soirée, après une invitation aussi courtoise, est un hommage que je fais à M. Bonifaci.

Lincoln baissait le nez, façon d'accuser la satisfaction et d'exprimer la gratitude.

— Cet hommage, comme vous dites, sera fort apprécié. Je peux compter sur l'absolue discrétion de vos jeunes amies ? Bien entendu, je ne doute pas une seconde de la vôtre.

— Mes amies ne sont pas sottes. Elles savent ce qu'elles ont à perdre et à gagner.

Entre-temps les filles étaient revenues, et Lincoln s'était éloigné, me laissant les mettre au courant de la suite du programme. J'avais expliqué la situation et elles savaient que je rémunérerais leurs prestations. Je ne les avais jamais enfumées, et elles n'avaient aucune raison de ne pas me faire confiance.

J'avais fait un signe à Gabriel Lincoln qui avait rappliqué, je m'étais levé et elles aussi.

— Mister Lincoln, je vous présente Hanneke et Jane, elles sont ravies d'accepter votre invitation.

Puis je lui avais tendu ma carte de visite, avec mes coordonnées téléphoniques.

— Voilà où l'on peut me joindre, si l'expérience est jugée satisfaisante.

Il l'avait empochée, penaud, comme si c'était celle d'un armateur grec.

— Une dernière chose.

— Je vous écoute.

— Quelle marque de champagne est-ce que je loupe ?

— D'ordinaire, c'est du Cristal.

— Dommage. Je me ferai une raison.

Un sourire amusé aux lèvres, Gabriel Lincoln avait cédé le pas à ces dames et les avait accompagnées vers la sortie. J'étais resté là, la musique était bonne et j'avais de solides espérances.

Pour fêter ça, j'avais commandé une bouteille de Cristal.

Environ un mois plus tard, Lincoln m'avait contacté, me donnant un numéro à rappeler chaque fois que, par le biais du pager, le 02 212121 me ferait signe. À ma grande surprise, j'avais négocié avec Bonifaci en personne, mais il ne serait jamais qu'une voix au bout du fil. Car on ne fréquente pas volontiers les mecs dans mon genre, quand on est à un certain niveau. Moi, ça m'allait très bien, étant donné le rendement, confortable.

Le pager émet un bip.

Et je rappelle le standard comme d'habitude, sauf que je tombe sur une femme, et que le numéro qu'elle me demande de rappeler est celui de la suite 605 de l'hôtel Gallia. Je le compose avec un sentiment de malaise. Je reconnais sa voix : monsieur n'a pas l'air de bonne humeur.

— Allô ?

— C'est Bravo.

— Je vous prenais pour un homme de parole.

— Et c'est ce que je suis.

— On ne peut pas dire la même chose de votre amie, si tant est que vous la considériez comme telle.

— Puis-je savoir ce qui s'est passé ?

— Je peux vous dire ce qui ne s'est pas passé. Elle n'est pas venue.

Merde.

— Je vous prie de l'excuser.

— Excuses acceptées, monsieur Bravo. Mais nos relations s'arrêtent là.

— Permettez-moi d'arranger cela, je vais vous envoyer...

Il m'interrompt et c'est sans appel.

— Je vous avais prévenu.

Il raccroche. Comment le blâmer ? Je sais mieux que personne à quel point c'est frustrant, le désir qu'on n'assouvit pas. Je me demande ce qui est arrivé. Laura n'est pas une planche pourrie, ou, du moins, elle ne l'a pas été pas jusqu'à maintenant. Pas de coup de vice possible du côté de la Tulipe, qu'il brûle en enfer.

Alors, quoi ?

J'ai quelques robustes amabilités en tête, en composant le numéro de Laura, et il me tarde de pouvoir les lui dire. Mais ça ne décroche pas, et son répondeur ne se déclenche pas non plus.

Je consulte le mien. Le ruban se rembobine en geignant. Puis me restitue les messages.

Bip.

— *Bravo, c'est Cindy. Je suis de retour, enfin. Rentrée hier. J'adore l'Amérique mais je suis italienne, maintenant. On se voit quand ? Plein de choses à te raconter, j'imagine que toi aussi. J'ai fait mes comptes, et j'ai bien envie de me remettre au travail. Passe-moi un coup de fil quand tu auras ce message.*

Bip.

— *C'est Barbara. Les vacances sont finies. Je suis à Milan. Tu as quelque chose d'aussi chouette pour moi ? Bise, homme délicieux.*

Bip.

— *C'est Laura, appelle-moi*

— Appelle-moi mon cul, pétasse.

J'ai pensé tout haut, d'une voix sèche. Un commentaire m'arrive en écho.

— Moi aussi, j'y aurai droit, quand je te laisserai un message ?

Le temps de me retourner. Carla a enfilé les vêtements d'une autre, et ça change tout. C'est une autre histoire, un autre film.

Une autre femme.

Elle porte un jeans et des camarguaises en daim clair. Un polo bleu clair et un blouson de toile assorti à ses bottes. Ses cheveux humides sont coiffés en arrière, et on ne voit plus que ses yeux.

— J'ai l'impression d'être un cow-boy. Comment tu me trouves ?

J'en reste idiot. Je sais que je vais en chier, mais c'est plus fort que moi. Parce que j'imagine ce que ça va être après qu'un coiffeur, une maquilleuse et une styliste se seront occupés d'elle. Au moment même où je me dis ça, je comprends que je suis mordu.

8.

On est sur le palier et je ferme la porte, quand s'ouvre celle d'en face. La silhouette de Lucio apparaît dans l'entrebâillement.

— « Article masculin singulier ».

Carla est perplexe et moi je souris. C'est la solution de l'énigme inscrite sur un bout de papier que j'ai glissé la veille sous la porte de mon voisin.

Le Kilt des Écossais (6, 8, 9).

Article masculin singulier, c'est bien ça. Je savais que Chico, le garçon qui l'accompagne chaque jour au boulot et le ramène chez lui, la trouverait et la lui lirait. Et qu'il trouverait la réponse. Pas trop difficile, d'ailleurs. Je me dis que des présentations s'imposent, au point où on en est.

— Carla, Lucio, mon voisin de palier.

Elle fronce les sourcils, je fais un geste devant mes yeux pour qu'elle pige que Lucio est aveugle. Il sort avec les lunettes noires de rigueur, et s'avance vers nous.

— Lucio, cette demoiselle s'appelle Carla.

Il tend la main.

— Salut, Carla. Je compte sur toi pour saisir cette main, sinon j'aurai l'air de jouer à la piñata.

Le sens de la dérision de Lucio est un remède contre la gêne. L'embarras de Carla s'envole vite et elle lui serre la main. Il la retient quelques secondes de trop.

— Jolie peau, Carla. Si le reste de ton corps est à l'avenant, ton mec est un homme heureux.

Carla rigole. Lucio se réjouit de son petit succès, et je suis content pour lui. On est trois naufragés et ce palier est notre radeau. Je crois qu'on l'a tous compris, chacun à sa façon.

Et chacun offre au vent les pauvres voiles ravaudées qui sont les siennes.

Lucio s'adresse à moi, la tête un peu de traviole, avec l'air torve du gars qui prépare un coup pourri.

— J'en ai une pour toi, une sportive.

— Balance.

— Attaquant, 2, 5 et 6. Un indice, pense à l'Argentine.

Je me la répète à voix basse pour la mémoriser. Si ce con-là me dit qu'elle est sportive, elle doit être rude. Je note qu'il n'a pas dit *très* sportive, ce qui me console.

Je lui file une bourrade, en guise de congé.

— Ciao, Lucio, il faut qu'on y aille.

Il fait mine d'être abattu et nous la joue tragique.

— C'est bon, laissez-moi seul, avec mon chagrin et sans même une énigme à résoudre.

En commençant à descendre je lui lance une petite vanne.

— Ah mais j'en ai une pour toi, d'énigme.

— Et qu'est-ce que c'est ?

— Pourquoi tu t'obstines à faire de la musique, nul comme tu es ?

Je suis déjà au rez-de-chaussée quand je l'entends répondre.

— Bravo, tu as autant de compassion qu'un oursin dans un caleçon, et en plus tu as l'oreille de Beethoven en fin de carrière. Carla...

Elle s'arrête en entendant son nom, lève la tête et scrute la cage d'escalier.

— Dis-moi.

— Si tu veux un aperçu de la petitesse culturelle de Bravo, dis-lui de t'emmener ce soir au Byblos, à Brera, c'est là que je joue.

Saisissant le manège, Carla joue le jeu.

— Je ne raterai ça pour rien au monde, je le menacerai d'une arme, s'il le faut.

— Parfait. À l'instinct, je peux dire que tu en as en réserve, des armes.

L'échange a l'air de les faire marrer. Pour moi qui le pratique depuis un bail, ça n'est plus une nouveauté, seulement un petit plaisir familier. Je pousse la porte vitrée et on sort. Dans la rue, des enfants jouent. Italiens sans aucun doute, malgré leurs prénoms improbables, genre Elisabeth ou Richard. Les gens nous reluquent avec curiosité et Carla comprend vite.

— Tu ne t'impliques pas beaucoup dans la vie du quartier ?

— J'avoue que non.

Et on s'éloigne, en tournant le dos au quartier de Tessera.

— Bravo, c'est quoi cette histoire de « Article masculin singulier » ?

En marchant, je lui raconte qu'on a l'habitude, Lucio et moi, de se défier à coups d'énigmes, et je lui explique les divers types de jeux de mots, les mécanismes verbaux pour trouver la solution de ces petits casse-tête. Elle m'écoute avec attention, bien concentrée. Entre-temps on a rejoint la Mini et on prend la route.

— C'était quoi, celle qu'il vient de te proposer ?

— Attaquant. La solution est une phrase de trois mots, avec un double sens.

Pensive, elle contemple le paysage. On roule sur la Vigevanese, direction Milan. À la lumière du soleil, tout est différent, les immeubles, les entrepôts, les gens. Les réverbères éteints sont des intrus. Il y a du trafic, de la vie. La vie que j'ai cru perdre hier soir, en parcourant cette même route en sens inverse flanqué d'un mec armé, sûr de faire un voyage sans retour.

Trois chuintements ont tout changé.

Toumpf... toumpf... toumpf...

Un pauvre son de rien du tout, trois battements d'ailes et l'univers a basculé. Je suis là, vivant, une belle fille audacieuse à mes côtés. Celui qui voulait ma peau a calanché, bien fait pour sa gueule, mais je n'y entrave que dalle et je n'ai ni définition ni nombre de lettres pour m'y aider. Sauf si *Mors tua vita mea*[1] est le sésame.

— Où on va ?

— Au pays des fées. Se dégoter des sortilèges qui ne nous lâchent pas à minuit pile.

Je lui lance un sourire, complice et mystérieux, enfin, j'essaie : Carla me fait perdre mes moyens. Avant qu'elle réagisse, mon pager m'envoie un signal.

Je me gare à côté d'une cabine téléphonique. Elle contemple le paysage en silence, comme si elle se demandait par quel miracle changer ce monde.

— Je dois passer un coup de fil.

Je descends de voiture en me disant que je viens de

1. « Ta mort est ma vie ».

donner une explication qu'on ne m'avait pas demandée. Dans la cabine, j'enclenchc un jeton dans la fente qui l'engloutit avec un rot métallique. Et le standard m'apprend que Laura a cherché à me joindre.

Tiens donc. La morue en personne.

Je suis tellement fumasse que j'ai l'impression que ce deuxième jeton met trois plombes à descendre. Le numéro, je le pilonne. Laura décroche tout de suite.

— Allô ?

— C'est Bravo. Alors ?

— Alors, quoi ?

L'incongruité de la réponse me fait péter les plombs, je ne vais donc pas user de l'euphémisme.

— Dis-moi, connasse, t'as pris la foudre, ou quoi ? Tu devais pas être au Gallia à neuf heures ce matin ? T'y étais pas, pourquoi ? Tu me fais passer pour un baltringue aux yeux d'un type qui pouvait rapporter un maximum.

Quoi qu'elle ait à me dire, elle préfère le faire de vive voix.

— Bravo, il faut qu'on se voie.

Elle parle posément, mais il en faudrait plus pour me calmer, après ce qui s'est passé.

— On doit se voir, ça c'est sûr. Et tout de suite. J'espère pour toi que tu as une très bonne excuse.

— Où ça ?

— Je suis chez toi dans une heure.

Sa voix teintée d'angoisse...

— Bravo, je préférerais ailleurs.

J'enverrais bien cette conne au bain, mais je ne peux pas. Pas maintenant. Avec Barbara et Cindy, Laura est l'une des trois filles que Bonifaci m'a réclamées pour sa soirée à neuf millions.

Je respire un grand coup avant de poursuivre.

— Je vais chez Alex, le coiffeur devant la gare centrale. Tu le connais ?

— Chez Jean-Louis David ?

— C'est ça.

— Bien sûr, je connais.

— C'est pas loin de chez toi. Il y a un bar juste à côté. Je t'attends à l'intérieur dans vingt minutes.

— D'accord, j'arrive.

En remontant dans la voiture, je claque la portière un peu trop fort. Carla m'observe et pige que le vent a tourné.

— Quelque chose ne va pas ?

— Pas de quoi se faire hara-kiri.

On repart. Carla choisit de se taire, la meilleure option pour faire chuter la pression, et ça renforce mon estime pour elle.

Cette embrouille avec Laura me met les abeilles. Dans mes relations avec mes filles, pas de rétorsion ni de contraintes, les choses sont claires. Elles travaillent avec moi par choix et en toute liberté, ça ne les autorise pas à se foutre de ma gueule. Sur ce coup-là, je me suis fait baiser, un vrai coup de vice. La Tulipe n'avait peut-être pas tort de lui mettre des baffes. Qu'il en soit fait selon la volonté du défunt !

Du coup je rigole à moitié, et quand on arrive via Vittor Pisani, ma colère est un peu retombée. Un peu seulement. Je ne voudrais pas que Carla paie pour les fautes d'une autre. Je trouve une place pour me garer à cinquante mètres de chez Alex, à Milan et à cette heure-ci, c'est un signe du destin.

Carla ne doit pas avoir l'habitude de fréquenter ce quartier, elle a l'air perplexe.

— On va où ?

— Tu verras bien.

Et elle m'emboîte le pas vers le monde enchanté, en l'occurrence le salon d'un coiffeur et d'une esthéticienne. Chez Alex, il y a foule comme toujours. Abondance de lumières, de parfums, de femmes sous des casques. Des jeunes gens vêtus de noir glissent en silence sur le dallage luisant. Ce salon doit rapporter plus que le tripot d'Opera. Cela dit je vois mal Tano Casale en train de couper des cheveux ; trancher des gorges à la rigueur... Carla est subjuguée et un peu mal à l'aise. Chez un coiffeur de ce standing, un shampoing et un brushing doivent coûter l'équivalent d'un quart de sa paie.

Alex prodigue ses conseils à un jeune homme censé ravaler la façade ravagée d'une dame. Quand il me voit, son visage s'illumine. Il abandonne la rombière à son arpète et vient vers nous. C'est un grand type maigre, qui tond à ras le peu de cheveux qui lui restent. Il est sympathique, il sait y faire avec les gens et c'est un pro du maquillage et de la coiffure. Un des plus demandés à la télévision, dans la mode et la publicité. Malgré sa dégaine, il a une cote d'enfer avec les femmes.

— Salut, Bravo, il était temps que tu passes nous voir. On s'occupe de cette touffe qui te pousse sur la tête ?

— Je ne suis pas là pour moi, aujourd'hui. Et j'ai besoin que tu sois au mieux de ta forme.

— Je suis toujours au mieux de ma forme.

À ce stade, je crois bon d'expliquer ce qu'on fait ici à ma jeune amie, même si, à voir ses yeux brillants, elle a dû capter quelque chose.

— Carla, je te présente Alex, qui va faire de toi une créature de rêve.

Puis je dis à Alex ce que j'attends de lui.

— Je veux que tu prennes soin de cette demoiselle. Use de tout ton savoir-faire et montre-nous ton talent. Budget illimité.

Dès qu'il s'est approché de nous, mon pote s'est mis à scruter Carla. Déformation professionnelle : il devinait déjà le diamant dans la pierre brute. Maintenant qu'il a le champ libre et que le défi est lancé, il ne se tient plus.

Un autre style d'énigme à résoudre.

J'ai disparu du paysage. L'esprit d'Alex est en ébullition, mobilisant toute son expérience et son imagination. Il tend la main à Carla.

— Viens avec moi, je vais m'occuper de toi.

Il l'entraîne sans plus faire gaffe à moi, elle se retourne l'air perdu, je lui fais un petit geste rassurant. Elle est entre de bonnes mains et on ne peut pas lutter contre la furie créative d'Alex.

Je sors sous les yeux impavides d'immenses portraits de mannequins qui exhibent leurs coiffures en tirant la gueule. À quelques pas de là, je pousse la porte d'un bar. On vient de le refaire à neuf, avec des velléités de style, et ça ne ressemble à rien à force de chromes et de miroirs. On y sert des plats du jour aux employés des bureaux du quartier. L'heure de pointe est passée et il n'y a pas grand monde. Quelques clients à l'air affairé, à la bourre dans leur planning, qui se contentent d'un café ou d'un sandwich.

La serveuse prend son temps avant de daigner m'accorder son attention, pas une généreuse, ses charmes non plus. J'ai bu mon café et j'en suis à ma deuxième clope quand Laura se pointe. Un instant de silence quand elle fait son entrée. À peine perceptible, mais quand même. Elle est sapée avec modestie, jeans et chemisette, la veste qu'elle portait hier. Il n'empêche qu'elle est super belle, du genre qu'on suit des yeux et qu'on poursuit en rêve. Les quelques femmes qui sont là lui lancent un coup d'œil envieux et tous les mâles présents me bombardent de regards torves. Je pourrais me lever et résoudre le problème en peu de mots. Si vous la voulez et que vous pouvez vous la permettre, pas de problème : moi, je la vends.

Mais je reste à ma place, dévisageant Laura qui déplace la chaise face à moi.

— Salut, Bravo.

J'attaque sans lui laisser le temps de s'asseoir.

— Alors ? Et ne me réponds pas « Alors, quoi ? » ou t'as droit au vitriol.

Elle ôte ses lunettes teintées, elle a les cernes de quelqu'un qui n'a pas dormi. Qu'elle ait chialé ou baisé toute la nuit, ce n'est pas mon problème. Ce qui compte, c'est qu'elle devait baiser ce matin et qu'elle ne l'a pas fait.

— Mais... Tu n'as pas regardé le journal télévisé à une heure ?

— Non, j'aurais dû ?

Elle baisse le ton.

— On a retrouvé la Tulipe, mort, près d'une carrière, du côté de Trezzano. Trois balles.

Elle me regarde. Je lis la question dans ses yeux et l'envie me vient de lui renverser la table sur la gueule. Je sais maintenant pourquoi elle ne voulait pas qu'on se voie chez elle.

Elle a peur de moi.

— Laura, mais t'es pas dingue ? Tu crois que c'est moi ?

— Tu m'as dit que tu réglerais le problème avec lui. Et ce matin on découvre son cadavre. Qu'est-ce que je dois penser ?

— Tu en as parlé à quelqu'un ?

— Non.

— Tant mieux, et ne le fais surtout pas. J'ai résolu l'affaire la Tulipe en passant un marché avec son boss. Et ça m'a coûté du pognon. C'est tout. Je ne savais même pas qu'on l'avait buté.

Le bobard passe, discret, avec un son étouffé.

Toumpf... toumpf... toumpf...

Laura le gobe et a l'air soulagé. J'en remets une couche.

— Ça fait un bout de temps qu'on se connaît. On a bien bossé ensemble. J'ai le profil du mec qui tire sur tout ce qui bouge ? Tu m'as déjà vu enfouraillé ?

La voilà tout à fait rassurée. À elle de se défendre, à présent.

— Non, bien sûr. Mais mets-toi à ma place. Quand j'ai entendu ça...

— Tu as vu le journal à une heure. Le rendez-vous au Gallia, c'était à neuf heures. Quel rapport avec la mort de la Tulipe ?

Laura baisse les yeux. Quand elle les relève, ils brillent de larmes. Elle reste un moment sans voix, cherchant ses mots. Quand elle les trouve, je suis scié.

— Bravo, j'ai vingt-six ans et je suis une pute.

D'un geste de la main, elle m'implore de me taire.

— Tu peux me donner le nom que tu veux. Hôtesse, escort, dame de compagnie. Mais, en vérité, c'est pareil. Je reste une pute. Le temps passe, et bientôt je serai une vieille pute. Et je ne veux pas finir comme ça.

Je bloque net ces divagations, qui nous mènent à toute blinde sur le chemin de Damas.

— Est-ce que ce comique, Giorgio Fieschi, a un rapport avec tout ça ?

Le nom fait mouche. Laura renifle et cherche un

mouchoir dans son sac à main. Elle enfouit son nez dedans, ce qui lui évite de me regarder en face.

— Oui, il y est pour quelque chose.

Non, pitié, Laura. Ne me joue pas l'air de la frangine séduite et ramenée sur le droit chemin. Pas maintenant...

Je la ferme et j'attends la suite. Parce qu'il y a une suite, je le sais.

— J'ai passé la nuit avec lui. C'est la première fois que ça m'arrive, un truc pareil. Aussi beau et aussi vite, je veux dire. J'ai réalisé que je voulais essayer de changer de vie.

Laura a des étoiles plein les yeux.

— Bravo, je crois que je suis amoureuse.

Je vais bondir et me mettre à hurler.

Pour te sortir des pattes d'un taré qui te bouffait la vie, j'ai failli me faire fumer l'autre nuit. Et quand je creusais ma propre tombe, toi tu baisais avec l'autre artiste de mes couilles. Et tu me dis que tu crois *que tu es amoureuse ? Vu ce que ça m'a coûté, j'aimerais au moins en être sûr...*

Total, au lieu de me ruer sur elle pour la battre, je reste assis, tranquille, en me félicitant de mon self-control. C'est assez misérable, mais cette petite satisfaction est tout ce qui me reste à ce moment précis. Tandis que je reprends possession de mes nerfs, j'entends à nouveau le rire de ce garçon sortant de l'Ascot avec ses potes. Jeunes, bourrés de talent, avec le monde à leurs pieds. Je vois Laura piégée dans un rêve qui s'évanouira tôt ou tard, un beau matin. Du coup, tout ça m'inspire à la fois de la tendresse et de la pitié, quelle vaste plaisanterie.

Soudain, la solution de l'énigme de Lucio me tombe dessus.

Attaquant : au stade avancé.

Un large sourire me fend la poire.

— OK Laura, tu fais comme tu le sens.

— Pardon ?

— Tu as parfaitement compris. Écoute ton cœur. Ta vie t'appartient, tout ça, comme on dit dans les films.

— Tu n'es pas furieux contre moi ?

— Ça changerait quelque chose ?

— Bravo, je...

— Inutile d'ajouter quoi que ce soit. Si tu changes d'avis, tu sais où me trouver. Sois heureuse.

Ça aussi, c'est du cinéma, mais pas la peine d'en rajouter. Laura remet ses lunettes et se lève. Il y a du soulagement dans sa voix, un soulagement plein de bonnes résolutions.

— Ciao Bravo, et merci.

— Ciao Laura, porte-toi bien.

Je la suis du regard quand elle sort, et je ne suis pas le seul. Puis je passe en revue la liste de toutes les femmes que je connais, en me demandant laquelle saura la remplacer pour le job chez Bonifaci. Quand elle a passé la porte, je jette sur la table de quoi payer le café et un chouïa de pourboire. Une histoire prend fin quand une autre débute. Je ne sais pas trop à quoi m'attendre avec Carla. J'ai toujours navigué à vue et une fois de plus, je vais devoir la jouer à l'instinct.

Au salon, tous les jeunes gens en noir s'affairent autour des clientes assises devant les miroirs. Pas de Carla ni d'Alex à l'horizon. Je me cale dans un fauteuil et je patiente en fumant et en feuilletant des magazines consacrés aux histoires de cœur des stars. J'en ai croisé quelques-unes ici même. Je sais que pas mal de ces romances sont de pures fictions. Je m'interroge au sujet des autres. Une demi-heure plus tard, je suis plongé dans un article laissant entendre que la taille XL de la tunique d'une chanteuse signifie qu'elle est en cloque, quand j'entends Alex.

— Et voilà. Juge toi-même du résultat.

Je me lève et je me retourne.

J'aurais dû dire adieu à Carla avant de sortir d'ici, parce que c'est quelqu'un d'autre à présent. La femme qui est devant moi est si lumineuse qu'elle éclipse les innombrables spots du salon. Ses cheveux couleur miel, coupés court, encadrent un visage qui semble un écrin, ses yeux sont des bijoux. Son regard, une énigme à se damner. En la contemplant, je plane carrément et je pense à trop de choses à la fois. Je choisis de fixer mon attention sur une seule : la plus facile, la plus sûre et donc la plus vile. Une bonne façon de fuir et de résoudre un problème. Je sais qui va remplacer Laura demain.

9.

C'est clair, aujourd'hui je me suis fabriqué des souvenirs, reste à savoir pour quoi faire. C'est ce que j'ai en tête quand on sort de Bargagli, chargés de sacs et de paquets. Carla porte en elle une lumière qui rejaillit sur le monde, elle est splendide, excitée. Excitante, aussi, à en juger par la façon dont la reluquent les gens qu'on croise. Les yeux des hommes, qui la dépouillent de la robe que je viens de lui offrir, sont autant de promesses présentes et à venir. Car l'œil du mâle, dans le cas qui nous intéresse, c'est le thermomètre du potentiel d'une femme. J'en ai eu la confirmation quand Laura a fait son entrée dans le bar tout à l'heure. J'en ai une autre maintenant avec Carla, mais était-ce bien nécessaire ? En ce qui me concerne, je me fais l'observateur de ma propre façon d'agir et de parler. Je suis inquiet, pas sûr de ce que me réserve cette nana qui marche Corso Vittorio Emanuele à mes côtés, laissant derrière elle un sillage parfumé qui efface tout ce qui l'a précédée, tout ce que, *moi*,j'étais avant elle.

Carla me dévisage avec ce regard à réveiller les morts.

— J'ai vraiment l'impression d'être Cendrillon.

— Plus maintenant. Tu es invitée au bal du Prince.

Je ne lui ai pas encore précisé qu'en réalité la fée cache un vrai bâtard, que le bal du Prince a été annulé et que, à la place, il va falloir qu'elle aille dans une baraque somptueuse de Lesmo danser un tout autre genre de valse. Mais bon, c'est elle qui me l'a demandé, de devenir ce qu'elle va devenir et de faire ce qu'elle fera, même si, depuis, je suis d'humeur un peu morose.

Je n'ai pas l'habitude des fêlures, je suis plutôt du genre coupes franches.

Cruelle autodérision qui enchanterait Lucio. Je souris en y pensant. Carla croit que le sourire est pour elle, elle me le rend et ça me touche.

— Tu as dépensé un paquet de fric pour tous ces cadeaux.

Si je veux m'en tirer sain et sauf, mieux vaut que je ramène tout le monde sur terre.

— Moi, en général, je ne fais pas de cadeaux. Tout ça est une avance sur tes futurs émoluments.

Elle me regarde, interloquée, et éclate de rire.

— Émolu... quoi ?

— Ça veut dire salaires.

— Mais comment tu causes, professeur ? Tu veux que je me sente ignorante ? Je devrais peut-être lire quelques-uns de tes livres.

Comment lui dire que les livres sont une malédiction. Les optimistes sont convaincus d'y trouver le savoir, les réalistes savent qu'ils leur montrent seulement l'étendue de leur ignorance. La conscience de ses lacunes, voilà ce qui fait la différence entre un individu et un autre. L'âge, l'aspect, la classe, tout ça ne compte pas vraiment.

Le pager coupe net mes velléités de jouer les mentors. Je laisse Carla admirer les vitrines et m'arrête à un téléphone public.

Le standard me communique un numéro anonyme. J'appelle, une voix neutre me répond distraitement, sur fond de bruits de vaisselle et de conversations mêlées.

— Bar La Torre.

— Bravo à l'appareil, on m'a donné ce numéro.

— Ne quittez pas.

Le bruit du combiné qu'on pose, de pas qui s'approchent. Puis une voix que je connais.

— Bravo ?

— C'est moi.

— Tano.

C'était couru d'avance, cet homme-là n'allait pas me laisser un numéro privé. Il doit se trouver dans l'un des nombreux repaires d'où il traite ses affaires.

— Je t'écoute.

— Demain, tout sera prêt pour l'opération.

— Excellent. Ça pourrait se faire après-demain. Je parle avec le gars et je te dis.

— Tu seras où, ce soir ?

— Je dîne au Ricovero Attrezzi, un resto via...

— Je sais où c'est. Un de mes hommes prendra contact avec toi pour régler les détails.

— Comment je le reconnaîtrai ?

— C'est lui qui te reconnaîtra.

— Ça marche.

Temps mort. Puis son timbre change à peine de registre. J'ignore si c'est voulu ou non, mais il est un poil plus menaçant.

— Bravo, tu as su pour Salvo ?

Si j'ai su ? J'ai même vu...

— Oui, c'est moche.

— Oui, vraiment moche.

Deuxième temps mort.

— Tu n'as rien à me dire ?

— Non.

Le troisième temps mort ne me dit rien qui vaille, les mots qui suivent non plus.

— Bien, on en reparlera.

— Quand tu veux.

Et d'un *clic* la discussion prend fin. Mais tôt ou tard, je lui devrai des explications. Pour autant que je sache, la mort de la Tulipe ne lui brise pas le cœur. Seulement, c'était l'un de ses hommes, et suivant les règles du mitan, en le supprimant on lui a manqué de respect. Pour un boss, c'est impardonnable.

Je profite du téléphone pour convoquer Barbara et Cindy à dîner, je leur donne rendez-vous directement au restaurant, protocole réservé aux grandes occasions. J'essaie de ne plus penser à la Tulipe, mais quand je rejoins Carla, c'est écrit sur ma gueule.

— Quelque chose ne va pas ? Des mauvaises nouvelles ?

Je choisis de faire bonne figure. J'ignore si je fais illusion, mais Carla pige au vol et joue le jeu.

— Pas du tout. Maintenant que tu es super belle et élégante, on va frimer un peu. Je t'emmène dîner avec deux nanas que je veux que tu rencontres.

— Elles bossent pour toi ?

— Oui. Et demain, elles vont à une fête chez des gens plutôt exigeants.

Je ménage une pause. Tout le monde a droit à un roulement de tambour, de temps en temps.

— Et toi, tu iras avec elles.

— Moi ? Demain ?

Son sourire s'est évanoui. Cendrillon va devoir aller aux asperges. Je trouve curieux que ça pose un problème à une poule ayant accepté de coucher avec Daytona pour quatre sous, mais les gens sont bizarres.

— Demain, si tu es partante, ça te rapportera deux millions et cent mille lires.

— La vache !

Derrière le juron, instinctif, il y a toutes les années passées dans ces immeubles populaires à coursives, ceux d'origine, pas ceux qu'on a rénovés pour en faire des appartements de charme destinés aux riches dans le vieux Milan. Il y a les loyers et les factures d'électricité et de gaz qui tombent sur la table plus souvent que l'argent pour les payer. Tout ce qui repousse les pauvres d'une main inexorable vers la grande banlieue, vers la frontière entre la vie et la survie.

Moi, ces trucs-là, jusqu'ici j'en m'en foutais. Mais avec Carla, c'est différent. Je ne sais pas pourquoi et je préfère ne pas le savoir. Je suis peut-être un malade, les émotions m'arrivent de traviole.

Lucio, Carla, et moi.

Tous les trois, on s'acharne à se détruire et à se reconstruire, jour après jour, et à la fin on n'aura plus la force ni l'envie de ramasser les morceaux. Je laisse tomber ces réflexions en marchant vers la voiture. Je dois affranchir Carla. Mieux vaut qu'elle sache à quoi s'attendre et de quelle manière elle devra se comporter. Les conseils, ça peut servir, et ceux qui n'en ont pas besoin sont à plaindre.

— Tu vas te trouver demain dans une position très délicate. Il y aura des hommes importants, certains ont leur photo dans le journal. Pour toi, ils doivent rester de parfaits inconnus, avant comme après. Est-ce que c'est clair ?

Elle acquiesce.

— Ceux qui s'adressent à moi ont la garantie d'une

discrétion absolue, c'est mon point fort. Dans ce genre de circuit, le téléphone arabe t'amène à élargir ton cercle. Plus tu connais de monde, plus tu gagnes de fric, ça vaut pour toi comme pour moi.

Préalable indispensable. Je lui expliquerai d'autres trucs plus crus, en détail, par la suite. Pour le moment je cherche les mots justes pour qu'elle n'ait pas le sentiment de n'être qu'une prostituée. Le reste, ça la regarde. Mon boulot à moi s'arrête à la porte de la chambre à coucher.

Il faut dire aussi que, au-delà je n'ai plus grand-chose à proposer.

Elle est absorbée, fixe un point loin devant elle, voyant je ne sais quoi. Si elle hésite, mieux vaut mettre les choses au clair avant qu'il soit trop tard.

— Tu n'es plus convaincue ? Tu veux y réfléchir ?

Carla me lance ce regard qui à chaque fois me tue.

— Non, pas besoin d'y réfléchir. C'est juste que je découvre un monde inconnu, Bravo. Ça n'est pas propre, pas honnête et pas juste. Mais ça rapporte en un soir ce que je touchais jusqu'ici en un an. Et j'en ai marre des pompes ressemelées et des brushings chez la voisine. Là où je vis, les odeurs de cuisine sont incrustées dans les murs.

Il y a tout ça dans sa voix, je peux presque sentir l'odeur dont elle parle.

— Je veux habiter un bel endroit, je veux des fringues neuves et une voiture, un avenir. Tant pis pour ce que je donnerai en échange. Pour les rêves, on verra plus tard. J'ai des besoins, et puis des choses à oublier. Et j'ai l'intention de toutes les effacer, l'une après l'autre.

Elle me sourit sans gaieté, comme à regret.

— Aujourd'hui, grâce à toi, j'ai compris trois

choses. La première, c'est que moi aussi je peux être belle. La deuxième, c'est que je suis capable de décider de ma vie, bien ou mal. La troisième...

Elle se tait. J'insiste, pas tant par curiosité que poussé par une pulsion masochiste, un genre d'euthanasie personnelle.

— La troisième ?

Elle se rapproche de moi avec une drôle d'expression, pose ses sacs à terre et se redresse. Avec ses talons, elle est presque aussi grande que moi. Elle m'enlace et pose ses lèvres sur les miennes, en fermant les yeux. On reste comme ça une éternité. Puis elle me lâche et le temps reprend son cours normal.

— La troisième, si tu permets, pour l'instant je la garde pour moi.

Elle ramasse ses sacs et elle y va. Je reste planté sur le trottoir, seul comme un chien. Puis je la suis, parce que je ne peux pas faire autrement. On marche en silence l'un à côté de l'autre, on contemple le monde et le monde nous contemple, jusqu'à ce qu'on arrive à la voiture. Le coffre est bourré de sacs et de paquets. Si on me considère comme un homme d'affaires, ça représente un investissement.

On passe devant la Galleria del Corso et la Crota Piemunteisa, un bar branché où j'ai dû engloutir deux tonnes et demie de panini saucisse-choucroute à l'époque où je suis arrivé à Milan. Pas parce que j'étais snob, mais parce qu'on me snobait.

Pour alléger l'atmosphère, j'aborde des sujets plus terrestres.

— Tu as faim ?

— À en crever. Où on va manger ?

— Dans un restau où il faut se montrer de temps

en temps. C'est là qu'on a rencard avec Barbara et Cindy, les filles dont je t'ai parlé.

— C'est cher ?

Il y a tant d'appréhension dans sa question que je me mets à rigoler.

— T'inquiète, c'est moi qui régale. L'époque des casse-dalle maison est finie, tu peux me croire.

Je la laisse assimiler cette promesse. C'est important qu'elle y croie. Ça fait briller les yeux, la foi en l'avenir, c'est une force dont Carla va avoir besoin autant que d'oxygène, désormais. L'assurance donne du charme, et le charme, c'est le pouvoir.

Le pouvoir attire le pognon.

J'aborde des questions pratiques, histoire d'effacer les mauvais souvenirs et de bannir toute mélancolie.

— Si j'ai bien compris, tu ne tiens pas à repasser chez toi. En attendant de trouver mieux, tu pourrais t'installer au Residence, via Principessa Clotilde. C'est sélect, fréquenté par des mannequins et des modèles, une belle vitrine pour nos activités... Et ne me demande pas combien ça coûte. Je te garantis que tu pourras te le permettre, dis-je pour couper court à tout regain d'angoisse matérielle.

Elle me regarde avec une expression indéchiffrable.

— Je peux rester chez toi encore une nuit ?

Je tarde un peu à répondre. Et peut-être que je me goure de réponse.

— Pour quoi faire ?

— Rien. Je n'ai pas envie de rester seule. Les choses vont un peu trop vite pour moi.

Et voilà que je me surprends à accepter une chose que je n'aurais jamais acceptée de personne.

— C'est bon. Demain, quand tu seras occupée, je chercherai un endroit où t'installer.

Carla se détend et sourit.

— J'ai faim. Puisque c'est toi qui paies, ce soir je me lâche. Tu sais que je n'ai jamais bu de champagne ?

Ça nous fait rigoler, on a l'air d'un couple ordinaire, la voiture chargée des achats d'un après-midi de shopping. Ce qu'on est en réalité ne se voit pas, et on a la soirée devant nous pour penser à autre chose. On roule tranquilles le long du viale Ripamonti et on dépasse le croisement avec la via Antonini. On prend une rue à gauche et nous voilà devant un bâtiment industriel restauré, sous l'enseigne du restaurant Ricovero Attrezzi. Dans la pénombre luisent les grosses cylindrées garées là. De celles qu'on verra peut-être bientôt stationner sur le parking obscur d'un tripot clandestin du côté d'Opera. Ou bien devant le Charly Max, ou encore en double file en face du Nephenta, en attendant que le portier, gratifié d'un bon gros pourboire, les gare dès qu'une place se libérera. J'enfile ma minable Mini entre deux bagnoles de luxe, et je glisse un billet de mille à Nino, le voiturier, pour qu'il garde un œil dessus.

On passe la porte et Carla s'arrête. Belle entrée, comme une boule de billard lancée parmi des quilles. Je ne sais pas si elle les a tous dégommés, mais elle en a renversé plusieurs : en une seconde elle est devenue la cible de dizaines de regards.

J'ai l'habitude.

Pas elle.

Je la prends par le bras, elle est un peu tendue. Elle entend le sourire dans ma voix.

— Tu vois, c'est comme je te disais, non ? Faut que tu t'y fasses. Viens, Barbara et Cindy sont déjà là.

Elles sont installées dans la petite salle au fond, qu'on entrevoit de l'entrée. J'ouvre la route devant

Carla, on traverse la pièce principale, meublée selon le stylc et la destination d'origine du bâtiment. Bois, lumières ambrées, murs bruts badigeonnés d'ocre jaune, tables de chêne. On y stockait jadis des outils, on l'a restauré pour y stocker des bourges. Si l'on y réfléchit, la plupart d'entre eux ne sont rien d'autre que des outils. D'une certaine manière, on a respecté l'usage. Comme dans tous les lieux bien fréquentés, ici on mange mal et ça coûte les yeux de la tête. Magie des nuits de Milan, étrange alchimie qui transmute la mauvaise bouffe en or.

Tandis qu'on s'approche, Cindy et Barbara déshabillent Carla du regard.

Quand elle s'assied, elle est déjà cataloguée comme rivale dangereuse, même si elles préféreraient crever que de l'admettre. Mais, en définitive, c'est moi qui décide et aucune d'elles n'a jamais été lésée, ni dans son amour propre ni dans son portefeuille. On gobe mieux les petites jalousies avec du champagne et du caviar.

Je fais les présentations.

— Carla, voilà Cindy et Barbara.

Barbara est brune, une Méditerranéenne à l'œil sombre et au teint olivâtre. Elle est d'humeur joyeuse et arbore une paire de nibards triomphants. Cindy est son exact opposé. Grande et mince, avec ce qu'il faut là où il faut, la peau claire, les yeux bleus et un casque court de cheveux blonds. Un poil tourmentée et introvertie, mais à ce qu'on m'a dit, au lit, c'est une panthère.

La voix du peuple est la voix d'Éros.

Elles m'observent toutes les deux avec le même air interrogateur.

— Les filles, voilà Carla. À partir d'aujourd'hui elle bosse avec nous.

Je les sens un peu soulagées. Parce qu'à présent on peut causer librement, quoi qu'on ait à dire. Je n'ai pas le temps d'ajouter autre chose. Le serveur débarque, empressé, et dépose sur la table quatre étuis de cuir contenant les menus. Je commande d'emblée de l'eau et une bouteille de champagne, comme promis. Carla observe les autres et s'adapte. Trois visages de femmes plongés dans la lecture, pour choisir entre chair et poisson. Il n'y a guère qu'au restaurant qu'on puisse trancher la question.

Elles étudient le menu et moi la salle. On a là deux ou trois vedettes de la télé, quelques figures cent pour cent milanaises, et pas mal d'inconnus, des anonymes de province qui débarquent et veulent en être.

Au fond, deux femmes dînent en tête à tête. Celle qui me fait face a la chevelure poivre et sel, belle, quarante-cinq ans portés fièrement et très bien emballés dans une robe noire qui doit valoir la peau des fesses. Sa peau évoque les cosmétiques de luxe et le soleil des Caraïbes. Elle s'appelle Margherita Boni et je la connais bien. Son mari est en déplacement professionnel permanent, et elle dispose d'un max de flouze pour passer le temps. Elle me fait un signe et jette un œil du côté des toilettes, vers ma droite. Puis elle se lève, ramasse une pochette sur la chaise d'à côté, et elle y va.

— Prenez ce que vous voulez, mais pas d'ail ni d'oignon. Demain matin, haleine fraîche. Je vous explique tout à l'heure. Pour moi, ce sera un steack saignant avec de la salade.

Je me lève à mon tour et je rejoins Margherita. Elle m'attend devant les lavabos en faisant mine d'étudier son maquillage impeccable. Je ne pense pas qu'elle veuille me proposer une ligne de coke, elle sait que je n'en prends pas. Elle va droit au but et je m'y attendais.

— Qui est cette fille ?

Je sais bien de qui elle parle, mais je suis en forme ce soir et je vois qu'une proie est mûre pour mon piège. Lequel est tendu au-dessus de son compte en banque.

— Quelle fille ?

— Ne fais pas l'imbécile. Celle qui est arrivée avec toi.

Je commence à me laver les mains. On se cause par miroir interposé.

— Elle s'appelle Carla.

— Il me la faut.

Margherita est lesbienne, je lui ai fourni plusieurs fois des jouets pour satisfaire sa fantaisie. J'ai sous la main pas mal de frangines à voile et à vapeur. Mais en ce qui concerne Carla, je ne sais pas jusqu'où elle est disposée à aller.

J'en rajoute un peu côté perplexité.

— C'est une nouvelle, je ne la connais pas assez bien. Barbara, la brune, ne te plaît pas ? Elle est jazz-tango.

— Les deux autres, c'est du tout-venant. Elles sont belles, mais ce sont des professionnelles. Carla, c'est un pur rêve, et je veux qu'il se réalise.

Les préliminaires sont terminés, on parle affaires à présent.

— Au cas où ça marche, elle vaut cher.

— Avons-nous déjà eu un problème d'argent ?

— Je dois admettre que non.

— Très bien. J'attends de tes nouvelles au numéro habituel.

Elle ramasse sa pochette sur le lavabo et sort, me laissant face à mon reflet dans le miroir.

Éternel conflit entre l'être et l'avoir.

Quelqu'un ayant réduit de manière drastique mes possibilités en matière d'être, me reste l'avoir. Pauvre ersatz, à moins de posséder la moitié du monde. Quoique, même alors, on finit toujours par croiser celui qui possède l'autre moitié, et c'est la guerre. Disons que je suis propriétaire de la ligne qui marque la frontière et ça me suffit, pour le moment.

Je me sèche les mains et balance la serviette dans une boîte en métal bruni. Dans un angle des toilettes, il y a un téléphone à jetons. J'ai trouvé le numéro de Remo Frontini dans l'annuaire et l'ai appris par cœur, comme tous les autres.

Après la troisième sonnerie, il décroche.

— Allô ?

— Monsieur Frontini ?

On ne doit pas l'appeler monsieur souvent, ça le fait hésiter.

— Oui. Qui est à l'appareil ?

— C'est Bravo, votre voisin. Je suis passé l'autre soir, vous vous souvenez ?

— Oui, bien sûr.

— Bien. Je voulais vous dire que l'affaire devrait pouvoir se conclure après-demain. Est-ce que c'est possible pour vous ?

Il y a un blanc. Durable. J'ai dû lui pourrir le sommeil, à ce brave homme, en l'embarquant dans un business trop gros pour lui. Il est aussi mort de trouille parce que je lui ai un peu forcé la main.

Je fais mon possible pour le rassurer.

— Soyez tranquille, tout va bien se passer et vous serez à l'abri.

— Bon. Qu'est-ce que je dois faire ?

— À onze heures, vous serez devant la banque où

vous avez loué un coffre, avec une photocopie, pour prouver que vous êtes bien en possession de la grille gagnante. Vous recevrez en échange la somme d'argent convenue. Quand vous aurez vérifié que le compte y est, vous déposerez la somme dans votre coffre et à ce moment-là seulement, vous me remettrez l'original. Ça vous paraît correct comme ça ?

Le voilà soulagé, ça s'entend. S'il avait imaginé des moyens de se protéger d'un sale coup, ce que je lui propose va au-delà de ses espérances.

— Ça m'a l'air d'aller. La banque, c'est le Credito Romagnolo, via Roma, à Cesano Boscone.

Au moment où je vais raccrocher, je sens que je dois lui dire une dernière chose.

— Un détail, encore, monsieur Frontini.

— Je vous écoute.

— Le gros lot vous est tombé dessus. Ne gâchez pas l'affaire. Allez-y mollo avec ce pognon. Ne changez pas de vie d'un seul coup. Restez tranquille un moment, laissez les gens vous oublier, et puis partez. Pourquoi pas dans une autre ville ? Une somme pareille, vous pouvez en profiter tout de suite, vous et votre femme, mais ça peut aussi assurer un bel avenir à vos enfants.

À l'autre bout du fil, ça cogite en silence.

— Je crois que j'ai compris.

— Je l'espère pour vous. Bonne soirée monsieur Frontini. Dormez bien, vous serez bientôt un homme riche.

En raccrochant le combiné, un accès de remords me plombe un peu. Ça ne m'arrive pas souvent, mais ce gars m'a été d'emblée sympathique, avec son côté désarmé. Je tiens à ce que rien ne dérape.

Je retourne vers la table et je suis accueilli par les regards embarrassés des trois filles, et l'expression goguenarde du type qui est assis avec elles, à ma place. Il n'est pas bien épais, sa veste et sa chemise auraient besoin d'un tour au pressing. Son visage est grêlé de cicatrices d'acné, son nez aquilin, ses lèvres fines. Il n'a qu'à esquisser un rictus et on croirait voir le Joker. Lui aussi je le connais bien, pour de tout autres raisons.

La première, c'est le boulot que je fais, la deuxième, c'est celui qu'il fait, lui.

C'est Stefano Milla, inspecteur de police au commissariat de la via Fatebenefratelli, préfecture de Milan.

10.

Lucio est en train de jouer quand on arrive au Byblos.

Il porte ses lunettes noires et une barbe négligée, comme toujours. Il est assis sur un tabouret au centre d'une estrade, sous des lumières qu'il ne voit pas. Je me suis toujours demandé si l'éclairage de la scène servait à concentrer l'attention du public sur l'artiste, ou bien à l'aveugler pour qu'il ne sache pas si la salle est vide ou pleine. En habitué de la pénombre, j'imagine que les deux cas de figure peuvent être sources d'angoisse. De toute façon, ça n'est pas Lucio qui m'aidera à répondre à cette question. Sa relation avec le public est avant tout olfactive.

À terre, derrière lui, une guitare espagnole repose sur un trépied. Celle qu'il a dans les mains est une Martin acoustique, avec laquelle il interprète une version toute personnelle de *John Barleycorn* des Traffic.

Lucio est très bon, il a de la technique et du cœur. Sa voix n'est pas classique, mais assez chargée d'émotions pour calmer le bourdonnement d'une salle comme celle-ci.

Pour ne pas déranger, Carla et moi, on reste au bar jusqu'à la fin de la chanson. Quand l'artiste a reçu les applaudissements qu'il mérite, on se pointe à une table libre au milieu de la salle, où se situe la zone de démarcation entre ceux qui sont venus écouter la musique et tous les autres, ceux qui sont là pour boire et parler de tout et de n'importe quoi, surtout de n'importe quoi.

Je demande à Carla si ça lui convient, elle me fait juste un signe de tête et s'assied. Elle a les yeux braqués sur la scène. Fascinée par la musique. Ça se voyait déjà à son expression au bar, pendant que Lucio chantait.

Lucio troque sa guitare acoustique pour la classique et attaque un morceau de José Feliciano intitulé *La Entrada de Bilbao*. Les notes jaillissent et ruissellent tandis que les doigts de Lucio pincent et tourmentent le nylon et le cuivre des cordes. Je m'assieds, peinard, en attendant de commander à boire. J'écoute la musique, je contemple Carla et j'essaie de remettre à plat tous les événements de la soirée.

Décor, salle, spectateurs et musique, tout ça passe à l'arrière-plan.

Je connais Stefano Milla depuis un bout de temps. On n'a jamais été amis, disons plutôt collègues. Le genre de relation qui peut s'établir entre un mec comme moi et un condé, disposé à fermer les yeux. Et, en l'occurrence, à faire passer le mot pour que d'autres les ferment aussi. Pas de corruption véritable, rien qu'une ceinture de sécurité, utile en cas de choc frontal. Sans trop de risques, ni pour lui ni pour moi, puisque je suis du menu fretin. En échange, je lui allonge une enveloppe de temps à autre, de quoi satisfaire un petit vice, ou bien je lui accorde un tour avec une des frangines.

Jamais su laquelle de ces indemnités il apprécie le plus.

Mais le trouver dans mes pattes au Ricovero Attrezzi, ç'avait été une surprise.

Milla s'est levé.

— Il faut que je te parle. Tu veux bien qu'on sorte deux minutes ?

Au ton de sa voix, c'était pas pour m'offrir des fleurs.

— D'accord.

Carla m'a lancé un regard plein de points d'interrogation. J'ai fait bonne figure pour la rassurer. Je me suis excusé auprès de Cindy et Barbara et j'ai suivi mon visiteur jusqu'à la sortie.

Sur le parking, on a fait quelques pas en silence pour s'éloigner du voiturier qui fumait sa clope. On s'est arrêtés à la hauteur de ma voiture.

— Toi et moi, a dit Milla, on a un truc à faire ensemble.

— Quel truc ?

— Ça, c'est toi qui sais. Moi, je dois seulement escorter une mallette et m'assurer qu'une certaine enveloppe arrive à destination.

Ça m'a fait un choc. Je n'aurais jamais cru que Stefano Milla était appointé par Tano Casale, et disposé à l'admettre de manière aussi désinvolte.

Peut-être que ça s'est vu à ma tête. Le condé a pris ma perplexité pour un jugement à son égard. Il s'est lancé dans une justification en règle que je ne lui demandais pas. Preuve que le sentiment de culpabilité est un sacré fardeau.

— Ne fais pas l'étonné, Bravo. Et pas de sermon, par pitié. Tu es mal placé pour en faire.

J'ai haussé les épaules et me suis allumé une cigarette.

— Tu fais bien ce que tu veux. Je ne suis pas du genre à chercher l'embrouille.

— Tant mieux. Excellent principe. Bon, alors comment on fait ?

— Demain, onze heures, via Roma, à Cesano Boscone, devant l'agence du Credito Romagnolo.

— C'est tout ?

— C'est tout. Moi, je dois voir quelqu'un, et toi tu transmettras ce que tu dois transmettre. Une autre question ?

Il n'a pas répondu tout de suite. Une pause calculée. J'ai vite compris.

— Ça se pourrait. Tu es au courant pour cette histoire de Salvatore Menno ?

Le deuxième à m'en parler, et dans les mêmes termes. Seulement voilà, comment savoir avec quelle casquette parlait Milla. Celle du représentant de la loi, ou bien du type ayant franchi la ligne par intérêt personnel ? J'ai levé le nez pour sentir le vent, ça fouettait.

— Bien sûr. On en a parlé à la télé.

— On m'a dit que vous aviez eu des divergences, ces temps-ci, tous les deux.

L'écho d'une voix dérisoire a résonné dans ma tête, comme si la Tulipe se tenait là, devant moi, à la place de Milla.

Creuse. T'as peur de ruiner ton beau costard ? T'inquiète, je l'envoie au nettoyage dès que t'as fini.

Puis ces sons étouffés.

Toumpf... toumpf... toumpf...

Qui ont changé la vie en mort, comme aux dames : un pion noir contre un pion blanc.

— Ce bâtard était un psychopathe. Je ne sais pas qui lui a réglé son compte, mais il devait avoir un mobile plus qu'acceptable.

— Là-dessus, je te suis.

Milla s'est arrêté un instant avant de poursuivre. Il était flippant avec son visage vérolé.

— Mais tu vois, si certaines rumeurs sont arrivées à mes oreilles, elles pourraient bien parvenir jusqu'à ceux qui enquêtent sur sa mort.

L'idée de sentir sur ma nuque à la fois l'haleine des cognes et celle de Tano Casale n'avait rien de rassurant. Je suis resté vague et j'ai dégainé une demi-vérité, à moitié convaincante.

— Je n'ai rien à voir avec ça.

— Il n'y a que vous deux pour le savoir. Hélas, la Tulipe n'est plus en mesure de confirmer quoi que ce soit.

— Et alors, qu'est-ce que je peux faire ?

— Un conseil d'ami, il vaudrait mieux que tu aies un alibi qui tienne la route, pour la nuit dernière.

La voix de Carla nous a surpris tous les deux.

— Il en a un, en fait.

On s'est retournés et elle était là, toute belle et lumineuse dans l'obscurité. À croire qu'elle en générait, de la lumière, tant ses yeux brillaient.

Elle est venue se planter à côté de moi.

— On l'a passée ensemble, la nuit dernière. Toute la nuit.

Milla l'a contemplée, avant de répondre. Avec la considération que méritaient son allure et ses paroles.

— Mademoiselle, si vous êtes prête à dire ça sous serment devant un juge, Bravo n'aura pas de problème.

— Bien sûr que j'y suis prête.

— Parfait.

Milla a retroussé sa manchette pour regarder l'heure.

— Navré de ne pas pouvoir m'attarder en si charmante compagnie. Quant à vous, mademoiselle...

— Carla. Carla Bonelli.

— J'en connais qui seraient prêts à tuer pour avoir un garant tel que vous. Bonsoir.

Sans attendre de réponse, il a tourné les talons et marché droit vers les voitures garées dans la rue, sous les réverbères. Deux pas plus loin, il s'est arrêté, s'est retourné et nous a lancé une phrase comme pour sceller notre destin.

— Parfois, seuls les crétins et les innocents n'ont pas d'alibi.

Puis il s'est barré, on a entendu le claquement d'une portière et le moteur d'une caisse qui s'éloignait. Carla et moi, on est restés là, parmi les carosseries rutilantes et dans une situation un peu fumeuse.

Elle pouvait au moins m'éclairer sur deux points.

— Il va falloir que tu m'expliques... Primo : pourquoi tu m'as suivi. Deuxio : pourquoi tu as menti ?

Dans sa voix, il y avait comme un soupçon de provoc.

— Je t'ai suivi parce que ce type ne me plaît pas. J'ai menti parce que tu me plais. Et que j'ai confiance en toi.

J'ai pensé qu'il valait mieux lui rappeler la réalité des faits. Net et précis. Pas par honnêteté, par pur intérêt personnel.

— On parle d'homicide, là.

Du tac au tac, elle s'est montrée nette et précise, elle aussi. Noir ou blanc, pas à tortiller.

— C'est toi qui l'as tué ?

J'ai annoncé ma couleur.

— Non.

— Tu vois ? Alors, on peut bien dire qu'on a passé la nuit ensemble.

Elle s'est retournée et, sans se presser, est retournée vers l'entrée, d'où s'échappait une lumière trop blafarde pour chasser certaines ombres. Je l'ai rattrapée et en marchant à ses côtés, pour la première fois de ma vie, je me suis senti accompagné. J'ai pensé au psychologue qui m'a suivi un bout de temps, après mon accident. Ça n'avait pas servi à grand-chose à l'époque, parce que je ne désirais qu'une seule chose : fuir. Je me suis demandé quel genre d'aide il pourrait bien m'apporter, à présent que cette envie-là s'était envolée comme par enchantement.

On est allés se rasseoir à la table, où Cindy et Barbara finissaient leurs assiettes. Le champagne avait baissé de moitié. Mon steak était froid et la salade flétrie par le vinaigre. Ce qui restait du riz à la milanaise de Carla s'était figé en un bloc jaune et compact.

Cindy, qui connaît Stefano, a levé vers moi ses yeux clairs. Son accent américain rendait son italien un peu incongru.

— Des problèmes ?

Je lui ai souri, faux comme Judas.

— Même pas la queue d'un.

Avec sa serviette, Barbara s'est essuyé les commissures des lèvres.

— Bon, tu nous parles maintenant de ce truc important ?

Je me suis penché vers elles, en baissant la voix d'un ton.

— Demain, il y a du boulot dans un lieu où Cindy et toi êtes déjà allées. À Lesmo, dans la villa de Lorenzo Bonifaci.

J'ai laissé Carla assimiler ce nouveau nom. À son

expression, j'ai pigé qu'elle le connaissait et que ça l'impressionnait pas mal.

— Vous avez rencard à trois heures piazza San Babila, parées pour passer la nuit dehors. Une voiture viendra vous prendre. Les conditions sont excellentes : trois millions chacune. Ça doit être les mêmes types que la dernière fois, parce que c'est vous qu'ils ont réclamées.

— Et Laura ?

— Laura ne travaille plus avec nous. Elle a choisi une voie de traverse.

Pour ne pas réveiller l'eau qui dort, je me suis abstenu de dire qu'elle avait choisi l'amour. Mieux valait éviter de mettre en branle ces étranges mécanismes cérébraux propres aux gonzesses. À mon avis, ça n'était pas la tasse de thé de Cindy et de Barbara, mais Carla était encore une inconnue et je préférais la protéger. D'elle-même, pour mon bien.

— Et donc, j'ai dû choisir une voie de traverse moi aussi. Carla la remplacera. Très bien, je pense. C'est son premier boulot, je compte sur vous pour la mettre à l'aise.

Barbara s'est mise à rigoler, puis a contenu son hilarité derrière sa serviette.

— Qu'est-ce qui te fait rire ? a dit Carla en tirant un peu la gueule.

Barbara a fait un geste de la main, pour minimiser.

— Rien. C'est juste que, l'autre fois, il y avait un amateur de l'entrée des artistes, je ne sais pas si je me fais bien comprendre. Mieux vaut que tu sois préparée, si tu tombes sur lui.

La vanne aurait été de mauvais goût, sauf que ça n'en était pas une, mais la réalité nue et crue, à prendre ou à laisser. J'ai observé Carla. Elle a pris son temps, regardant l'une, puis l'autre.

— Vous le faites ?

Cindy a répondu, pour toutes les deux.

— Pas de fouets ni de coups, mais pour le reste, à ce prix-là, je ne pose aucune limite.

Carla a hoché la tête. Un tout petit geste pour une femme, un pas de géant pour ses finances et pour les miennes.

— Alors, ça me va.

Elle a bu le fond de son verre de champagne, puis me l'a tendu, vide.

— Très bon. Je peux en avoir encore un peu ?

Les applaudissements vigoureux à la fin du morceau me ramènent au Byblos et effacent la suite d'une soirée consacrée à persuader ces trois belles pépées de devenir de loyales collègues, sinon des amies, pour ne pas employer les grands mots.

Les lumières de la scène s'éteignent, laissant place à celles, tamisées, de la salle. Des enceintes s'échappe une musique enregistrée, quelques décibels trop fort. Le spectacle est terminé. Lucio se lève de son tabouret, un technicien rapplique pour l'aider à ranger ses guitares et à descendre de l'estrade.

Carla se tourne vers moi.

— J'adore sa musique.

Je n'ai pas le temps de commenter, un serveur se pointe et on commande au pif deux boissons, dont on n'a pas spécialement envie. En bon cavalier de la vieille école, j'allume la cigarette que Carla a glissée entre ses lèvres. Puis je lui pose une main sur l'épaule.

— Excuse-moi un instant.

Je me fraie un chemin parmi les tables et m'approche de Lucio. Je lui signale ma présence en lui livrant la solution de l'énigme de l'après-midi.

— « Au stade avancé »

J'admets que l'allusion à l'Argentine, où se joue la Coupe du monde dans quelques semaines, a été déterminante.

Lucio se tourne vers moi sans la moindre surprise.

— Je savais que tu trouverais. Ça n'est presque plus drôle, avec toi.

Il se baisse pour vérifier que ses étuis à guitare sont bien fermés. Comme tous les musiciens, il prend un soin maniaque de ses instruments. L'essentiel de ce qu'il possède et de ce qu'il aime tient dans ces deux boîtes.

— Tu es là depuis longtemps ?

— Non, malheureusement, on a entendu que les deux derniers morceaux.

— On ?

— Carla est avec moi.

— Ah ?

L'interjection contient tout un discours. Un monde. Comment Lucio imagine-t-il le visage d'une femme dont il ne connaît que la voix ?

— La fille qui sent bon.

Je souris. C'est bien ce que je me disais, quand un sens fait défaut, les quatre autres s'approprient son potentiel.

— Pas sûr que tu la reconnaisses. Elle a un nouveau parfum.

— Français ?

— Du bon parfum. Mais je n'ai pas contrôlé son passeport.

— Crétin. Je suis l'ami d'un crétin.

Lucio se relève et tend la main vers moi. Il saisit mon bras.

— Tu n'as que deux moyens de retrouver grâce à mes yeux.

— Dis-moi.

— Donne-m'en une paire neuve, pour commencer. Ensuite, emmène-moi saluer cette divine créature.

Il m'arrive de penser que si Lucio n'avait pas perdu la vue, cette chouette ironie douce-amère aurait été perdue pour le monde. N'empêche, lui s'en serait volontiers passé, de faire profiter autrui de ce don.

Je le conduis jusqu'à la table où Carla nous attend. Il se cherche une chaise à tâtons.

— Ciao, Lucio, tu as été fantastique.

— Ciao, jeune fille. Bravo avait raison.

— De me dire que tu étais nul ?

— Non. Le fait est qu'en matière de musique c'est une brêle. Mais il s'y connaît en parfum. Celui que tu portes est exceptionnel.

— C'est lui qui me l'a offert, avec un tas d'autres choses.

Je regarde autour de moi, m'étonnant de ne pas voir Chico, le gars qui accompagne Lucio d'habitude.

— Ton alter ego n'est pas là, ce soir ?

Mon ami prend une voix de fausset.

— Mon chauffeur, tu veux dire ? Non, il a quartier libre.

— Qui te ramène chez toi ?

Il reprend son sérieux.

— Je suis venu avec lui, mais il ne pouvait pas passer me reprendre. Je me suis mis d'accord avec le patron du Byblos, c'est lui qui me raccompagne.

Carla me devance.

— Viens avec nous.

J'approuve, en rechignant à peine.

— Tu seras un peu serré. La Mini déborde de sacs et de paquets, mais on va te trouver une petite place.

— Impeccable. J'occupe moins d'espace qu'un hareng. Je viens comme ça ou vous me préférez fumé ?

Carla se marre et on se met en branle. On prévient le patron du changement de programme, il a l'air soulagé de ne pas devoir se taper tout le trajet jusqu'à Cesano Boscone. Lucio jouant au Byblos demain soir, il lui confie ses guitares en le priant de fermer à clé l'endroit où il les rangera.

On sort en laissant clients et serveurs affronter les ultimes sursauts de la vie nocturne de Milan. Dans la bagnole, trois êtres dissemblables sur la même route. Pendant tout le voyage, je conduis et je fume en silence. J'écoute mes deux passagers causer musique, après que Carla a raconté, tout excitée, son après-midi de shopping.

La nuit nous ouvre les bras, les rues sont désertes, et on arrive à la maison bien plus vite que prévu. On rassemble nos paquets en rigolant et bien qu'on soit chargés comme des mules, on réussit à conduire Lucio jusqu'à la porte d'entrée, à l'ouvrir et à monter à l'étage.

J'ouvre la porte et on largue enfin notre encombrant et coûteux barda. Avant que j'aie le temps d'appuyer sur l'interrupteur, sa voix résonne.

— Vous voulez un café ?

Lucio est sur le seuil de son appartement.

Carla et moi on échange un regard. On se doute bien que le café est un prétexte. L'objectif, c'est bien sûr d'adoucir sa solitude avec un sucre ou deux. Si j'étais quelqu'un d'autre, j'aurais hâte de me retrouver seul avec Carla. Mais on ne fait pas toujours ce qu'on veut, dans la vie. Reste qu'on peut choisir avec qui on partage sa cellule.

— OK pour le café.

On le rejoint chez lui. Quand il nous entend entrer, Lucio tend la main pour allumer la lumière. Ça me serre le cœur de savoir qu'il ne le fait que pour nous. Ses factures d'électricité sont du genre modeste. Carla inspecte les lieux, sans gêne. Elle constate que les murs sont nus, et les couleurs assorties à la va-comme-j'te-pousse, en se disant peut-être la même chose que moi les premières fois. Ici, les aspects pratiques passent avant le reste. La dimension esthétique est un luxe auquel Lucio a dû renoncer. Comme tous les luxes, c'est superflu.

Notre hôte se dirige vers sa cuisine.

— Asseyez-vous, je vous le prépare.

Carla l'arrête net.

— Non, je m'en occupe.

— Mais...

— Rien du tout. Ce soir tu as bossé, et j'ai fait ma princesse tout l'après-midi. Assieds-toi et laisse-toi servir. Pour une fois, je décide, c'est tout neuf, pour moi.

Lucio rend les armes et prend place à table. Carla disparaît dans la minuscule cuisine et on l'entend fouiller les placards à la recherche de la cafetière et des matières premières. Je reste planté là, devant un meuble de rangement. Sur une étagère, il y a un téléphone, un transistor et un récipient en verre contenant, en vrac, des clés, des papiers et des pièces de monnaie.

À côté de ce fourbi, plusieurs photos. Lucio, un peu plus jeune, avec d'autres gars, sur une scène. Ils posent, comme font les musiciens, au milieu des micros, des amplis et des instruments. Un nom inscrit sur la batterie : *Les Misérables.*

— Tu ne m'avais jamais dit que tu avais joué dans un groupe.

— Qu'est-ce que tu en sais ?

— Des photos, là, sur le meuble.

— Je les ai montrées à Chico, tout à l'heure. Il a oublié de les ranger. Je vais devoir changer de majordome.

— Ça a duré longtemps ? Le groupe, je veux dire.

Lucio grimace.

— Non. On a fait ce qu'on a pu, on n'était pas mauvais, mais pas géniaux non plus. Et les autres avaient d'autres projets qui ne concernaient pas la musique.

— Et toi ?

Pour la première fois depuis que je le connais, je lis l'amertume, sur son visage.

— Moi, j'ai continué en solo, mais je n'avais pas l'énergie nécessaire. À l'époque de cette photo, mes yeux étaient déjà presque foutus.

Je regarde à nouveau les images. Lucio est le seul à ne pas sourire. Je les repose et je viens m'asseoir face à lui.

— Bravo, je peux te poser une question ?

— Sans problème.

— Tu sais ce que je fais. Maintenant, tu connais aussi mon passé. Et toi alors, tu fais quoi, dans la vie ?

Pas facile à expliquer, surtout à quelqu'un d'aussi fin que Lucio.

— Disons que je suis un homme d'affaires.

Il sourit et me concède les honneurs de la guerre.

— J'ai la vague impression que si je te demandais quel genre d'affaires, je n'obtiendrais pas de réponse probante.

J'essaie de prendre un ton dégagé, puisqu'il ne peut pas voir ma réaction.

— Les affaires sont les affaires. Le seul but est d'en tirer de l'argent. Et tout ce qui n'est qu'une question d'argent ne mérite pas d'être pris en considération.

Carla interrompt ces confidences en apportant le café. Elle a forcément entendu ce qu'on se disait, mais ne relève pas. Elle pose deux tasses devant nous et repart dans la cuisine.

— Et toi, Carla, dans quoi tu travailles ?

Elle revient avec le sucrier et les cuillères, et prend place entre nous. C'est moi qui sers le sucre, comme de coutume. Deux pour Lucio et un demi pour moi. Carla boit son café amer.

— Jusqu'à hier, je bossais pour une entreprise de nettoyage. Et là, je cherche.

— Toi, femme de ménage ? Avec ce parfum ? J'y crois pas.

— Et pourtant c'est comme ça. Enfin, c'était.

Le café, brûlant et parfumé, nous fait taire. On est là, sous la lumière du plafonnier, à se demander quelle vie on mènerait si les choses avaient tourné autrement pour nous. À bâtir des châteaux en Espagne qui ne nous consoleront pas.

Lucio rompt le silence.

— Carla, je peux te toucher le visage ?

La question a l'air de la faire réfléchir. J'ai le temps d'allumer une cigarette avant qu'elle réponde, d'une voix assurée.

— Bien sûr.

Elle vient se planter devant lui. Sentant sa présence, Lucio se lève. Il fait lentement courir ses mains sur sa figure. Ses doigts plongent dans ses cheveux, parcourent son front, l'arête de son nez, devinent le grain de sa peau. Il l'explore avec le soin et la curiosité d'un expert déchiffrant un manuscrit rare.

— Mon Dieu, tu es magnifique.

La tristesse étend ses ailes sur le beau visage de Carla. Elle me regarde avec une prière dans les yeux. J'y réponds d'un signe de tête.

Alors, elle lui prend les mains et les pose sur ses seins, doucement, pour qu'il comprenne. Puis elle se rapproche et l'embrasse. Elle effleure ses lèvres une première fois, une caresse, rien de plus. Après un instant, comme suspendu à la lumière, elle recommence et cette fois c'est un vrai baiser, mêlant langues et salives, le geste qui scelle, entre un homme et une femme, le pacte amoureux.

Elle se détache de lui et le prend par la main. Sans rien dire, elle le conduit jusqu'à la porte, dans le couloir, qui mène à la chambre.

Je reste seul.

Vertigineusement seul.

Je termine ma cigarette et j'en allume une autre, et puis je les rejoins. Quand je passe la porte, seul le reflet de la lampe du salon éclaire la chambre.

Je m'assieds dans un fauteuil contre le mur face au lit, et je contemple Lucio et Carla qui font l'amour. Sans faire gaffe, on a glissé tous les trois dans une nuit factice, éphémère, où rien n'appartient plus à personne. Sur le lit, deux corps nus bougent et s'entremêlent, s'offrant l'un à l'autre le poison et l'antidote. Moi, je reste assis là et je regarde, cherchant à absorber leurs souffles. Immobile, comme une statue de marbre, devant ces gestes accomplis par qui ne peut pas les voir, à la place de qui ne peut plus les faire.

11.

Quand je me réveille, à midi, Carla dort encore.

Je n'avais pas fermé à clé, même si je pensais qu'elle resterait avec Lucio jusqu'au matin. Mais cette nuit, je l'ai sentie se glisser dans mon lit, sans un mot. Elle m'a tourné le dos et s'est collée contre moi. J'ai replongé dans le sommeil, comme si c'était normal qu'elle soit là.

J'allume la lampe sur la table de chevet et je la contemple. Elle est allongée sur le flanc, nue, le corps en partie dissimulé par le drap. Je tends la main et je caresse sa peau, suivant la ligne douce de sa hanche. Elle se retourne en gémissant, m'offrant ses seins. Puis elle me passe les bras autour du cou et, sans ouvrir les yeux, enfouit son visage au creux de mon épaule. Je sens son haleine tiède et ensommeillée.

— Bravo...

Est-ce qu'elle m'appelle ou bien est-ce un commentaire concernant la caresse ? J'opte pour la première hypothèse.

— Dis-moi.

— Je suis vraiment bien avec toi.

Je connais ces mots-là. On me les a dits, souvent, dans le passé. Mais une seule fois, avant aujourd'hui, de cette façon-là, à la fois bienvenue et potentiellement dangereuse. Autre lieu, autre époque, j'étais un homme différent. Et la femme qui me les disait, un autre genre de femme.

On se croyait tous les deux meilleurs que l'on était.

Il y a des moments qu'on n'oublie pas et Carla vient de m'en offrir un. J'ignore ce que l'avenir me réserve, mais je sais que je vais bientôt pouvoir oublier et reconstruire.

Pas tout de suite, cela dit.

— J'ai des trucs à faire, et toi aussi.

— Oui, je sais.

— On reparlera de ça plus tard.

— D'accord.

Elle se détache de moi et repose sa tête sur l'oreiller, les yeux toujours fermés. Grâce à quoi je prends sur moi, et j'ose me sortir du plumard. Je jette mon corps impuissant sous la douche, avec l'envie de le frotter jusqu'à en arracher la peau.

Je m'attarde dans la salle de bains, me rasant tout en faisant le point. L'affaire de la Tulipe me tracasse. Je suis à peu près certain d'avoir fait ce qu'il fallait, et de ne pas avoir laissé de traces. Quand il m'a enlevé devant l'Ascot, personne ne nous a vus, manque de pot sur le moment, vrai coup de bol à présent. Ça, c'est au cas où les cognes arriveraient d'une manière ou d'une autre à remonter jusqu'à moi. Le cas Tano est plus compliqué. S'il décide de faire la lumière sur cette histoire, il risque d'user de méthodes moins orthodoxes. Est-ce que je serais crédible si je lui racontais simplement la vérité ?

Parfois, seuls les crétins et les innocents n'ont pas d'alibi...

Je me passe de l'après-rasage et mon regard tombe

sur l'exemplaire de *La Settimana Enigmistica* posé sur le panier à linge. À y penser, c'est curieux comme la vie ressemble à ces jeux de mots, même du point de vue esthétique.

Quand tu nais, on te tire au sort. Tu sors sur une page ou sur une autre, question de destin. À partir de là, il y a les cases blanches et les noires, les espaces vides où trouver les inconnues, les lettres prêtes à toutes les calligraphies, chacune dans sa case avec ses prétentions. Mais qui n'est rien sans toutes les autres.

On est comme ça, au fond : horizontaux ou verticaux. Une somme d'attitudes et de postures, des mots qui se croisent pendant que nous on marche, on dort, on joue, on fait l'amour, on rentre chez soi fiévreux et on tombe malade. Et puis un jour, tout est homologué et on réalise que l'énigme sur laquelle on s'acharne est insoluble.

Le reste du temps est une longue ligne horizontale.

On frappe à la porte.

Je quitte la défroque de Zarathoustra et je me retrouve dans mon vieux peignoir en éponge. Carla, déstructurée par le verre dépoli, demande si elle peut entrer.

— Je t'en prie.

Elle passe la tête par la porte entrouverte. Ses yeux clairs ont la couleur du bois de l'arbre du Bien et du Mal.

— J'ai fait des pâtes, tu en veux ?

Il y avait donc quelque chose de comestible chez moi. Ici, la cuisinière ne sert qu'à faire du café.

— Avec quoi ?

— Ce que j'ai trouvé. De l'huile, du sel et une boîte de tomates pelées. Ton garde-manger crie misère.

— Donne-moi une seconde.

J'attends qu'elle s'éloigne pour m'aventurer dans le couloir. Je sors du placard un pantalon et une chemise et je vais dans la chambre, où le lit a été refait au carré. Je ferme la porte avant de m'habiller.

Elle m'a vu nu une fois, ça suffit. Je ne tiens pas à remettre ça.

Carla s'est installée dans le séjour, elle n'a sur le dos que la chemise que je portais hier et on la croirait en robe de soirée. Elle a posé sur la table deux assiettes de spaghettis.

Je viens m'asseoir et je goûte.

— C'est bon.

Je suis sincère, ça l'est vraiment. Carla me sourit.

— Rien à voir avec le dîner d'hier.

— Non. Mais ça a le mérite de la nouveauté. Je crois que je n'ai jamais mangé à la maison.

— Moi, toujours.

Voilà qui définit nos modes de vies mieux qu'un long discours. On déjeune en silence, tranquilles. Pas une allusion à ce qui s'est passé la nuit dernière avec Lucio.

Je termine le premier et, dès qu'elle a fini, je me lève.

— Je m'occupe de la vaisselle. Toi, va te préparer.

— D'accord.

Elle se lève à son tour et disparaît dans le couloir. J'empile les assiettes dans l'évier. Je m'allume une clope sans céder à la tentation d'un café, que j'ai la flemme de préparer, d'ailleurs.

Pendant que Carla prend une douche et se pomponne, j'expédie les affaires courantes. J'arrange des rencontres pour deux ou trois vieux clients, dociles et pas emmerdants, en quête d'un peu de cette compagnie qu'ils ne savent pas trouver tout seuls. Une sinécure, pour eux comme pour moi. Trente pour cent de ma personne sont très compréhensifs. Pour les soixante-dix pour cent qui restent, ça regarde ces messieurs, leur conscience et les filles.

Bip.

Mon majordome de poche me prévient qu'on me réclame. Le standard d'Eurocheck me transmet le sempiternel numéro anonyme, la routine, quoi. J'appelle. C'est un homme qui répond, sans trop hésiter, avec un léger accent étranger que je ne reconnais pas.

— J'ai reçu un appel de ce numéro.

— Vous êtes Bravo ?

— C'est bien moi. Je vous écoute.

— Un ami m'a donné vos coordonnées. Il me dit que vous êtes compétent, et tout à fait fiable.

C'est très aimable, mais un peu léger. Une ou deux références s'imposent.

— Je peux savoir qui est cet ami ?

— Le docteur Larsson.

Je connais ce nom. Un Suédois, qui fait dans la chirurgie esthétique. Il vient de temps en temps à Milan et ne crache pas sur la compagnie des femmes. Ni sur les accessoires : fumette et poudre. Un fana de Betsy, une belle métisse. Normal pour un Scandinave. M'étonnerait qu'il l'anesthésie, avant d'opérer. N'empêche, je décide de tester mon éventuel futur client, pour voir.

— Ah oui, le docteur Larsson. Un des meilleurs dentistes de Göteborg.

L'autre n'a pas l'air de piger que je le mène en bateau. Il me corrige illico, et passe l'épreuve.

— Non non, vous confondez. Le docteur Larsson est chirurgien, il exerce à Stockholm.

— Mais oui, bien sûr. Excusez-moi. Que puis-je faire pour vous ?

— Eh bien, je me demandais si...

Ils font rarement les fiers, au premier contact. Je patiente pendant qu'il cherche ses mots. Du courage, on en a ou pas, c'est selon. Il finit par en dégotter un ersatz acceptable.

— J'aimerais savoir s'il vous est possible de fournir de très jeunes filles.

— Toutes les filles avec lesquelles je travaille sont très jeunes.

D'abord peu assurée, la voix s'est alourdie de sous-entendus.

— Non, je voulais dire de très très jeunes filles...

Je laisse la phrase en suspens, et je percute. Les mailles de mon code moral sont plutôt larges, mais certains trucs ne passent pas. Faut savoir s'adapter. Je siffle comme un serpent, en lui répondant. Une langue que ce bâtard devrait réussir à entendre.

— Écoutez-moi bien, charogne. Je ne sais pas qui vous êtes, mais je vais vous dire qui je suis. Rappelez-moi une seule fois pour ce genre de saloperies, je vous retrouve et je vous pète les bras et les jambes. Continuez à chercher ça à Milan, je le saurai, même punition. Vous comprenez ?

— Oui, mais je...

Je lui coupe la chique.

— « Mais je », mes couilles ! Dégage, ordure.

J'écrase le combiné avec une telle violence que je manque l'exploser. Je note le numéro que je viens d'appeler sur un bout de papier. Dès que j'en aurai l'occasion, je le refilerai à Milla, qu'il aille fouiner un peu autour de ce foutu pédophile.

La voix de Carla comme un coup de théâtre.

— Je suis prête.

Je me retourne et je suis... séché. Je ne trouve pas le mot pour décrire l'effet.

Elle a mis une des robes que je lui ai achetées hier, un truc fluide, couleur tourterelle, de la nuance de ses yeux. Sa veste est de la même teinte, avec un motif jacquard. Ses escarpins lui allongent la jambe, c'est une bombe nucléaire.

Elle tourne sur elle même, en souriant, avec une pointe de vanité que je lui accorde et qu'elle mérite.

— Je suis comment ?

— Tu es très belle.

Puis, soudain sérieuse.

— Je voudrais toujours l'être, pour toi.

Elle s'approche et se colle à moi, me passe les bras autour du cou. On s'embrasse. Sa langue a le goût du dentifrice à la fraise, et d'autre chose que j'ai oublié. Je suis devant une porte grande ouverte et, quoi que je fasse, je ne franchirai pas son seuil. Malgré tout je suis là, à lui rendre ce baiser comme si c'était le premier ou le dernier de ma vie. On reste enlacés. Elle pose sa tête sur mon épaule.

— Bravo...

— Oui ?

— Merci, quoi qu'il arrive.

Je l'écarte de moi et regarde la montre à mon poignet. Ma voix me semble appartenir à quelqu'un d'autre.

— Il est tard, il faut y aller. D'ici à San Babila, ça peut prendre des plombes, s'il y a du monde.

— Oui, je comprends.

Elle a l'air déçu. Et moi j'ai la rage. Contre moi, contre elle, contre Lucio. Contre nos jeux de mots à la con et nos illusoires jeux d'adultes. Contre la terre entière. On sort et on rejoint la bagnole. Il s'est passé assez de choses troublantes, pas faciles à exprimer. Voilà pourquoi on ne trouve plus nos mots, pourquoi on a la trouille tous les deux.

J'ouvre le coffre, je range la valise, on s'assied et je démarre. Le moteur tourne mais je reste là, sur le parking. J'arrête tout. Je regarde autour de moi. Le volant, les sièges, les tapis de sol, les trucs qui traînent au-dessus de la boîte à gants : tout est comme hier, et pourtant quelque chose ne colle pas. Pour amuser Lucio, je pourrais dire que c'est une sensation de *pas encore vu*, et ça aurait l'air d'être la clé d'une de nos énigmes. Mais ce ne sont pas des mots qui me tracassent, à cet instant, seulement ce sentiment d'étrangeté.

— Ça ne va pas ?

— Si, tout roule.

Je redémarre et on prend la route. Pas sûr d'avoir été très convaincant. Tout le temps du trajet jusqu'à San Babila, pendant que je rabâche les mêmes recommandations, rappelant à Carla qu'elle va accéder à un monde très exclusif, elle continue de me fixer comme si elle cherchait derrière mes gestes et mes paroles un message plus complexe.

Quand on arrive dans le centre, Barbara est là, devant le Gin Rosa, une petite valise à ses pieds. Je m'arrête à sa hauteur et au moment où je fais descendre Carla, un taxi stoppe derrière nous. La portière s'ouvre sur les longues jambes de Cindy. Elle s'approche, un sac Vuitton au bras. Grande, belle et sans limites. Sinon, elle les aurait payés comment, ce sac, et ces fringues de marque qu'elle a sur le dos ?

Elle est là, radieuse et pleine d'entrain.

— Pas mal du tout, le chauffeur de taxi. Beau gosse, vraiment. Il ne m'a pas fait payer. Je lui ai filé mon numéro de téléphone. S'il m'appelle, je lui ferai faire un petit tour gratuit, moi aussi.

Ça fait rire Barbara, mais Carla reste songeuse. Se souvient-elle de ses mots, quand on s'est rencontrés ?

Pour toi, ce serait gratuit...

Allez savoir.

Une concentration de nanas de ce calibre, ça ne passe pas inaperçu. Du coup, moi aussi j'attire les regards, et ça ne me plaît pas des masses. Je dois me tirer d'ici au plus vite, j'ai besoin d'un tête-à-tête avec ma voiture.

— Ciao, les filles, bonne chance. Appelez-moi quand vous rentrerez.

Barbara et Cindy me saluent, et j'ignore le regard de Carla, qui me suit jusqu'à la voiture.

Je profite du feu vert et je m'engage corso Venezia, direction Buenos Aires.

L'après-midi s'annonce long et plein d'incertitudes. Le moment idéal pour faire un tour au cinéma Argentina. Lequel, comme c'est original, se trouve piazza Argentina. C'est une salle qui a connu des jours meilleurs, on y passe des nanars de science-fiction et d'horreur, des westerns, des cycles consacrés à un acteur ou à un autre, le programme change tous les jours.

L'endroit rêvé pour tuer deux ou trois heures.

En me faufilant dans le trafic de Milan, je me remets à étudier l'intérieur de la bagnole, parce que la sensation d'étrangeté m'est revenue comme un boomerang. Je me gare dans les parages du cinoche, je coupe le moteur et m'allume une clope. Dès la première taffe, j'ai le déclic.

Rien de neuf dans cette caisse, mais il manque un truc familier.

L'odeur du tabac.

J'ouvre la boîte à gants. Pas de risque que je passe pour un guignol, vu qu'il n'y a pas de témoin de ce que je m'apprête à faire. Personne pour insinuer que la démence me guette. Je prends la carte grise et j'actionne le levier qui déverrouille le capot. Je passe devant la voiture, je le lève et le bloque. Puis je compare le numéro du châssis avec celui de la carte.

Oublions la démence. J'ai la berlue, ou quoi ? Les numéros ne correspondent pas. Je vérifie derechef, rien à faire, deux séquences de chiffres et de lettres aussi dissemblables qu'une même phrase écrite en deux langues différentes.

Je ne sais plus quoi penser.

En général, quand ça m'arrive, je ne pense pas. J'utilise cette technique quand je sèche sur une énigme. Je prends une pause, je fais quelque chose d'autre, j'attends que la partie incontrôlable de mon cerveau fasse son boulot. Tôt ou tard, la solution apparaît, bon sang mais c'est bien sûr ! J'aurais dû y penser avant...

— Oh tête de nœud ! Mais tu crois que c'est l'endroit pour mettre de l'huile ?

Je me retourne, Daytona est juste derrière moi. Il est arrivé côté trottoir, sur ma droite. Absorbé par mon petit mystère, je ne l'ai pas vu ni entendu approcher. Il porte de manière admirable sa trogne défaite et un costard bleu tout chiffonné.

Je planque la carte grise que j'ai encore à la main.

— Un bruit louche. J'ai peur que ce soit la courroie.

Daytona a un de ces petits rictus qui lui donnent l'air d'un personnage de cartoon. Il désigne ma voiture.

— Il serait temps que tu te paies une tire convenable, à la place de cette chiotte. Un mec comme toi devrait rouler dans un modèle de luxe, pas dans un pot de yaourt.

Je débloque le capot et le referme.

— Quand tu te décideras à la vendre, j'achèterai ta Porsche, sauf que d'ici là elle sera classée aux monuments historiques.

Piqué au vif, Daytona me prend de haut.

— C'est une voiture de seigneur, la mienne. T'as pas la carrure. Une fiotte dans ton genre qu'essaie de la faire démarrer, elle explose de suite !

Je laisse tomber la prise de bec, qui pourrait durer des plombes, et j'en reviens aux formules d'usage.

— Qu'est-ce que tu fais dans le coin ? T'es pas encore au lit, à cette heure ?

Daytona indique un point qui pourrait se trouver n'importe où à Milan.

— J'aimerais mieux. J'avais un rencard de boulot dans une rue, là derrière. Très bon plan.

J'ai toujours eu beaucoup de mal à associer le mot boulot à la personne de Daytona qui, à force d'abuser des bonnes choses, se trimballe des fois une face couleur de milk-shake. Fraise ou banane, c'est selon. Pour éviter de le torturer, j'annonce mon programme personnel.

— Je vais à l'Argentina.

— Encore un qui n'a rien à branler. Au cinoche en pleine journée.

Jamais à court de provocation. Je rétorque, l'air sarcastique.

— Parce que toi, tu en as, des obligations, aujourd'hui ?

— Que dalle. D'ailleurs je viens avec toi. Ils passent quel film ?

— Pas la moindre idée. Mais si on fait cent mètres on le saura.

On se met en route. J'aurais préféré rester seul, mais je n'ai pas d'excuse valable pour refuser sa compagnie et sa tchatche. J'espère seulement qu'il se taira pendant la projection. Au pire, ça me donnera une bonne raison de lui dire de la fermer.

Arrivés devant les affiches, on constate que c'est un cycle Paul Newman. Le film d'aujourd'hui, c'est *L'Arnaque*. Daytona me lorgne, dubitatif.

— Je l'ai pas vu. Et toi ?

Je hausse les épaules. Tous les films se valent, je ne suis venu ici que pour tuer deux heures dans un endroit peinard et discret, et gamberger un peu.

— Moi, si. Mais ça me va de le revoir.

On est vernis. Au moment même où on entre, au-dessus de la caisse, le signal du début de séance s'allume. On achète les billets et la caissière nous confirme que ça commence tout juste.

On descend dans la salle tapissée d'une pénombre moirée. Pour le siège, on a l'embarras du choix, il doit y avoir dix spectateurs en tout. Éclairés par la lueur de l'écran, on gagne deux fauteuils vers le milieu de l'allée.

Daytona s'est assis à ma droite, et je le sens qui prépare un commentaire critique qui fera date dans l'histoire de la cinéphilie mondiale.

— Balèze, Robert Redford.

Je crains le pire, mais il la boucle, et quelques minutes plus tard, c'est le bonheur. Il penche la tête en avant, sa lèvre supérieure se met à trembloter et l'autre à pendouiller. Il sombre en ronflant, comme un gros matou repu.

Je me cale contre le dossier, je contemple l'écran et

je réfléchis. Les deux héros, deux stars de gros calibre, nippés comme il se doit, tentent de gruger un boss de la Mafia de Chicago dans les années trente. L'histoire de ces deux embrouilleurs me rappelle des trucs, et soudain une intuition m'arrive de nulle part.

Mieux qu'une intuition, une suggestion. Qui me donne tout de suite une idée.

Je quitte ma place et file vers la sortie, abandonnant Daytona dans les bras de Moira Orfei[1], pour citer un comique de l'Ascot. Dans le hall, il y a un téléphone dans une niche.

Après plusieurs sonneries, j'entends le rude accent lombard de mon pote.

— Allô, qui c'est ?

— Pino, c'est Bravo.

— Bravo, espèce de branleur, ça fait un bail qu'on t'a pas vu.

Pino est un peu lourdingue, mais c'est une bonne pâte et un vrai magicien dans sa spécialité. Sa femme est un cordon bleu, et sa fille, un monstre. Nos relations, déjà épisodiques, ont quasiment cessé quand j'ai réalisé qu'ils voulaient me la fourguer. Et qu'elle ne demandait pas mieux.

— J'ai dû quitter Milan. J'ai beaucoup de boulot en ce moment.

— C'est ça, t'as qu'à croire. Qu'est-ce que tu veux ?

— J'ai besoin d'un truc. Et il me le faut demain matin au plus tard.

— Tu me prends pour Mandrake le magicien ?

Agacé, il a haussé le ton. Connaissant Pino, rien de surprenant. Je le vois d'ici, petit et maigre dans

1. Moira Orfei, ou Miranda Orfei, artiste de cirque et actrice italienne.

son marcel, pendu au téléphone mural du couloir, se mettant sur la pointe des pieds pour me dire ça.

Je le flatte, misant sur son amour propre.

— Je te prends pour un magicien tout court. Pour le nom, c'est toi qui décides.

— De quoi tu as besoin ?

Je le lui explique. Comme prévu, il n'est pas trop partant.

— Tu vas droit dans le mur.

— Je vais nulle part. C'est seulement pour faire une bonne blague.

— Il y a des blagues qui mènent tout droit à San Vittore.

Impossible de lui dire que c'est exactement ce que j'espère.

— T'inquiète. Aucun problème, ni pour toi ni pour moi. Alors ?

Il y pense un moment. Puis il cède.

— C'est jouable. Passe demain matin après neuf heures. Mais ça va te coûter bonbon.

— Tout est relatif.

— Une plaque.

— Bordel, une plaque ! T'es pas Mandrake le magicien, t'es Arsène Lupin.

— Alors, trouve quelqu'un d'autre.

— C'est bon, va pour la plaque. On se voit demain.

— Tu déjeunes avec nous ?

— Pas le temps. Une autre fois.

— À demain, alors.

Je raccroche et je retourne dans la salle. Daytona roupille toujours, mais sa tête pend de l'autre côté. Je parierais qu'il va émerger pile au moment où les lumières se rallumeront. Ce qui se produit dès que Paul

Newman et Robert Redford ont niqué ce salopard de Doyle Lonnegan.

Il ouvre ses quinquets et zyeute autour de lui avec la tronche du gars qui ne sait pas où il est, ni comment il est arrivé là.

Puis il se reprend et tente hardiment un coup de bluff.

— Beau film.

Je décide de voir. Et même, je relance. Juste pour le plaisir de le mener en bateau. L'idée que je viens d'avoir me rend euphorique, et puis j'aime bien me foutre de Daytona.

— Magnifique. Surtout la scène avec Robert Redford à cheval.

Il est dans le brouillard. Et il a vraiment l'air couillon.

— Ouais. Je te l'ai dit, il est balèze cet acteur-là.

On remonte l'allée entre les sièges. Je le pousse par derrière.

— Mais va chier. Il n'y en a pas, de scène avec un bourrin. T'as pioncé comme une souche pendant tout le film.

Les yeux rougis par sa sieste malcommode, il se cherche des excuses.

— Je suis vanné. J'ai pas dormi beaucoup ces derniers temps. Des affaires importantes sur le feu.

Passons sur le genre d'affaires. Si ça venait à se savoir, sûr que ça se terminerait dans un fourgon cellulaire en route vers San Vittore. Il est comme ça, Daytona, à prendre ou à laisser. D'ailleurs, le plus souvent, les gens laissent...

On sort dans le hall et il aperçoit le téléphone.

— Tu m'attends, je dois passer un coup de fil ?

Passé la porte, je fume en contemplant les mouvements de la ville qui se prépare aux heures de pointe et se fiche bien de moi, de Daytona et de tous ceux qui usent leurs semelles ou leurs pneus sur les trottoirs comme sur le bitume.

Mon pote sort de l'Argentina, l'air défait. Le connaissant, il se fait du mouron.

— Qu'est-ce qu'il y a ?

— Il y a que je suis dans la merde. Ce soir, j'ai rencard à deux endroits différents à la même heure. Et impossible d'y couper. Surtout pour l'un des deux.

Il regarde autour de lui, comme si une solution allait surgir du décor. En effet, c'est ce qui se produit et ça ne me plaît pas du tout.

— Tu pourrais y aller pour moi, à l'autre rencard.

— T'es dingue ?

— C'est juste une bricole. Je dois remettre un truc pas loin de chez toi.

— T'as pété un plomb ? Je ne fais pas le coursier, ni pour toi ni pour personne.

Il joue l'offensé.

— Mais pour qui tu me prends, oh ? ! C'est pas de la dope, je touche pas à ça.

Il fouille sa veste et tire une grosse enveloppe de sa poche intérieure. S'approchant de moi, il l'ouvre pour me montrer son contenu. Elle est pleine de talbins de cent mille lires.

— À minuit je dois rendre ce fric à des gars. Ils viennent de loin, s'ils me trouvent pas, ça va les énerver. Et s'ils s'énervent, ça va pas être beau à voir.

Un quidam passe à côté de nous. Parano, Daytona rempoche l'enveloppe, mais le type est déjà loin, indifférent. On est là plantés l'un devant l'autre.

Je le mate et il me mate.

— Allez, rends-moi ce service. Je te jure qu'il n'y a pas de lézard.

Convoyeur de fonds, voilà mon nouveau job. Ce soir pour Daytona et demain pour Tano Casale.

— C'est bon. Dis-moi où c'est ?

— Après Trezzano, sur la route de Vigevano. Il y a un resto qui s'appelle La Pergola. À minuit et demi sur le parking. Je préviens que tu y vas à ma place. Tu leur files l'enveloppe dès qu'ils arrivent, et tu te casses.

Je baisse la tête, pas bien convaincu. Quand je relève les yeux, Daytona a ressorti son enveloppe. Il en lèche le rabat pour le coller, puis me la tend.

— La confiance règne.

— Il y a plus d'un million là-dedans, si c'est pas une preuve de confiance...

Je la range dans la poche de mon blouson.

— D'accord. Mais tu me dois une vie.

— J'ai une mémoire d'éléphant, je n'oublierai pas.

Je lui colle un petit coup de bêche, bien mérité.

— Si tu continues à bâfrer comme tu le fais, tu ne vas pas tarder à avoir aussi son corps, à l'éléphant.

On se salue et je retourne à ma Mini et son pythagorique mystère irrésolu.

En attendant que mon intuition daigne m'indiquer une piste, je me lance dans une grande virée autour de la ville, de celles qu'on entreprend quand le temps se délite et évoque un grand sac vide.

Un tour au Dôme, où bavasse sans discontinuer un groupe de badauds planté devant la Rinascente. Un saut au Jamaica, une bière en compagnie d'artistes déjantés, fendards et pittoresques ; un dîner à la Torre Pendente où je croise du monde et décroche deux ou trois missions pour mes filles ; un détour par la Budineria, du côté de la via Chiesa Rossa.

Finalement je me retrouve seulabre sur un parking de banlieue, dans une voiture suspecte, avec en poche une masse de pognon qui ne m'appartient pas, en attendant que les ayants droit se manifestent. Le restaurant est fermé, et l'aire, en bordure de route, déserte. Les phares des bagnoles m'éclaboussent de lumière au passage puis filent au loin.

Je fume et je gamberge.

Ça bouge pas mal dans ma vie en ce moment. Carla, la Tulipe, Lucio, Daytona : un visage nouveau et d'autres, familiers, qui changent d'aspect. La mort, arrivée et repartie dans l'obscurité. La vie, encore possible, peut-être.

Des tracas et des soucis.

Le temps passe et personne ne vient.

Il est une heure un quart. La dette de Daytona enfle de manière exponentielle. À deux heures, j'estime que son montant a dépassé le tolérable, que tout le monde aille se faire mettre.

Je rentre au bercail, pas loin d'ici heureusement, car chaque kilomètre supplémentaire, ajouté au paramètre huile-essence-usure des pneus, fait grimper ma rancune d'un cran.

Arrivé chez moi, je me déshabille et je balance l'enveloppe à côté du bigophone. Puis je pense à un truc. Demain matin, je dois donner une brique à Pino. En liquide, ça va de soi, je ne laisse pas traîner des chèques chez n'importe qui. J'ai de la fraîche à la maison, cachée en lieu sûr. Mais je la garde en réserve, pour les cas d'urgence, et je fais donc comme si elle n'existait pas.

Je piocherai dans les thunes de Daytona, ça m'évitera de passer par la banque avant d'aller chez Pino. Un peu par flemme, un peu parce que ça me gave sévèrement d'avoir attendu plus d'une plombe ces connards qui ne sont jamais venus. Si ce pignouf a le culot de s'énerver pour l'emprunt, je lui fais faire le tour du périph à coups de pompe dans le cul.

Je saisis l'enveloppe et insère mon auriculaire sous le rabat, elle se déchire et une partie de son contenu glisse sur le meuble. Je reste comme un con, n'arrivant pas à croire ce que je vois. Elle est pleine de papier journal, découpé aux dimensions de billets de cent mille lires.

12.

Je suis garé via Roma, devant le siège d'une banque, le cul dans ma mystérieuse bagnole. Je me suis levé tôt ce matin, et j'ai filé sans me raser ni même prendre une douche. Les gens vont devoir m'accepter en version brute.

Dehors, j'ai croisé Lucio avec sa canne blanche et ses lunettes noires, qui montait la dernière volée de marches menant à l'étage. Le bruit de ma porte l'a informé de ma présence.

— Tu es bien matinal.

— Toi aussi, on dirait.

Il a fouillé dans sa poche, en a sorti sa clé et, à tâtons, l'a enfilée dans la serrure.

— J'ai fait un tour au studio d'enregistrement du château de Carimate, hier soir. Ça s'est éternisé, je suis resté dormir là-bas. Pour rentrer, j'ai dû profiter de la seule caisse disponible, aux aurores, comme tu vois.

Il a ouvert sa porte et rempoché sa clé.

— Je t'en ai préparé une nouvelle.

Pas le temps ni l'envie de me casser la tête. J'ai essayé de le lui dire sans le vexer.

— Vraiment pas le moment, Lucio. Je suis à la bourre.

Il n'a pas lâché le morceau.

— C'est toujours le moment pour faire fonctionner sa cervelle. Une simple. Écoute : « Placage : 5, 2, 7, 4 et 5 ».

— Notée.

J'ai commencé à descendre, mais sa voix m'a arrêté.

— Bravo, juste une chose.

— Dis-moi.

— Merci, pour l'autre soir. Avec Carla, je veux dire. Je ne sais pas ce qu'il y a entre vous, mais je suis sûr que ce qui s'est passé, c'est grâce à toi.

L'instant d'un flash, je revois leurs corps nus sur le lit et plus rien d'autre. Puis je reprends mes esprits.

— Tout va bien, l'artiste. Je dois y aller maintenant.

J'étais presque en bas quand j'ai entendu sa porte se refermer. J'ai fait ce que j'avais à faire, aussi vite que possible, ça roulait bien : d'abord ma banque, un million retiré au guichet, puis dare-dare chez Pino, à Cormano. Il m'a remis le fruit de son labeur, j'ai slalomé entre les œillades de sa fille, ses invitations et ses bons conseils, nourris d'une antique sagesse qui ne lui a pas évité deux ou trois séjours à l'ombre.

À présent, je suis dans l'expectative, avec l'espoir que tout fonctionne mieux qu'hier au soir.

Une Simca 1000 vert clair me dépasse et se gare un peu plus loin. J'en vois sortir Remo Frontini. Vêtu d'une veste bleue défraîchie et d'un falzard qui sent le déstockage à plein nez. Je sors à mon tour et je vais à sa rencontre. À voir sa mine, il est clair qu'il n'a pas beaucoup dormi, cette nuit. Pour tout un tas de raisons, moi non plus. Cette analogie force ma sympathie, et me rend plus prévenant. Peut-être une conséquence de la fascination que, d'instinct, l'honnêteté exerce sur les types comme moi.

— Bonjour, monsieur Frontini.
— Espérons-le.
— Tout va bien se passer. Vous pouvez me faire confiance.

Il doit se dire qu'il n'a aucune raison de me croire, et c'est bien ce qui l'inquiète. Mal à l'aise, l'air pressé que cette histoire se termine, il fouille sa poche puis me tend une feuille pliée en deux.

— Voilà ce que vous m'avez demandé.

Je déplie le feuillet, la photocopie est tout à fait lisible. Je sors de ma veste une coupure de journal avec les données de la grille gagnante et je vérifie avec soin que les numéros correspondent.

— Bien. On n'a plus qu'à attendre.

Il ne me demande pas qui.

Je lui offre une Marlboro. Il la refuse d'un signe de tête. J'en allume une, elle est sans saveur. Ce qui m'est arrivé ces jours derniers m'a laissé un mauvais goût dans la bouche. Je n'ai pas l'habitude de perdre tout contrôle sur mon existence. J'ai le sentiment qu'une ombre plane, menaçante, mais je ne parviens pas à savoir qui est à l'œuvre ni d'où ça va tomber. Une sensation vraiment dégueulasse et j'ai beau cogiter, je ne vois pas la queue d'une explication.

Daytona a mis du papier journal à la place du fric parce qu'il voulait enfler ses créanciers et m'utiliser à la fois comme coursier et comme dindon de la farce. Mais c'est un projet tellement naze que, même avec son cerveau atrophié, ce couillon aurait dû en piger les limites. Je ne sais pas quoi penser du fait qu'ils lui aient posé un lapin. Simple coup de bol pour moi, ou bien la solution est ailleurs ?

Reste le problème du numéro de châssis, un chouïa plus tordu que mes petites joutes linguistiques avec

Lucio. Mon intuition, celle qui fait miser sur le cheval gagnant et éviter le tocard, me dit que l'énigme est plus complexe et que je ne suis pas sorti de l'auberge.

Je ne comprends pas, j'ai l'impression qu'on me prend pour un baltringue et ça me rend fou.

Une Giulietta couleur crème s'approche sur notre droite, Stefano Milla est au volant. Il se gare plus loin. Ne le voyant pas arriver, je vais à sa rencontre. Il m'attend en fumant, assis dans sa bagnole. J'ouvre la portière et m'assieds à côté de lui. Sans cérémonie, il attrape une mallette en skaï marron sur le siège arrière et me la colle sur les genoux.

— Mission accomplie.

— Tu ne viens pas ?

Milla secoue la tête.

— Je préfère que le gars ne me voie pas. Je ne suis que l'escorte. Tano dit que c'est toi le responsable. À toi les charges et les honneurs.

Je sais d'expérience de quel métal sont faits ces charges et ces honneurs-là. Je sors de l'Alfa avec la mallette et je rejoins un Frontini plus nerveux que jamais. Je l'invite à monter avec moi dans ma voiture. Un coup d'œil alentour : personne dans les parages, j'ouvre la mallette et lui montre son contenu.

— Voilà.

Impossible de décrire son expression. Ça n'est pas de la cupidité, c'est de la stupeur. C'est la tête d'un gosse découvrant le trésor des pirates, un truc qui n'existe que dans les romans. Il y a l'assurance d'une vie nouvelle, dans cette mallette. Je le regarde, content pour lui.

— Vérifiez. Il doit y avoir cinquante liasses de dix millions chacune. Cinq cents millions au total. C'est la somme exacte dont nous étions convenus.

Je la pose sur ses genoux.

— Prenez votre temps.

Il compte les billets de trois ou quatre liasses prises au hasard, puis le nombre des liasses. Après quoi il referme le couvercle et s'assure que les serrures s'enclenchent.

— On dirait que tout y est.

— Parfait. Vous pouvez aller chercher la grille.

Par scrupule, je tiens à lui rappeler qu'il a lui aussi passé un marché. Les charges et les honneurs lui incombent autant qu'à moi. La vie m'a enseigné qu'on ne sait jamais, même si, avec lui, j'ai enfreint plusieurs fois mes principes.

— Je dois vous préciser une dernière chose. Je suis sûr que ça n'est pas indispensable, mais je suis obligé d'insister : tout manquement de votre part aurait des conséquences très déplaisantes.

Curieusement, il sourit.

— Au point où on en est, si je n'avais pas déjà compris ça, je serais un imbécile.

Puis il descend de la voiture avec sa mallette au trésor. Il se penche, appuie l'avant-bras sur la portière et passe la tête par la fenêtre ouverte.

— Pas besoin d'aller chercher la grille.

Il sort une enveloppe de la poche intérieure de son veston. Le même geste que Daytona la veille, avec son petit cheval de Troie bourré de papier journal. Mais ça n'est pas le même genre d'homme, pas du tout.

— La voilà.

J'ouvre l'enveloppe et je vérifie que tout concorde avec la photocopie, date, résultats, marque de validation et numéro du guichet. C'est moi qui suis pris à contre-pied, cette fois. Il me sourit à nouveau.

— Bravo, je suis un homme bien, enfin je crois. Et

je ne sais pas comment vous voyez les choses, mais je suis sûr que vous l'êtes aussi. Merci pour vos conseils. Si je peux me permettre de vous en donner un...

— Dites-moi.

— Moi, j'attendrai avant de changer de vie. Mais vous, vous devriez faire au plus vite. Vous méritez mieux. Bonne journée.

Il se redresse avant que j'aie le temps de lui répondre, et se dirige d'un bon pas vers la banque, où il va mettre son magot à l'abri de la convoitise. Je me retrouve seul, mon enveloppe à la main.

Voilà une chance inespérée. Je peux agir tranquille. De ma poche intérieure, j'extrais le produit du boulot nocturne de Pino, un des meilleurs faussaires qui soient sur le marché. Je lui ai commandé une grille factice, qui ne leurrerait pas les experts du bureau de la Sisal, mais qui suffira à berner Tano Casale. S'il décide de l'encaisser demain matin, je serai probablement au fond du Ticino en train de causer aux poissons le soir même, avec des parpaings aux pieds. Mais je compte sur son avidité pour que ça n'arrive pas : j'ai une proposition à lui faire, qui devrait protéger mes arrières pour un moment.

Le temps nécessaire...

J'échange la bonne grille et la fausse. Une seconde plus tard, Milla se matérialise à côté de la fenêtre, de mon côté.

— Tout est en ordre ?

— Tout est en ordre.

Je lui tends l'enveloppe.

— Tiens. C'est ce que tu dois remettre à Tano.

— Tu la lui remettras toi-même. Il m'a dit qu'il serait heureux de te parler. Tu devrais venir avec moi.

Sa face de Joker, sinistre, semble jaillir d'un paquet

de cartes en désordre. Il a le ton du gars qui n'aimerait pas être à ma place. Le fait est que je préférerais ne pas y être non plus. Mais il ne m'annonce qu'une inconnue de plus, parmi tant d'autres.

— C'est bon. Ouvre la route, je te suis.

Quand sa voiture dépasse la mienne, je démarre. Je manque le perdre deux ou trois fois à cause des feux, le temps qu'on quitte Cesano.

Je fixe la nuque de Milla devant moi. Je ne sais pas trop quoi penser de lui. Avant, je le considérais comme un genre de protecteur, pour autant qu'on puisse compter sur quelqu'un comme lui dans un monde où, au moindre soupçon d'embrouille, chacun est prêt à balancer sa propre mère à la flotte. Maintenant qu'il est sorti du bois en tant qu'homme de main de Tano, je sais quel camp il choisira si la question se pose. Mais ce que j'ignore, c'est jusqu'à quel point il est compromis et, par conséquent, jusqu'où il est prêt à aller.

On s'engage sur le périphérique à la hauteur de chez moi, et on roule vers le sud. Ma caisse rame un peu pour suivre l'Alfa. Les deux grilles dans ma poche pèsent comme deux enclumes. Si pour un motif que je n'ose pas imaginer, Tano Casale me fait fouiller, le plongeon dans le Ticino aura lieu dès ce soir.

J'essaie de me distraire en pensant à Carla.

L'idée qu'elle puisse être en ce moment même au lit avec un ou plusieurs hommes ne me rend pas jaloux, je ne me sens pas humilié non plus. Depuis qu'une lame de rasoir m'a exclu de certaines pratiques, les émotions qui vont avec se sont enfuies. Pas les pulsions. Elles sont bien là. Pour compenser ce désir lancinant, cette tension impossible à apaiser, j'ai fait des femmes un outil de communication avec le monde des hommes.

Les femelles d'un côté, les mâles de l'autre.

Et moi au milieu, avec les cicatrices de mon urétrostomie périnéale, opération qui m'a permis d'avoir une relation un peu moins chaotique avec mon corps, quand j'ai besoin de pisser, par exemple.

Carla est l'une des rares personnes qui sache. Et elle a compris. C'est ce que j'ai ressenti lorsqu'elle m'a demandé la permission de faire l'amour avec Lucio, et m'a offert ça comme un cadeau. Puis quand elle s'est glissée dans mon lit en se collant à moi.

L'Alfa de Milla prend la sortie d'Opera. Je suppose qu'on est en route pour la casse où m'avait emmené Micky, celle du tripot clandestin. L'hypothèse des parpaings et du plongeon dans le Ticino laisse place à une autre : mon corps introduit dans la carcasse d'une bagnole et transformé en cube. C'est déplaisant de penser à ça, surtout par une belle journée ensoleillée qui, comme dans la chanson de Lucio Battisti, me rappelle « les éclaboussures et tes rires[1] ».

Au lieu de quoi, la Giulietta continue tout droit et, après quelques kilomètres, vire à droite sur un chemin menant au parking d'une auberge. C'est une construction basse, et ses fenêtres sont protégées par des grilles à prétention ornementale. Les murs devaient être couleur brique, au départ, ils sont maintenant rosâtres, tachés par les intempéries. À l'arrière, une pergola surmontée d'une énorme glycine, c'est ici qu'on doit dîner, l'été.

Il n'y a pas foule. Une fois garés, on se dirige sans un mot vers une porte en bois, sous une enseigne vantant la cuisine familiale d'une certaine Jole. Les fenêtres ne laissant filtrer qu'une lumière chiche,

1. Lucio Battisti, *La canzone del sole*, 1971.

quelques lampes sont allumées pour les rares clients. Le loufiat, cossard, ne bronche pas. Derrière une porte entrouverte, dans la vapeur des cuisines, on aperçoit une grosse dame blonde, en sueur. Peut-être la Jole en question.

Milla trace sans hésiter vers un couloir qui débouche sur une petite salle isolée. Tano Casale et son gorille y sont attablés, seuls. Le boss mange des spaghettis. Le gorille, sapé comme la première fois qu'on s'est vus, patauge dans une assiette de minestrone.

Tano m'indique la chaise face à lui. Je prends place et d'un geste, il congédie ses hommes qui passent en silence dans la grande salle.

Nous voilà seuls. Je ne suis pas sûr que ce soit bon signe.

— Tu veux manger quelque chose ? La carbonara est excellente, ici.

— Merci. Je n'ai pas faim.

Il déglutit, s'essuie la bouche avec sa serviette et me tend la main.

— Tu as quelque chose pour moi, je crois.

Je prends l'enveloppe dans ma poche et la lui donne. Il l'ouvre et en tire la grille. Qu'il inspecte. Peut-être a-t-il du mal à réaliser qu'il a payé une montagne de fric pour ce simple bout de papier. Puis il me considère d'un air impénétrable.

— Tu es un gars démerdard, Francesco Marcona, né à Solano, province de Pérouse, en novembre 1943, d'Alfonso et Marisa Giusti, émigrés en Australie. Tu as ouvert une voie, avec ce procédé.

Ma surprise l'amuse.

— Tu ne pensais quand même pas que je confierais cette mission sans me rencarder sur ton compte. Je me paie un inspecteur de la Pubblica Sicurezza[1], il faut bien que ça me serve à quelque chose.

C'est imparable, faut l'admettre.

Tano examine encore la grille. Puis il la pose devant lui sur la table, comme pour l'avoir à l'œil.

Il me parle avec cette voix, dont je connais le timbre.

— Reste une paille, la mort de Salvo. Je veux que tu me dises ce que tu sais, les yeux dans les yeux.

Si j'ai l'air calme, au fond je n'en mène pas large.

— Je n'en sais absolument rien. J'étais avec une fille la nuit où ça s'est passé.

Il me regarde avec attention en attendant que je poursuive.

Seuls les crétins et les innocents n'ont pas d'alibi...

Je pose mes coudes sur la table et je me penche vers lui.

— Tano, sans vouloir me jeter des fleurs, je suis un diplomate, pas un homme d'action. Jamais eu d'armes, pas mon truc. Quand ça a chauffé avec Menno, je suis venu te voir, pour arranger ça via une négociation. Tranquille, pacifique, rentable pour les deux parties. La preuve, tu l'as sous les yeux.

Je lui montre la grille, pour souligner mes propos et préparer mes effets.

— Et on peut aller de l'avant. Si t'es partant, j'ai une proposition qui te permettra de doubler la somme en l'espace d'une heure.

Une loupiote s'allume dans son regard, il est ferré. Somme toute, j'ai gagné un peu de crédibilité. Tano boit une gorgée de vin.

— Je t'écoute.

---

1. Équivalent italien de la Direction centrale de la sécurité publique (DCSP).

— Parmi tes clients, tu aurais un banquier, ou un employé de banque ? Un joueur, qui te devrait beaucoup de pognon ?

Je le sens avide d'entendre la suite de l'histoire.

— Ça se peut. Continue.

Je lui explique mon idée en essayant d'être convaincant. C'est un poil plus risqué que la combine qui lui a rapporté cette grille à quatre cent quatre-vingt-dix millions de lires, un peu plus complexe à mettre sur pied, nettement plus couillu. Je souligne cet aspect des choses, au lieu de chercher à le minimiser. Quelle que soit la position de Tano aujourd'hui, c'est avant tout un homme de terrain. Il a tracé sa route en usant de tous les moyens que le courage et l'absence de scrupules lui ont conférés. Il est d'une trempe à relever les défis.

Et c'est d'ailleurs ce qu'il fait.

— Ça peut marcher, nom de Dieu, ça peut vraiment marcher.

Il sourit et finit son vin cul sec, déjà euphorique et donc un peu fanfaron devant les perspectives que je viens de lui ouvrir.

— Je suis trop jouasse de pouvoir enfler ces connards. Quatre cent quatre-vingt-dix millions dans leur cul.

De retour sur terre, il se souvient de moi.

— Tu veux participer au truc ?

Je secoue la tête.

— Comme je te l'ai dit, je ne suis pas un homme d'action. Je ne suis que du menu fretin, et je veux le rester.

Tano me gratifie d'une expression marquée au sceau de la fatalité.

— Cette fois, tu vas devoir grandir un peu, jeune homme, je le crains.

Il me fixe de ses yeux sombres, non sans une certaine bienveillance, feinte ou sincère.

— Tu me plais, Bravo. Je veux que ce soit toi qui t'en occupes. T'as la tête bien faite.

— Je te remercie. Mais j'aimerais autant qu'elle reste sur mes épaules. C'est pourquoi je me désiste.

— On ne peut pas toujours se défiler, dans ce monde.

Comme pour dire : « Tu y es, mon gars. Et tu dois y aller sans tortiller. »

Je le regarde. C'est exactement ce que j'attendais, qu'on m'entraîne dans ce marigot. Il fallait que soit lui qui décide. Je n'ai pas su dissiper tout soupçon. Je ne vois pas qui saurait faire ça, avec un type ayant cette structure mentale. Mais je suis rentré en grâce, et c'est un grand pas en avant.

Il se penche à peine vers moi.

— Tu seras à la hauteur ?

Je baisse la tête, en jouant le mec qui réfléchit, indécis. Puis je la relève, l'air convaincu.

— Je peux y arriver.

— Tu as des gars fiables sous la main ?

— Oui, j'ai ce qu'il faut. Résolus et discrets.

Il se détend. Moi aussi, mais il ne le sait pas.

— Alors, tu t'en occupes. Pour le reste, c'est moi qui vois.

— Ça marche. Je te préviens dès que je suis prêt.

— Parfait. Et maintenant, tu es sûr que tu ne veux rien manger ?

C'est une invitation, ou un congé, à moi de choisir. Je préfère en rester là pour le moment. Et je me lève.

— Merci, mais il faut vraiment que j'y aille.

— Comme tu veux.

Je quitte la petite salle, je viens de monter une

arnaque d'enfer pour rouler un homme très dangereux, et je suis ravi de pouvoir filer sans escorte, ni flingue pointé dans mon dos.

Dans la salle d'à côté, le gros bras est assis, morose. Pense-t-il à sa soupe, désormais froide ? À mon avis, il ne pense à rien, en attendant les ordres de celui qui le fait à sa place.

Je ne le salue pas et lui non plus.

Stefano Milla est pendu au téléphone posé à côté de la caisse. Il esquisse un vague geste d'adieu. J'en fais autant, content de ne pas avoir à lui parler. On n'a rien à se dire. Ce truc un peu ludique entre nous, qui nous rendait comme complices, s'est brisé net. Il bouffe à tous les râteliers, et le mien est trop petit pour lui.

Je sors et je respire un grand coup.

Le soleil éclate de rire et le ciel, nettoyé par un léger vent du nord, est d'un bleu qu'on ne voit qu'au printemps. Dommage que je ne sois pas d'humeur à l'apprécier à sa juste valeur.

Tout me tombe dessus au même moment.

La mort de la Tulipe, Carla qui débarque dans ma vie, le mystère du numéro de châssis, Tano Casale, la fausse grille. Et puis l'enveloppe piégée de Daytona, dont je vais lui causer dès que j'aurai mis la main sur lui, ou sur un téléphone.

Je prends la route de Milan, je rentre à la maison. J'ai besoin de lézarder quelques heures devant la télé. De mettre un peu d'ordre dans tout ce bordel et de passer quelques coups de fil, en attendant d'avoir des nouvelles des filles.

Quand on a la tête ailleurs, les trajets semblent plus courts, à moins qu'on soit totalement obsédé par l'idée d'arriver à destination. Ce qui n'est pas mon cas.

À cette heure-là, à Cesano, on peut se garer n'importe où. Je largue la voiture. Dcs gosses jouent en piaillant sur l'herbe, quelques mères de famille badent.

Bientôt je peux fermer la porte sur le monde extérieur, en ne gardant à l'esprit que le strict nécessaire pour rester vigilant. La maison sent le propre et les stores sont baissés à demi. Mme Argenti a rétabli un ordre que je vais vite perturber, je le sens.

Pour commencer, je m'empare du bigophone et compose un numéro, en espérant que l'homme que je cherche est déjà à son bureau. Pour une fois, c'est lui qui décroche.

— Biondi, qui est à l'appareil ?

— Ugo, c'est Bravo.

— Je suis occupé, dis-moi vite.

À sa voix défaite, je me dis qu'il reçoit une de ses clientes particulières, et qu'elle doit être à cheval sur lui en ce moment.

— Il me faut un permis pour aller voir Carmine.

— Quand ?

— Le plus tôt possible.

— Ça n'est pas le meilleur moment pour faire des visites à San Vittore.

— J'imagine. Mais il faut que je le voie.

— D'accord. Je te rappelle dès que j'ai des nouvelles.

Et il raccroche sans me laisser le temps de le saluer.

Le combiné encore en main, je revois le visage de Carmine au parloir. Son expression, plus éteinte à chaque fois. Ce que je vais lui proposer devrait le ranimer un peu.

Quant à moi, soyons clairs, je danse sur un terrain miné. Si je loupe un seul pas, je finis dispersé.

Je raccroche avec délicatesse, comme si le combiné aussi était piégé.

Je sors de ma poche intérieure la grille de toutes les convoitises et je jette ma veste sur le divan. Je balance mes mocassins et je vais planquer le papier en lieu sûr dans ma chambre. Puis j'allume la télé. L'écran s'illumine et moi je m'allonge sur mon lit.

Je n'ai pas le temps de poser ma tête sur l'oreiller.

Sur la première chaîne, il y a une édition spéciale du journal. La mine de Bruno Vespa est de circonstance, sa voix funèbre, il est en train de lire la dépêche que Paolo Frajese vient de poser devant lui.

— On nous confirme que le député démocrate-chrétien Mattia Sangiorgi, frère cadet du sénateur Amedeo Sangiorgi, compte parmi les victimes du massacre survenu dans la villa de Lorenzo Bonifaci, au cours duquel ce dernier a trouvé la mort. On ignore encore les noms des autres victimes, et les circonstances de cette horrible tragédie, mais il semblerait, d'après les premières indiscrétions, qu'aucun des occupants de la villa n'ait échappé à la tuerie. Les gardes du corps, des professionnels engagés par le financier pour assurer sa sécurité et celle de ses hôtes, ont également péri. Nous sommes en liaison avec notre envoyé spécial à Lesmo, près de Monza, devant la villa du massacre.

Des images en direct. À l'arrière-plan, derrière le journaliste, un portail entre deux colonnes de brique rouge. De part et d'autre, un mur au-delà duquel on aperçoit de grands arbres, un parc.

Une voiture de police postée en travers de l'entrée barre le passage à la foule des journalistes en quête d'informations.

Je n'entends plus sa voix.

D'un coup, je respire un air dense et malsain, comme si une aura malfaisante avait envahi chaque centimètre carré de la pièce. Assis, je regarde les images sans les voir et j'écoute des commentaires que je n'entends pas, une seule certitude, inscrite au fer rouge dans ma tête.

Mon époque, le monde dans lequel j'ai vécu, ont pris fin.

13.

Avec la violence d'une déflagration, la sonnette fait voler en éclats la bulle intemporelle où je suis isolé. J'éteins la télé et je me lève, j'ai l'impression que mes jambes ne me portent plus. Je vais ouvrir la porte, certain que Lucio vient réclamer la solution de son dernier défi énigmatique, ou me proposer un café.

Mais c'est Stefano Milla qui se tient sur le seuil, la mine sévère, flanqué de deux flics en uniforme. L'un tient un chien en laisse, un bâtard de berger allemand. L'expression neutre de l'inspecteur se veut professionnelle, moi, je ne sais pas de quoi j'ai l'air. On est face à face derechef, mais les rôles ont changé. Il représente la loi, je suis le gars qui regrette d'avoir ouvert sa porte.

Il sort un papier de sa poche et me le tend.

— Ciao, Bravo. Tu vas devoir nous laisser entrer. Nous avons un mandat de perquisition.

Je ne tente même pas de vérifier le document. Sûr que tout est dans les règles. Milla la joue formel.

— Je t'informe que tu es en droit d'exiger la présence d'un avocat pendant l'inspection. Tu penses appeler quelqu'un ?

Je fais signe que non, et je m'écarte pour leur laisser le passage. Milla ouvre la voie, et les deux autres suivent. Ils se plantent au milieu du salon et regardent en silence autour d'eux, jaugeant la place. Le chien est calme, au commandement du flic qui le mène, il s'assied sur la moquette.

— Tu peux nous aider à accélérer la procédure. As-tu une cave ou un grenier ?

— Non.

— Y a-t-il des armes ou de la drogue chez toi ?

— Non.

— As-tu un coffre-fort ?

Je me surprends à lui sourire, découragé, avec un petit geste éloquent.

— Et pour y mettre quoi ?

L'un des flics ricane en loucedé, et se tourne pour ne pas le montrer. Imperturbable, Milla s'adresse à ses hommes avec toute la solennité que son grade lui confère.

— Bien. Messieurs, vous pouvez procéder à la perquisition.

Je vois avec appréhension les deux agents disparaître dans le couloir. Le moment est venu de savoir si ma planque, que j'estime ingénieuse, est à l'épreuve d'une fouille.

Milla prend l'air contrit. Je ne jurerais pas que c'est sincère.

— Je suis désolé. On risque de laisser du désordre.

— J'ai le choix ?

— Je crains que non.

Résigné, je vais m'asseoir sur le divan. Je ne sais pas trop à quoi m'attendre de sa part. Certes, j'ai un atout, je connais quelques-uns des cadavres cachés dans son placard. Est-ce que ça peut faire tourner les choses à mon avantage ? Je dirais que non, puisque parler de ses relations avec Tano Casale m'impliquerait forcément.

Peut-être se dit-il la même chose, car pendant qu'il fouine entre le salon et la cuisine, on n'échange pas un regard ni un mot. La présence des agents à deux pas est plutôt dissuasive, en matière de communication.

La perquisition dure une éternité. Ils me retournent carrément la baraque, ouvrant les tiroirs, vérifiant le moindre bout de papier, décrochant les cadres des murs, ôtant la housse du divan et des coussins.

À la fin, les voilà de nouveau tous les trois plantés au beau milieu de la pièce. Trois hommes, sans parler du chien, comme dans le roman de Jerome K. Jerome. Sauf que ça n'est pas une histoire très marrante, et que la barque fait eau de toutes parts.

Milla me regarde.

— Tout a l'air en ordre. Mais ça n'est pas tout. Il va falloir nous accompagner.

— Vous m'arrêtez ?

— Si c'était le cas, tu aurais déjà les menottes aux poignets. Ils réclament quelques informations, à la Préfecture.

Je me lève de la chaise sur laquelle je me suis réfugié quand on m'a chassé du divan, j'enfile mes pompes et je prends ma veste.

— Bien, allons-y.

Et on y va. Pas un chat, dehors. Je me demande combien de paires d'yeux nous reluquent par les fenêtres, et combien il se chuchote de « Je vous l'avais bien dit ». Mais il faut bien l'admettre, au fond, je m'en fous.

Derrière la grille, une Alfa et un fourgon de l'unité cynophile.

Le clébard bondit à l'arrière de son van, et on m'emmène vers l'Alfa Romeo de service. Un flic m'ouvre la portière de droite, Milla va s'installer de l'autre côté. La voiture part sans nous infliger la sirène, s'éloignant du monde des gens honnêtes qui jamais ne feront un voyage de ce genre.

On traverse Milan. Dehors, les rumeurs de la ville. Dans la bagnole, seulement le silence. Côte à côte, Milla et moi on encaisse les cahots sans moufter. Chacun paierait cher pour savoir à quoi pense l'autre. Et mentirait si on lui posait la question.

Le voyage se termine au commissariat de la via Fatebenefratelli. On passe le portail et on stoppe au centre de la cour. Un grand escalier monte face à nous. Deux volées de marches usées, un mur écaillé, puis un couloir où résonnent nos pas et, enfin, une porte en bois.

Milla frappe et, dès qu'il entend le mot magique, tourne la poignée et ouvre le battant. J'entre dans un bureau qui sent la maison poulaga à plein nez. À cause des meubles dépareillés, des dossiers sur les bureaux et des croûtes accrochées aux murs. Mais surtout à cause de la tronche des deux gars qui y sont assis. L'un a la trentaine, un visage sombre et marqué, les cheveux longs et la barbe négligée. Il est assis sur une chaise à accoudoirs dans l'angle gauche de la pièce. Il porte des fringues banales, du genre qui aide à se fondre dans la foule. Vu dans ce contexte, il est clair même à cent bornes que c'est une taupe ou un agent de la Digos[1].

Milla s'adresse à l'autre, assis derrière le bureau.

— Bonjour monsieur le commissaire. Voici l'individu en question. Pour le reste, rien à signaler.

---

1. Divisione Investigazioni Generali e Operazioni Speciali, équivalent italien des Renseignements généraux (RG).

— Merci, vous pouvez disposer.

Milla se retire et le commissaire m'indique la chaise face à lui.

— Asseyez-vous.

J'obtempère. Il est plus âgé que son comparse, et nettement plus vieille école. Un complet gris, une chemise bleu pâle, et une cravate qui mériterait une amende. Les cheveux sont courts et châtains, le visage émacié, et le regard indéchiffrable derrière les verres des lunettes.

Je le fixe, et j'attends.

— Je suis le commissaire Vincenzo Giovannone.

Au sujet de l'autre, le clodo silencieux sur sa chaise, il ne dit rien. Un homme sans signes particuliers ni qualification. Je le baptise l'Innommé[1].

Le commissaire ouvre le dossier posé devant lui sur le bureau.

— Vous vous appelez Francesco Marcona, on vous surnomme Bravo.

— Oui.

— Vous avez été arrêté une fois pour proxénétisme.

Prévisible. Le ballet habituel. Je réponds en suivant le scénario, même si j'ai l'impression qu'à un certain moment on va improviser.

— Vous savez parfaitement que ça n'a pas eu de conséquences et que je ne suis même pas passé en jugement.

— En effet.

Giovannone finit par lever le nez de son dossier. Il m'accorde un regard direct. Les yeux sont clairs, perçants. Voilà un homme qui sait ce qu'il veut.

---

1. Allusion à l'Innominato, personnage du roman d'Alessandro Manzoni *Les Fiancés*.

— Connaissez-vous trois jeunes femmes du nom de Cindy Jameson, Barbara Marrano et Laura Torchio ?

— Oui.

— Savez-vous qu'elles se trouvaient hier dans la villa de Lorenzo Bonifaci, à Lesmo, dans la région de Monza ?

Un sale pressentiment me tord la tête et les tripes. J'ai cette impression dégueulasse qu'on éprouve quand on rêve de chute. Il y a quelque chose de faussé et d'absurde dans cette énumération de noms. J'ai moi-même accompagné Carla à San Babila. Je n'ai pas attendu l'arrivée de la voiture envoyée par Bonifaci, mais si Cindy et Barbara étaient dans cette maudite villa, elle devait y être aussi.

Et puis, qu'est-ce que Laura vient foutre là ?

Le ton sec du commissaire me force à revenir sur terre.

— Alors, vous êtes au courant ou non ?

— Oui. Je sais qu'elles étaient invitées à une fête.

Malgré moi, j'ai pris la voix du mec à court de réplique. Et le commissaire l'a entendu.

— Savez-vous qu'elles ont été assassinées toutes les trois ?

Je hoche la tête.

— Oui. Enfin, je le suppose. Quand les agents ont sonné chez moi, je regardais le journal télévisé. L'édition spéciale qui parlait de ce qui s'est passé à Lesmo.

— Parlons de lui, alors. Vous connaissiez Lorenzo Bonifaci ?

— Pas personnellement. Je ne l'ai jamais rencontré. Je n'ai eu que des conversations téléphoniques avec lui.

Le commissaire affiche une mine étonnée, il se fout de ma gueule.

— On m'a dit qu'il était plutôt réservé. Presque

inaccessible. Comment se fait-il qu'il ait eu cette relation privilégiée avec un homme comme vous ?

J'encaisse le mépris de l'expression. Je fais un geste vague et m'efforce de prendre un ton dégagé.

— Je fréquente beaucoup de monde à Milan. Surtout dans le secteur de la mode. Quand il recevait, je le mettais en contact avec des belles filles, des mannequins, pour animer ses fêtes.

— Des fêtes ou des orgies ?

— Ça, je n'en sais rien. Je n'y suis jamais allé.

Tout à trac, le commissaire Giovannone change de sujet.

— Connaissiez-vous un certain Salvatore Menna, délinquant notoire, surnommé la Tulipe ?

— Oui.

— Savez-vous que lui aussi a été retrouvé mort, abattu de trois balles, dans une carrière des environs de Trezzano ?

Et comment, que je le sais.

Toumpf... toumpf... toumpf...

— J'ai lu ça dans le journal.

— Dans quelles circonstances avez-vous fait sa connaissance ?

— Je l'ai croisé plusieurs fois à l'Ascot Club, via Monte Rosa. On ne se fréquentait pas, sinon. Après ça, il a eu pour une de mes amies des attentions un peu trop pressantes, et j'ai dû avoir une explication avec lui.

— Et comment s'appelle cette amie ?

— Laura Torchio.

— Ah !

Une seule syllabe, longue comme un roman, et qui dit beaucoup de choses. Des choses moches. Le commissaire se lève et va jusqu'à la fenêtre. Il reste là, à regarder dehors. Puis il passe du vous au tu. Rien d'amical, ça sonne plutôt comme une menace.

— Tu vois, Bravo, il y a dans cet imbroglio des éléments extrêmement curieux.

Je l'entends marcher derrière moi. Je fais un effort pour ne pas me retourner.

— Les personnes que tu fréquentes ont une fâcheuse tendance à mal finir. Un homme avec lequel tu as eu une discussion, comme tu dis, est retrouvé mort. Idem pour trois filles, dont tu es un bon ami, en même temps qu'un ponte de la finance avec lequel tu es en contact, dans une villa où a eu lieu un véritable massacre.

Je sais qu'il va porter le coup de grâce, et ça ne loupe pas.

— Chose étrange, l'arme qui a tué Salvatore Menno se trouve être l'une de celles qu'on a utilisées chez Bonifaci. Tu as une idée du pourquoi de la chose ?

La question n'attend pas de réponse. En tout cas, aucune réponse qui convaincra Giovannone, mes aveux mis à part. Il me balance l'info dans la tronche pour voir ma réaction. Je suis prévenu, l'analyse balistique a été rendue en un temps record, et je fais partie des suspects.

— Absolument pas.

Il revient s'asseoir face à moi. Durant l'interrogatoire, l'Innommé n'a pas bougé ni changé d'expression.

— Tu peux me dire où tu as passé la soirée d'hier et la nuit qui a suivi ?

— J'ai dîné à la Torre Pendente, via Ravello. Puis j'ai fait un saut à la Budineria, via Chiesa Rossa. Vers minuit je suis rentré chez moi et j'y suis resté jusqu'à ce matin.

J'omets bien sûr l'affaire Daytona. Un doute déplaisant s'est mis à me tarauder, me rappelant la petite phrase lâchée l'autre soir par Milla, l'air de rien.

Seuls les crétins et les innocents n'ont pas d'alibi.

Le mien, pour la soirée où la Tulipe s'est fait buter, c'était Carla, et elle a disparu dans la nature. La nuit du massacre, j'étais assis comme un con dans ma bagnole, attendant des inconnus qui ne sont jamais venus chercher une enveloppe bourrée de papier journal.

— Quelqu'un peut confirmer ça ?

Putain, non. Même Lucio n'était pas là. Il grattait ses foutues guitares au château de Carimate. Je sens monter une colère blanche qui me coupe le souffle.

— Non.

Réponse sèche et brutale.

— Voilà un non qui peut te coûter cher. Et la manière dont tu l'as prononcé plus encore.

Le commissaire joue le rôle du gars énervé. Moi, je le suis pour de bon. Je le toise et, cette fois, c'est moi qui pose les questions.

— Je suis en état d'arrestation ? Je dois appeler un avocat ?

— Non, je ne t'arrête pas. N'importe quel débile en première année de droit te ferait sortir en une heure, avec les éléments que j'ai en main.

Je me relaxe et je fais un peu le malin.

— Je peux y aller, alors ?

— Oui. Tu ne vois pas d'inconvénient à ce qu'on te fasse le test de la paraffine, pas vrai ?

Il se fout de moi et s'en cache à peine. Il sait très bien qu'un bon lavage suffit à effacer toute trace de poudre sur les mains. Il veut seulement m'emmerder et me faire comprendre qui est du bon côté du manche. Il n'en a rien dit, mais je suis sûr qu'il est au courant de la nature de mes rapports avec Laura, Cindy,

Barbara et les autres. Les flics font preuve d'un franc mépris envers ceux qui réalisent certains trafics. À l'exception, bien sûr, de ceux qui en croquent, comme Stefano Milla.

— Faites donc. Je n'ai jamais tiré un coup de feu de ma vie.

— Pas la peine d'appuyer sur la détente pour être coupable.

Giovannone respire un bon coup. Quand il reprend, sa voix est pétrie de dégoût.

— Tu es un marlou minable qui se fait du fric avec le cul de filles assez stupides pour se laisser impressionner. Une couille molle, tu n'as pas les tripes pour aller plus loin. Petit risque et petit bénéfice, hein ? Si l'abjection était un délit, tu mériterais la perpétuité.

Il m'adresse un sourire glacial.

— Cette fois, j'ai le sentiment que tu as eu les yeux plus gros que le ventre : tu t'es collé dans un merdier vaste comme la Lombardie. Avec tout ce qui se trame en ce moment, tu n'as pas la moindre idée du bordel que cette affaire a déclenché. Et je sais que, d'une manière ou d'une autre, tu es impliqué là-dedans.

Il cesse de faire semblant de sourire.

— Si c'est le cas, on va le découvrir. Je me régale d'avance à l'idée de te mettre à l'ombre pour plusieurs années, et je te garantis que ça n'est pas un vain fantasme, ça te pend bel et bien au nez.

Il appuie sur une touche de son téléphone.

L'instant d'après, la porte s'ouvre sur un flic en uniforme.

— Alfio, accompagne M. Marconi au labo. Et présente-lui nos excuses si le gant qu'on lui passe n'est pas assorti avec ses beaux vêtements de marque.

Je lève mon cul de la chaise avant de prendre une

décharge, et j'emboîte le pas au poulet. Au moment où je quitte la pièce, ignoré par ces messieurs, j'ai la satisfaction de constater que l'Innommé se lève. Au moins, je saurai qu'il est doué de facultés motrices. J'ai aussi la certitude qu'il n'était pas là que pour peaufiner sa formation.

Quand je sors du commissariat, après une flopée de formalités chiantes, il est huit heures. La ville que je retrouve dehors ne me semble plus celle d'hier, quand j'avais l'illusion que la zone d'ombre derrière les lumières faisait un abri suffisant. Soyons réalistes. Je suis dans le caca jusqu'au cou, et le pire, c'est que le niveau monte.

Je marche vers la station de tacots de la piazza San Marco. Il y a du danger dans l'air, une sensation que je n'ai jamais eu le temps d'éprouver, moi qui ai toujours dormi la journée, mes nuits se déroulant dans des lieux hermétiques à tout ce qui n'est pas la recherche effrénée du plaisir. Chaque pas que je fais est un souci de plus, une question sans réponse, un mauvais pressentiment.

Je me rends compte que j'ai faim. Rien mangé de la journée entre l'expédition avant l'échange avec Frontini, la conversation avec Casale, la nouvelle du massacre et l'arrivée des flics.

Tant d'événements en si peu de temps. Et de moins en moins de temps, j'en ai peur.

Je passe devant un kiosque en train de fermer. Les quotidiens ont dû s'arracher aujourd'hui. J'achète un des derniers exemplaires de *La Notte*, presque entièrement consacré à la tuerie comme l'indique sa une. Je vais m'asseoir dans un restaurant, après m'être assuré que je n'y connais personne. Aucune envie de subir les conneries d'un vague pote qui voudrait faire son malin.

En attendant le loufiat, j'ouvre le journal. L'article laisse supposer bien plus qu'il n'affirme, le journaliste a dû jongler avec des bribes d'informations. En gros, on n'apprend que les noms des victimes. Lorenzo Bonifaci, financier ; Mattia Sangiorgi, député démocrate-chrétien ; Ercole Soderini, entrepreneur de bâtiment. Avec leurs photos d'archives respectives.

Suivent les noms des filles, auquel manque toujours celui de Carla. J'admire avec quelle habileté on laisse imaginer au lecteur tout ce qui peut se déduire de la présence simultanée de trois hommes et de trois femmes, sans pour autant offrir matière à aucune plainte.

Pas grand-chose sur les types de la sécurité, dont on ne saura même pas l'identité. Indifférence, ou souci de ne pas les mêler à ces dépravations.

L'article laisse une large place à des considérations sur les affaires qui bouleversent le pays, et suppose un lien entre l'enlèvement de Moro, le procès de Curcio et de ses camarades, et ce crime de sang que personne n'a encore revendiqué.

Si ce massacre était lié au terrorisme, je ne serais pas sorti aussi facilement du commissariat. Avec les suspects subversifs, les cognes sont tout de suite moins respectueux de la procédure.

Je gamberge, relisant plusieurs fois le papier comme si les faits avaient changé entre-temps, en mangeant machinalement un truc dont je ne sens pas le goût. Deux questions me hantent.

Pourquoi Laura et pas Carla ?

Pourquoi cette enveloppe pleine de papier journal ?

Rien ne vient. Sauf l'addition, que je n'ai pas demandée. Le resto ferme tôt, comme presque tous ceux du quartier.

Je me retrouve dans la rue, déterminé à essayer d'y voir clair avant que quelqu'un ne le fasse à ma place et que les apparences prennent le pas sur la vérité.

J'avise une cabine à côté de la file de tacots. J'appelle Daytona ; à cette heure-ci, je pourrais bien le trouver chez lui. Je laisse sonner longtemps, mais personne ne répond.

Je monte dans un taxi et je me fais emmener à l'Ascot Club. Le chauffeur se tait et moi aussi, c'est parfait. Il se borne à m'annoncer le prix de la course arrivé à destination.

Soirée ordinaire via Monte Rosa, trafic, voitures stationnées et tapins arpentant les trottoirs. Je me poste à l'angle de la via Tempesta de manière à garder l'œil sur l'entrée de l'Ascot et sur celle de la Costa Britain.

J'ignore combien de temps je vais devoir attendre, mais je n'ai pas envie de le faire en compagnie d'un baltringue habitué du club. À l'heure qu'il est, tout le monde sait ce qui s'est passé. Ceux qui connaissaient Laura, Cindy et Barbara vendraient leur mère pour obtenir des infos de première bourre. Même si le spectacle ne commence qu'à onze heures, et qu'avant il y a rarement du monde, je préfère rester à l'écart. C'est une vieille règle de vie, elle ne m'a pas été bien utile, cela dit.

Je fume en faisant les cent pas, et ma constance est récompensée. De l'autre côté de la rue, je vois arriver deux femmes. Elles traversent plus ou moins à ma hauteur, et quand elles me croisent, j'en reconnais une. De celles qui me lançaient des regards lourds de sous-entendus, le matin où j'ai abordé Carla.

Je m'approche et je les aborde.

Deux bonnes femmes quelconques, de la même taille et d'âge indéfinissable, peut-être avantagées par la pénombre. Elles se ressemblent assez pour être sœurs. Ou seulement consœurs en déveine. Elles stoppent net et restent côte à côte, s'épaulant. On lit sur leur visage la crainte d'avoir été prises pour des prostituées.

Je m'adresse à celle que j'ai reconnue.

— Excusez-moi, je peux vous demander quelque chose ?

— Dites toujours.

— Vous faites le ménage à la Costa ?

— Oui.

— Il y a une fille qui travaille avec vous, une certaine Carla Bonelli. Est-ce que par hasard vous auriez son adresse ou son numéro de téléphone ?

Elles se regardent. Puis celle à qui j'ai parlé me répond.

— Quel nom vous avez dit ?

— Carla Bonelli.

— Aucune de nos collègues ne s'appelle comme ça.

C'est tombé net, sans hésitation. J'ai l'impression que le sol se dérobe sous mes pieds.

— Vous êtes sûre ? Une belle fille, grande, les cheveux châtains et les yeux noisette. Je l'ai vue sortir en même temps que vous il y a quelques jours.

— Ah oui, je me la rappelle, cette fille. Elle n'est pas sortie de l'immeuble avec nous, on l'a croisée dans la rue, à côté de l'entrée. Et je me souviens de vous aussi. Désolée, mais on a pensé que cette fille était une de celles-là, et que vous étiez...

Elle s'arrête avant de me le dire. Et je pige soudain comment les choses se sont passées. Je n'ai pas vu Carla sortir de l'immeuble. C'est Daytona qui me l'a montrée. C'est lui qui m'a mis au défi de l'aborder, sachant que j'accepterais. C'est lui.

Je tourne les talons et je me casse sans remercier, ni

même saluer les deux femmes. J'ai mieux à faire. Je trace, à grandes enjambées, vers la piazza Amendola pour choper un taxi. J'ai une urgence, plus contraignante qu'une camisole de force. Je dois dire deux mots à Paolo Boccoli, mieux connu sous le surnom de Daytona.

14.

La mère de Daytona vit dans le quartier d'Isola, via Confalonieri, pas loin de l'ancienne usine de locomotives. En traversant les jardins pour aller chez elle, je me demande si je ne suis pas en train de faire une connerie. C'est une éventualité à prendre en considération, mais quand on coule, on s'accroche à ce qu'on peut.

Hier soir, j'ai arpenté la moitié de la ville, passant partout où mon pote a ses habitudes, sans résultat. Aux Scimmie, j'ai trouvé Matteo Sana et le Godié, qui n'ont pas réagi comme je l'aurais cru. J'imaginais qu'ils me coinceraient contre un mur en m'accablant de questions. Au lieu de ça ils ont fait semblant de ne pas me voir, ce qui m'a donné l'exacte mesure de ma situation. Je suis un gars qu'il vaut mieux ne pas fréquenter. En l'occurrence, ça n'était peut-être pas plus mal. J'ai jeté un œil à la ronde, cherchant le crâne à double mèche de Daytona.

Je ne l'ai pas trouvé.

Il pouvait être n'importe où. Au tripot de Tano, dans un autre lieu où on joue, au lit avec une pouffiasse quelconque. Ou bien planqué comme un rat, à ronger son fromage, en attendant que la tempête se calme.

Dans le tacot qui me ramenait chez moi, en me rappelant les mots de Daytona dans une situation presque analogue, j'ai eu une idée. Pauvre, désespérée et pathétique, mais la seule qui me soit venue. Et me voilà, un gros agenda relié de cuir sous le bras et une lourde enveloppe jaune, format A4, à la main ; ironie du sort, elle ne contient que du papier journal. En la remplissant, je souriais : cette vengeance obéira à la loi du talion, coupure pour coupure !

Lucio apprécierait la boutade. Mais il faudrait pour ça que je le rencarde, et je ne préfère pas.

J'arrive devant la porte d'un bâtiment sans grâce, pur produit du logement social. C'est là qu'habite la mère de Daytona, la seule prise qui me reste. Ce peigne-cul est très attaché à l'auteur de ses maudits jours, comme c'est souvent le cas chez les débauchés notoires. S'il a joué la fille de l'air, elle sait forcément où il est. Sous peu, avec un peu de bol et beaucoup de culot, je le saurai peut-être moi aussi.

Je m'approche de l'interphone, et je presse la touche Boccoli-Crippa. Passe un moment, j'imagine la dame traînant ses patins dans le couloir. La voix qui me répond est douce et agréable.

— Oui ?

Je croise les doigts et je me lance.

— Bonjour madame. Je suis Rondano, l'assureur de Paolo. Je ne l'ai pas trouvé chez lui. Serait-il chez vous par hasard ?

— Non, il a quitté Milan pour quelques jours, à cause de son travail.

Comme prévu. La malheureuse est bien la seule personne à Milan capable d'associer son fils à l'idée de travail. Et s'il est vrai que, quand il s'agit de leurs gosses, les parents ont des écailles sur les yeux, cette petite dame porte sur le nez deux gros poissons entiers.

— C'est bien ce que je me disais. Je passais par chez vous et comme j'ai des papiers à lui faire signer, j'ai pensé m'arrêter et vous les laisser. C'est pour un remboursement. Je peux monter vous les confier, et comme ça, quand il rentre, il peut les remplir tout de suite. Plus tôt je les ai, et plus tôt les sous arrivent !

Elle reste interdite. Je le comprends au silence qui suit. Finalement, la crainte de léser son fiston, ou peut-être de provoquer son courroux, l'emporte sur la prudence.

— Deuxième étage.

La porte s'ouvre avec un déclic métallique. Le mot « sous » est un sésame qui force pas mal de serrures, véritables ou mentales. Je grimpe des escaliers qui sentent la bouffe et la javel. Le mélange n'est pas formidable. Mais je ne suis pas là pour acheter un appart, seulement pour soutirer une information.

La mère de Daytona m'attend sur le palier. Elle n'est pas bien grande, le visage marqué, et l'air sans défense. Elle porte une robe d'intérieur et un tablier. Je l'ai peut-être dérangée pendant qu'elle cuisinait, sûrement plus par habitude que par appétit. Pour le peu que je sais d'elle, je crois que le plus beau moment de sa vie fut la mort prématurée de son mari qui la traitait comme une chienne. Hélas, le destin préparait sa revanche en la personne de son fils Daytona, celui-là même qui l'appelle *ma manman* et qui doit être responsable de la plupart de ses cheveux blancs.

Il y a des gens qui n'ont jamais droit à un peu de sérénité.

Elle me salue de cette voix agréable qui, filtrée

par l'interphone, laisse supposer une tout autre allure. Fantasme à la radio, réalité à la télé.

— Bonjour.

— Bonjour, madame.

— Crippa Teresa.

En dépit de mes états d'âme, j'ai une bouffée de tendresse pour ces présentations d'école primaire, le nom de famille avant le prénom. Je lui tends la main avec mon plus beau sourire. Elle la serre craintivement.

— Enchanté, Marco Rondano.

Je lui présente le pli.

— Voilà, madame Crippa. Là-dedans il y a les papiers dont je vous parle. Dites à Paolo de signer là où j'ai mis une croix au crayon.

Elle répète pour être certaine d'avoir bien compris.

— Signer là où il y a la croix au crayon.

— C'est ça. Vous êtes bien aimable, madame.

Je fais deux pas en arrière, comme pour m'en aller. Puis au moment où elle me salue, je reluque mon poignet avec l'air préoccupé du gars qui se souvient d'un truc important.

— Je peux vous demander une faveur ?

— Dites-moi.

— Je dois contacter une personne, et si je ne le fais pas maintenant, elle ne sera plus à son bureau. Vous me permettez de passer un coup de téléphone, c'est à Milan même.

J'ai dit ça pour la rassurer. Les gens d'un certain âge font gaffe aux dépenses de téléphone.

— Si c'est en ville, ça va. C'est Paolo qui le paie, le téléphone, et je ne veux pas qu'il dépense de trop.

Je pourrais lui dire que Paolo en cinq heures claque au jeu l'équivalent de cinq ans de sa retraite. Mais ce serait une méchanceté gratuite, et une perte de temps : certains mythes sont inoxydables.

Mme Crippa me fait entrer dans un couloir propre à y manger par terre. Ça sent la pastille Valda. Les meubles datent, mais brillent, sûrement ceux de son mariage. Aux murs, des tableaux achetés sur le marché ou gagnés à la kermesse. Une photo de classe de son fils, encadrée d'un ouvrage au point de croix, est accrochée au-dessus du téléphone. *Quatrième*, annonce la broderie. J'ignorais que Daytona était resté si longtemps à l'école. En voyant l'appareil, je pousse un soupir de soulagement. Un ancien modèle, noir, à cadran. Il est posé sur un petit meuble bizarroïde, avec deux étagères superposées et deux petites portes en dessous.

Je pose l'agenda sur l'étagère du bas.

Je fais le numéro de chez moi et je simule une conversation animée avec un client inexistant, en laissant un long message sur mon répondeur, causant bien après qu'il m'a coupé la chique. Je fais comme si mon interlocuteur me pressait.

— Ne vous inquiétez pas, je serai là dans dix minutes. Piazzale Maciachini, c'est bien ça ? Au 6, c'est noté. À tout à l'heure.

Je me tourne vers cette pauvre Teresa qui m'a entendu de sa cuisine où, sur la table, attendent les légumes d'un futur minestrone. Recette laborieuse mais saine et, surtout, économique. Je joue le gars avec le diable aux trousses.

— Ça y est, c'est fait. Merci beaucoup. Je dois me sauver. Saluez Paolo de ma part, et dites-lui de m'appeler !

Elle fait un pas vers moi.

— Ne vous dérangez pas, je connais le chemin. Merci encore, madame.

Je suis déjà au bout du couloir quand je l'entends me dire au revoir. En effet, on va se revoir et pas plus tard que dans un quart d'heure, si tout va bien.

Je ferme la porte et je me tire dare-dare, de peur de l'entendre la rouvrir et m'appeler. Je m'engouffre dans le premier bar que je trouve. Je prends un café, j'allume une tige et je m'empare du *Corriere della Sera*, posé avec la *Gazzetta dello Sport* sur le frigo des glaces.

Des pages de mots et de photos. Que s'est-il passé dans cette riche demeure de Lesmo, près de Monza ? Faits, suppositions, histoires de vies, visages souriants de belles nanas, tronches sérieuses d'hommes de pouvoir, corps gisants à terre recouverts de draps trempés de sang – des taches en noir et blanc. Un adieu à la vie, et à l'intimité qu'on devrait quand même accorder à la mort.

On ne dit rien d'une femme aux yeux noisette, qui aurait dû se trouver dans cette maison, et qui n'y était pas.

Je consulte ma montre : vingt minutes ont passé, ça devrait suffire.

Quelques secondes plus tard, rebelote, je sonne, on tarde un peu à me répondre.

— Qui est-ce ?

— Madame Crippa, excusez-moi, c'est encore Rondano. J'ai oublié mon agenda chez vous. Je peux monter le chercher ?

La porte s'ouvre, je grimpe vite fait les escaliers : elle est là sur le seuil, l'objet de mon oubli simulé en main.

— Mais quel étourdi ! Ce matin je fais tout de

travers. Quand on n'a pas de tête, il faut avoir des jambes, comme on dit.

Je lui prends des mains l'agenda relié et muni d'une serrure.

— Il est bien lourd.

— C'est cette couverture de cuir qui pèse. Un cadeau de ma fiancée, sinon j'en aurais déjà changé.

On se salue de nouveau, et je file à toute blinde. Une fois dans la rue, je sors de ma poche une petite clé de laiton et je fais jouer la serrure qui ferme l'agenda. Je l'ouvre : tout va bien. Dans l'épaisseur du papier, j'ai évidé une niche pour y insérer le petit magnétophone qui, sous mes yeux, tourne encore. Je l'arrête et je rembobine. La bande revient en miaulant à son point de départ. J'attends d'avoir rejoint ma bagnole avant de l'écouter, jamais trois cents mètres ne m'auront paru aussi longs.

La portière refermée, je respire un bon coup et j'appuie sur play. Tout d'abord, j'entends, un peu faibles mais intelligibles, ma voix et celle de la mère de Daytona. L'intégralité de mon sketch, jusqu'à mes adieux et à ma sortie de scène.

Et enfin, ce que j'espérais.

Dans le silence, le son du cadran du téléphone qu'on fait tourner. Clair et sonore, malgré l'écran de cuir de l'agenda.

Trrr... trrr... trrr...

La voix de Mme Teresa.

— Bonjour, mon cœur, c'est moi.

Un blanc.

— Je sais que je ne dois pas t'appeler, mais quelqu'un a demandé après toi. Ton assureur, il a apporté des papiers à te faire signer pour un remboursement.

Silence.

— Je ne sais pas, c'est dans une enveloppe.

On sent soudain l'anxiété dans sa voix, quand elle proteste de son incompétence.

— Écoute, tu sais bien que je n'y comprends rien, à ces choses-là. Je la mets dans ta chambre et tu verras ça à ton retour.

Dernière pause, pour se donner du courage, cette fois.

— Tu rentres bientôt ?

Je vois d'ici le Daytona planqué je ne sais où, fébrile et tendu, la face congestionnée et la mèche en vrac. Et le visage de sa mère pendant qu'elle écoute son fils déballer ses bobards. Si elle avait ouvert le pli, c'est le mien, de baratin, qui tombait à l'eau.

— D'accord, mon cœur. Fais bien attention. Et appelle, de temps en temps.

Le bruit du combiné qu'on raccroche, puis celui de pas qui s'éloignent. Vers la cuisine, je suppose.

J'arrête le magnéto. L'enregistrement me confirme deux trucs. Primo, quel que soit ce merdier, ce blaireau de Daytona est dedans jusqu'au cou. Deuxio, j'ai peut-être un moyen de le débusquer.

Je rembobine la bande jusqu'au moment où Mme Teresa compose le numéro de son fiston. Je prends de quoi noter et je compte les déclics du cadran. Le système est un peu empirique, et je m'y reprends à plusieurs fois avant d'obtenir un résultat qui me paraît fiable. S'il y a un dieu pour les fils de pute, prions pour qu'il m'accorde sa protection et laisse tomber Daytona.

Tic tic tic tic tic Trrr trrr trrr trrr trrr... 5

Tic tic tic tic tic tic tic Trrr trrrtrrr trrr trrr trrr trrr trrr... 7

Tic tic tic tic tic Trrr trrr trrrtrrr... 4
Tic tic tic tic tic tic Trrr trrr trrr trrrtrrr trrr... 6
Tic tic tic tic tic Trrr trrr trrr trrr trrr... 5
Tic tic tic tic tic Trrr trrr trrrtrrr trrr... 5

Ce qui nous fait : 57 46 55.

Maintenant que j'ai le numéro, il me faut l'adresse. Et je ne connais qu'une personne qui puisse m'obtenir ça. Je démarre et je roule jusqu'à la première cabine téléphonique. Pas sûr que le service des abonnés à la Sip[1] fonctionne d'un poste public. Il ne reste plus que cette option. Et je ne fais pas mon fier en appelant le commissariat de la via Fatebenefratelli.

Au standardiste, je demande l'inspecteur Stefano Milla.

Quelques instants plus tard, j'entends sa voix. Très pro. Avec juste ce qu'il faut d'agacement.

— Inspecteur Milla.

— C'est Bravo.

Le changement de ton est fulgurant, Milla a dû faire un bond sur son siège.

— T'es pas un peu malade d'appeler ici ?

— Ça se peut. Mais j'ai un petit souci.

— Je le sais, que tu as un petit souci. Tu veux que j'en aie un moi aussi ?

— Pas si tu me donnes un coup de main.

Ça sonne comme un chantage. Ça l'est peut-être un peu, d'ailleurs, l'essentiel, c'est que Milla l'entende comme ça.

— Qu'est-ce que tu veux ?

— J'ai un numéro de téléphone. Je veux savoir à quelle adresse il correspond.

— Pourquoi ?

---

1. Compagnie de téléphone (Società idroelettrica piemontese).

— C'est une longue histoire, pas claire. Mais dès que j'arrive à y piger quelque chose, tu seras le premier à en être informé.

— Bravo, ne fais pas de conneries.

— Ce n'est pas dans mes intentions, et c'est justement pour ça que j'ai besoin de cette adresse.

Il cède. Par trouille, et aussi à cause de cette curiosité innée qui fait d'un homme un flic.

— D'accord. File-moi le numéro.

Je le lui dicte.

— Il te faut combien de temps ?

— Le temps nécessaire. Où je peux te joindre ?

— Chez moi. Si je n'y suis pas, laisse-moi un message sur le répondeur.

— Trop risqué.

— Je l'écoute et je l'efface.

Silence inquiet de l'inspecteur. Je sais qu'il essaie d'évaluer la teneur des problèmes qu'il peut s'attirer en m'aidant. Les conséquences, il les connaît. Il faut une longue cuillère pour dîner avec le diable.

J'essaie de faire pencher la balance.

— Stefano, je ne sais pas ce qui se passe, mais je te jure que je n'y suis pour rien. J'ai envoyé trois filles chez Bonifaci, comme je l'ai fait un paquet de fois, et c'est tout.

Pas la peine de lui en dire plus pour le moment, il y a des choses que je dois savoir et comprendre avant tout le monde. Ma position est assez bancale comme ça, je ne donnerai à personne les moyens de me faire chuter.

Milla cède, une fois de plus.

— Je ferai au plus vite.

Je le remercie, pour ce que ça me coûte. Je n'ai plus qu'à attendre, mon dernier et fragile espoir. Autour de moi : soleil et ciel bleu printanier, brise fraîche qui balaie le smog, la saison est clémente. Les travailleurs s'affairent, les fêtards cuvent dans leur lit. Si c'était une journée ordinaire, c'est là que je serais, moi aussi. Ou bien dans les rues à flâner, à déconner et à bidouiller mes petits trafics, à manger au Santa Lucia ou à croquer un panino de chez Bagi.

Seulement voilà, ça n'est pas une journée ordinaire.

Plusieurs personnes sont mortes. C'est moi, en personne, qui en ai envoyé trois à la boucherie. J'avais droit à trente pour cent de leurs gains. Je touche cent pour cent des responsabilités.

J'ai conduit au hasard, en longeant le cimetière monumental, et j'arrive viale Cenisio. À cent mètres de l'endroit où je me gare, il y a le Pechino, un chinois où je vais souvent, on y mange les meilleurs raviolis grillés de Milan.

Pour ce que j'ai faim, ça fera bien l'affaire. En marchant, j'éprouve une sensation de gêne au bas-ventre, une légère brûlure que je connais bien. Inflammation des voies urinaires, c'est assez fréquent chez les gens dans mon état. J'ai des frissons, stress ou fièvre.

Tac ! Chopé ! Fuyard et faiblard.

C'est ce que dirait le Godié en pointant deux doigts en ciseaux sur ma nuque. Mais ce temps-là est révolu et ne reviendra pas. Je suis trop survolté pour me laisser aller à pleurer sur mon sort. Finalement, j'ai accordé mon pas au rythme de la ville qui m'entoure, où l'agitation est reine et où tout le monde cavale même en allant se coucher. Ma vie est en jeu, au milieu de cette hystérie collective. Et tout ce que je peux faire, c'est attendre en serrant les dents qu'un flic corrompu me refile l'info dont j'ai besoin avant d'aller dire deux mots à l'un de mes potes.

Je passe à la pharmacie, à cinquante mètres du chinois. Derrière le comptoir, blouse blanche, binocles de première de la classe et vilaine peau : la pharmacienne. La sensation de brûlure est plus forte, mais je ne parlerai de ça à personne, encore moins à une femme. Je demande une boîte de Furadantine, qu'après quelques manières, elle consent à me vendre sans ordonnance.

Dehors, j'avale un cachet sans eau. Pas envie qu'on me voie en train de prendre ce genre de médicament : appelons ça la pudeur de l'handicapé. Je pousse la porte du Pechino, qui d'habitude n'est pas très fréquenté à midi. De fait, dans la petite salle éclairée de lumières rouges et encombrée de chinoiseries, une seule table est occupée.

Le patron, qui me connaît bien, vient m'accueillir. C'est un type eficace et souriant, ce qui n'est pas la norme dans la communauté chinoise de Milan, plutôt fermée et peu liante. Son italien est impeccable, et son milanais pareillement. C'est fendard de l'entendre causer le dialecte meneghino avec son visage exotique. Le succès de l'endroit, outre l'excellence de sa cuisine, doit beaucoup à sa cordialité.

On se salue, mon humeur doit se lire sur mon front parce qu'il ne s'attarde pas pour bavarder. Il m'accompagne à une table, prend ma commande et repart en cuisine, où sa femme s'active aux fourneaux.

Je m'assieds près du bar, à droite de l'entrée. Un jeune Chinois bidouille la machine à café tout en regardant le téléviseur portable posé sur le plan de marbre, le son réglé au minimum.

C'est l'heure du journal, celle où les rédacteurs rament pour faire le tri entre les tombereaux d'informations qui déboulent de toute part. Mais l'actualité en ce moment, c'est ce qui s'est passé à Monza. De ma place, je vois défiler sur l'écran des images déjà vues et revues dans les journaux.

Je me lève et m'approche.

Le jeune, un gamin dont je n'ai jamais entendu la voix, continue à bricoler sans rien dire. Je lui demande de monter un peu le son.

À l'image, un homme est apparu. À peine descendu de la longue berline sombre, les flics l'ont entouré pour le protéger de l'assaut des journalistes. À l'arrière-plan, on reconnaît l'entrée de l'Hôtel Principe di Savoia, sur la piazza della Repubblica. Celui qui est au centre de l'attention est grand et massif, la chevelure drue, les tempes grisonnantes. Il a l'expression décidée du type qui sait où il veut aller et comment faire pour y arriver.

Je le connais bien.

Comme tout le monde.

Amedeo Sangiorgi, sicilien, chef de groupe au Sénat et homme de référence pour son parti comme pour tous les acteurs de la politique italienne. Son frère Mattia était bien plus jeune que lui. Député à la Chambre, une des figures montantes de la Démocratie chrétienne, un futur président du Conseil, d'après certains.

Que le corps de son frère ait été trouvé avec ceux de deux de ses pairs et de trois belles courtisanes semble laisser Amedeo Sangiorgi de marbre. Que l'affaire soit sur la place publique, au lieu d'être restée planquée dans les plis du secret de l'instruction doit le faire bouillir de rage. Mais l'homme est bien trop habile et madré pour montrer ses émotions, il sait que nous vivons dans un pays particulier, où certaines faiblesses sont pardonnées puis oubliées avec une facilité étonnante. Avec un petit coup de main des copains, comme disaient les autres. Je mettrais mon bras à couper qu'après les premières insinuations, grâce aux bonnes pressions aux bons endroits, Cindy, Barbara et Laura deviendront trois secrétaires méritantes et malchanceuses qui ont payé de leur vie leur présence à un dîner de travail dans cette villa ce soir-là.

Un chroniqueur de la Rai s'approche d'Amedeo Sangiorgi, micro en main, suivi par un cadreur, caméra à l'épaule. Le sénateur fait un signe au policier qui s'apprêtait à lui barrer le chemin et accepte de faire ce qu'on appelle communément une brève déclaration.

— Cet acte est le fait d'une barbarie inouïe, celle qui témoigne d'un mépris total de la vie humaine. Il nous laisse rempli d'effroi, et nous nous demandons quel genre d'hommes peuvent receler tant de férocité. Il plonge des familles dans le deuil. Dans des moments comme celui-là, l'espoir et la confiance envers les institutions semblent nous faire défaut, comme les mots. Mais c'est justement dans ces moments-là que nous avons le droit et le devoir de réagir. Nous ne devons être certains que d'une chose. D'où que vienne ce lâche attentat, qu'il soit d'inspiration terroriste ou lié à la criminalité organisée, il ne restera pas impuni. Les forces de l'ordre sont au travail afin que les coupables soient remis à la justice et condamnés à la peine qu'ils méritent.

Sa voix tremble un peu à la fin du discours. L'ombre de la douleur obscurcit un instant son visage. Il donne la représentation parfaite de ce que les gens attendent d'un homme dans sa position : dignité et fermeté, malgré l'émotion.

L'antenne est rendue au studio, où le commentateur émet des hypothèses sur le commando qui a attaqué la Villa du massacre, comme tout le monde l'appelle désormais.

La voix du commissaire Giovannone résonne encore à mes oreilles.

Tu n'as pas la moindre idée du bordel que cette affaire a déclenché...

Et comment, que j'en ai une idée. Un politique du calibre d'Aldo Moro aux mains des Brigades rouges, un autre expédié à la morgue par des mains encore inconnues. Sans compter les procès en cours, et l'ombre glaciale de la peur qui plane sur l'Italie.

En ce moment précis, tout le monde doit être sur le pont : les flics de base, les carabiniers, la Digos, les services secrets et le reste. Dans les ministères, les dirigeants s'arrachent les cheveux en se demandant ce qui se passe dans ce pays et en déplaçant des hommes, qui ne sont jamais assez nombreux, d'un côté ou de l'autre de la carte, comme des soldats de plomb.

Le patron sort de la cuisine et vient poser mon assiette de raviolis sur ma table. Je retourne m'asseoir et je mange en silence. La brûlure au bas-ventre empire. Je me force à terminer mon repas, suivant la logique qui veut qu'on ait besoin de carburant pour produire de l'énergie.

Je regarde ma montre. Milla a peut-être déjà trouvé ce que je lui ai demandé. De toute façon, je n'ai plus la patience d'attendre en subissant les événements, avec le sentiment de ne plus être le maître de mon existence.

Je paie ce que je dois et je sors. J'appelle chez moi de la cabine à côté de la Mini. J'écoute ma voix réciter l'annonce habituelle. Je prononce le mot qui active la commande à distance.

Après quelques déclics et bruissements, l'appareil balance une série de messages. Deux appels de clients qui ignorent ce qu'ils risquent à être enregistrés sur cette bande. Sandra, une de mes filles, qui me demande de la contacter. Un appel raccroché, sans message. Ma conversation dans le vide pendant le coup de fil chez madame Crippa Teresa. Et enfin la voix de Stefano Milla qui, sans commentaire, me donne l'adresse que je lui ai demandée.

Je la note avant de me mettre en route, mais je sais que je ne l'oublierai pas. Je pars en me disant que le voyage sera long, jusqu'à San Donato Milanese. La brûlure, entre-temps, est devenue un fil chauffé à blanc entortillé dans mon bas-ventre et dans mes tripes.

15.

Ma petite bagnole bleue roule aussi vite que possible vers San Donato Milanese, une agglomération devenue une ville il y a deux ans. Ville satellite, avec tout ce qu'implique cette appellation. Un endroit bizarre, le royaume incontesté de la société pétrolière Eni, qui fait bosser une bonne partie de ses habitants. Une moitié de bureaux et d'usines, l'autre de dortoirs, munie de tous les équipements nécessaires. L'exemple typique du zèle lombard, un truc qui me dépasse.

Mon esprit continue de divaguer, suivant les voies tortueuses qu'on a décidé de me faire prendre. Les personnages qui peuplent cette histoire de fous, dont je n'arrive pas à situer l'origine et à voir la fin, tous sont là, assis dans ma caisse avec moi.

Tano Casale, l'homme à la voix si particulière, qui espère encaisser ma contrefaçon de grille, et doubler son capital grâce à ma brillante idée. Laura, qui voulait être libre et heureuse avec son comique, morte dans une villa où elle n'était pas censée être. Carla, qui aurait dû être à sa place, disparue dans le néant comme un fantôme, après s'être fait passer pour quelqu'un d'autre. Carla, dont le nom n'est peut-être pas Carla. Daytona, qui a fait des pieds et des mains pour me la coller dans les pattes, et qui a pris le maquis quand tout ce bordel est arrivé. Et moi, qui suis de ces crétins ou de ces innocents foutus de plonger dans un bourbier comme celui-là sans même un alibi.

La fièvre me donne des frissons. La douleur au bas-ventre s'est stabilisée, c'est supportable mais pénible. Je quitte le périph pour prendre la via Rogoredo. Je longe les usines qui ont poussé comme des champignons dans cette zone jadis rurale. Je continue jusqu'à ce que je trouve une place pour m'arrêter.

Je prends un autre cachet, puis je consulte mon plan de Milan et de sa banlieue pour localiser l'adresse que m'a donné Milla. La mère de Daytona a appelé au 106, via dei Naviganti Italiani, le téléphone est au nom d'un certain Aldo Termignoni. Que je ne connais pas. Étant donné les activités sibyllines de mon pote, difficile de pister tous les individus qu'il croise et qu'il fréquente.

Je procède par étapes, en m'arrêtant de temps à autre pour contrôler ma progression sur la carte. Je m'éloigne de la ville, m'enfonçant au cœur de cette banlieue où demeurent les vestiges d'un lointain passé agricole. Des corps de bâtiment disposés en carrés, derniers avant-postes contre l'invasion du progrès et l'assaut du béton. Au-dessus de moi, le grondement des avions en phase d'atterrissage survolant à basse altitude les zones habitées vers l'aéroport de Linate.

Je tourne enfin dans la rue que je cherchais, au beau milieu d'un hameau. Sur ma gauche, les maisons portent des numéros impairs. J'avance lentement, les numéros se succèdent, un vrai suspense de tombola.

Personne en vue. Les voitures sont garées dans les cours ou au bord de la route, les gens sont chez eux. Dans un jardin, un enfant joue, seul. Il ignore encore combien l'ennui s'accroît, avec le temps. La routine. Un réveil qui sonne, un gosse à accompagner à l'école, les fins de mois difficiles, deux semaines de congés payés par an, les danses à la guinguette, le sexe à l'arrière d'une voiture avec la petite amie qu'on épousera.

Ou, pour les moins veinards, une rabasse à cinq mille lires en bord de route.

J'ai mal, je suis fébrile et voilà que la nausée s'y met. J'ai dépassé les arbres et je suis à présent en pleine campagne, si ce n'est qu'à l'horizon on distingue la silhouette d'une usine, se détachant sur fond de champ de blé. Le genre de décor où on imagine les silhouettes du vieux et de l'enfant de la chanson de Francesco Guccini[1].

Je stoppe devant une ferme isolée qui menace ruine, on se croirait encore après-guerre. L'une de ses fenêtres, avec sa persienne qui pendouille, évoque l'œil d'un vieux clébard. Sa cour, on dirait le dépôt d'un ferrailleur. Un frigo rouillé appuyé contre un arbre, une carcasse de bagnole sans plaque ni pneus, montée sur des piles de parpaings. Derrière, j'aperçois une construction basse faite de tôles corrodées clouées à des pieux plantés en terre. Les mauvaises herbes sont venues ajouter leur chienlit en poussant n'importe où ; pour atteindre l'un des côtés de la maison, il faut traverser une authentique plantation d'orties. Tracée d'un pinceau maladroit à la peinture noire sur l'un des poteaux encadrant l'entrée du chemin, une inscription me confirme que je touche au but.

Je gare la Mini dans la cour. Ç'aurait été plus malin

1. *Il vecchio e il bambino*, 1972. Chanson et chanteur très populaires en Italie.

de m'arrêter plus loin et de venir à pied, mais j'ai trop mal et le temps presse.

La porte qui donne sur la façade est bloquée par une chaîne munie d'un cadenas. Au rez-de-chaussée, les persiennes sont fermées. Je contourne la bâtisse, derrière, une dalle de ciment ébréché s'étend sur toute sa longueur. De la porte entrouverte d'une baraque qu'on ne voit pas de la route, pointe le cul orange de la Porsche de Daytona. Je passe devant des fenêtres grillagées, et j'arrive à une autre porte en bois.

Elle n'est pas fermée.

Je pousse le battant. J'ai la trouille qu'il se mette à grincer.

Je me traite de couillon.

L'arrivée de la Mini a de toute façon annoncé mon arrivée. Je pénètre dans un lieu sombre et sordide, qui semble inhabité. Je fais un tour en vitesse : rien que des pièces vides. Par terre, des vieux papiers, une couverture crasseuse, une pile d'assiettes ébréchées dans ce qui a dû être une cuisine. Partout, l'odeur de l'humidité, de la poussière et du salpêtre. Quelqu'un doit bien vivre dans cette porcherie, puisqu'il paie la facture du téléphone, mais qui ?

Je monte l'escalier qui mène à l'étage, face à l'entrée, comme dans toutes ces maisons rurales. En haut, la zone est un peu moins sinistrée, une ébauche de ménage révèle la présence de l'homme. Un couloir court tout le long de la maison, et les portes des chambres y ouvrent des gueules béantes.

À droite, ça part plutôt en couille, je prends donc à gauche. Je passe devant une chambre avec deux lits de camp et un vieux matelas. Une porte close, avec une vitre dépolie, qui doit être une salle de bains. Une autre porte, entrebâillée : j'entrevois un grand lit défait.

Je la pousse, un coup d'œil rapide me suffit pour juger du tableau.

Des murs grossièrement peints au rouleau, quelques fauteuils défoncés, une petite table encombrée de journaux et de verres, des boîtes de conserve sur une étagère, un seau débordant d'assiettes sales, un réchaud à gaz relié à une bonbonne, un téléphone mural.

Je me demandais pourquoi personne ne descendait à ma rencontre.

Maintenant, je le sais.

Daytona est à terre, sur le flanc, sa tête repose sur son bras allongé. Le plastron de sa chemise est rouge de sang. Sa chute a dérangé la mèche d'habitude si méticuleusement plaquée. Une partie retombe sur la manche roulée, l'autre lui couvre l'oreille, exposant la calvitie qu'il s'est toujours acharné à planquer. Il a entendu mes pas et tourné les yeux sans bouger la tête. Un peu de soulagement passe dans son regard affolé quand il me reconnaît.

— B...avo.

Sa voix n'est plus qu'un souffle, c'est à peine si j'ai entendu mon nom. Je m'agenouille à ses côtés. Il respire mal, avec un râle sifflant et sépulcral.

Il pleure, de douleur ou de chagrin. Un sanglot amène au bord de ses lèvres un peu d'écume sanglante qui coule vers le sol, larme écarlate de la désillusion.

— P...d...nne-moi.

Le pardon n'est pas de ce monde, mais bientôt, lui non plus. Alors, je lui accorde sans mal ce qu'il me demande.

— Bien sûr que je te pardonne, connard.

Comme répondant aux siennes, les larmes me montent aux yeux : pour lui, pour moi et pour tous les corniauds comme nous. Pour le monde qu'un dieu indifférent a relégué derrière ces fenêtres aux carreaux malpropres. Pour tous ceux qui nous ont faits tels qu'on est, et nous autres, qui les avons laissés faire. Pour cette douleur qui me brûle les tripes, et celle qui tourmente Daytona.

— Qu'est-ce qui s'est passé ?

— Donné... cout...

Chaque mot lui demande un effort dément. Il est cuit et il le sait. Il compte ses inspirations en attendant la dernière, celle dont personne ne gardera la mémoire puisque après il n'y a plus rien. Se demande-t-il si ça valait le jus de monter ce coup de vice en espérant un gros lot qui n'est jamais tombé ? Ou pourquoi il a vécu cette vie pourrie, qu'il croyait meilleure que celle des caves, si c'est pour recevoir ça en récompense : mourir seul comme un chien sur un sol dégueulasse, au trou du cul du monde, ne laissant pour héritage que le grand vide que fut son existence.

— Qui t'a fait ça ?

Il lève péniblement une main vers son crâne et tente d'y rabattre sa mèche tant bien que mal, dans un dernier élan de vanité. Je l'aide à remettre en place son toupet brillant de teinture et de laque.

— Qui t'a fait ça, Daytona ? Où est Carla ?

Il me regarde sans me voir. On dirait qu'il revit la scène de son assassinat. Ou peut-être, comme disent certains, qu'il voit défiler sa vie entière. Puis il ferme les yeux.

— *Co... bianch...*

C'est son dernier mot.

Une vague de nausée déferle de mon estomac. Je me relève, le temps de faire un pas et je me plie en deux comme la lame d'un couteau qu'on referme.

Je gerbe.

À longs traits douloureux qui me déchirent le bide et la gorge. Je termine couvert de sueur froide. C'est navrant : mon éloge funèbre de Daytona est un dégueulis mi-bile mi-raviolis chinois.

Je m'essuie la bouche avec un mouchoir.

À son poignet, la précieuse Daytona en or, dont la présence a rythmé les phases de son existence et l'a marqué, plus que son prénom et son nom, au registre d'un certain milieu milanais. Je la lui ôte, c'est le seul battement qui lui reste. Je l'empoche. Je la ferai passer à sa pauvre mère dont je partage le triste sort : apprendre de la pire des façons qui était son fils, en réalité.

Le peu de présence d'esprit qui me reste me pousse à me tirer d'ici. Si j'étais arrivé un poil plus tôt, j'agoniserais à côté de lui. Je lance un dernier regard à ce mec que je croyais être mon pote, oubliant qu'en vérité on ne peut jamais vraiment se fier à personne. Pauvre bouffon pathétique. Il ne méritait pas ça. Je dégage, l'abandonnant dans cet endroit de merde, avec ses fringues ensanglantées. Sa prochaine nuit sera sûrement la première depuis des années à ne pas être blanche.

Je cavale jusqu'à ma bagnole et je mets les gaz, m'éloignant de cette maison qui pue l'abandon, le gâchis et la mort. Les frissons redoublent et j'ai le bas-ventre en feu. Gerber ne m'a pas fait passer cette nausée qui me remplit les tripes d'écume.

Je pose la main sur mon front. Brûlant. Trouille et fièvre, ou alors, c'est mon corps révolté par le spectacle de l'agonie de Daytona. Le prix de l'angoisse, à force d'avancer comme ça à tâtons, sans rien piger à ce qui arrive autour de moi.

Plus grand-chose à voir avec nos jeux d'esprit, Lucio et moi : nos esprits prisonniers de corps qui les hébergent à contrecœur, se refilant l'un l'autre une lime pour s'évader. Là, c'est l'énigme finale, je le crains, et sa solution sera peut-être pire que tout.

Je suis un piètre guerrier, solitaire et mort de peur, qui craint de crever dans le noir.

Je reprends la route par laquelle je suis arrivé, mais je ne traverserai pas le bourg. Je ne veux pas longer deux fois les mêmes fenêtres et les mêmes cours. Les derniers mots de Daytona, de sa voix moribonde, continuent de me tourmenter.

Co... bianch... Cobianchi ?

Qu'est-ce que ça vient foutre là-dedans ?

Le Cobianchi est un hôtel de jour, dans la galleria del Duomo, sous la via Pellico. Il y en a un autre piazza Oberdan, à la Porta Venezia. On peut y prendre un bain ou une douche, trouver un barbier et une manucure, faire une pause au bar et déposer ses bagages. Un industriel en a ouvert toute une chaîne, au début des Années folles, dans pas mal de grandes villes comme Milan, Bologne, Turin, Rome et Naples. À l'époque, on les considérait comme des bains publics. En plus raffiné, cela dit : matériaux de prestige, ameublement luxueux, et clientèle exigeante, en voyage d'agrément ou d'affaires. Un truc en voie de disparition, pour cause d'évolution des mœurs et des réalités économiques, presque une relique, bientôt un objet d'archéologie sociale qu'on visitera pour comprendre le style de vie d'une époque révolue.

Quel rapport entre un endroit où défilent chaque jour des centaines de personnes et l'homicide d'une dizaine d'êtres humains dans une luxueuse villa de Lesmo ? Il me paraît peu probable qu'on choisisse un lieu aussi fréquenté pour se planquer. Ou alors je me goure, et il faut croire le vieux dicton qui veut que la meilleure façon de cacher quelque chose, c'est de la mettre en évidence.

Je sors de la bretelle qui donne sur la Vigevanese, je rentre au bercail. De l'autre côté de la rampe, des immeubles de bureaux et des entrepôts commerciaux. L'un d'entre eux porte l'enseigne d'une entreprise de dératisation. Une fois, on passait par là avec Daytona et le Bifteck, rescapés de je ne sais plus quelle virée, et j'ai entendu la voix du Bifteck à l'arrière.

— *Ehi, chì ciapen i danee per masà i ratt !*

Se rappelant que je ne suis pas milanais, il a traduit en italien rien que pour moi.

— Ici, ils prennent du blé pour choper les rats !

Il a réfléchi une fraction de seconde, le temps qu'il faut au génie pour verbaliser une intuition.

— Et tu connais le slogan de cette boîte ? Maudites souriiiiis !

On s'est marrés comme des débiles, parce qu'il a beuglé ça en imitant à la perfection le cri de Jules le chat, celui de la série *Pixie & Dixie* des dessins animés Hanna &&Barbera. Des vannes et des rires d'un autre siècle, quand on traversait l'époque sans rien comprendre à ce qui se passait autour de nous.

Tous au lit après « Carosello[1] ».

Seulement, vingt ans plus tard, ça s'est arrêté, et on est resté sans repères, avec devant nous les longues heures de la nuit à meubler. Dans la bagnole de la Tulipe, je me souviens d'avoir pensé en voyant défiler les lumières de la ville que pour pas mal de monde, le réveil serait difficile vu la façon dont la fête avait pris fin. Je ne savais pas que ça m'arriverait à moi, et si vite.

1. Émission publicitaire télévisée, à sketches, très populaire (1957-1977).

La rage me fait serrer les dents et la nausée s'aggrave.

Que vont dire tous ceux qui connaissaient Daytona, quand on découvrira qu'il est mort ? Que fera Stefano Milla quand il apprendra qu'on a trouvé le cadavre d'un type assassiné à l'adresse qu'il m'a refilée en loucedé ? Tout ce que je sais, c'est que je ne peux pas rester assis comme un con chez moi, en attendant qu'il se décide à venir me réclamer des explications, de manière officielle ou non.

Je m'arrête pile devant la porte d'entrée de mon immeuble. Je vais devoir sortir vite fait avec un sac et marcher me fait souffrir.

Je suis soulagé de ne pas croiser Lucio en montant. Trop mal en point pour tout un tas de raisons, je n'ai aucune envie d'être provoqué en duel, comme c'est devenu l'usage entre nous.

Maintenant que la donne a changé, cet abus de vannes et de devinettes me semble puéril et très bête. C'est une diva, la mort, du genre qui monopolise l'attention, surtout quand elle fait son entrée dans des circonstances aussi bizarres. D'une manière ou d'une autre, elle a aussi le don de braquer sur vous tous les projecteurs. Je m'en aperçois à mes dépens : où que je me tourne, je trouve des corps gisant ensanglantés. Et chacun d'eux me pointe du doigt.

J'entre chez moi, juste le temps de courir gerber, et de m'en foutre plein la veste.

Je me lave le visage, face à mon reflet dans le miroir.

Je ne suis plus l'homme que j'ai été. Les yeux cernés, le teint jaunâtre et les lèvres gercées. Des toiles d'araignées dans les cheveux, probablement ramassées quand j'explorais la ferme.

Le beau gosse vain que j'ai été a dû rester avec Daytona dans cette ferme en ruine. Celui qui, malgré tout son cynisme et son arrogance, était prêt à croire une fille qui lui disait : « Pour toi, ce serait gratuit... » Reste à connaître l'étendue du mensonge, et il vaut mieux que je le découvre avant que d'autres me l'apprennent.

Je change de chemise et sors un sac d'un placard. Je le pose sur le lit et j'allume la télé. Je cherche des infos. Primo et Secondo Canale, Telemilano, Antenna 3 et quelques autres chaînes locales : je ne tombe que sur des émissions pour les mômes et autres conneries du même acabit.

J'éteins l'étrange lucarne et me rabats sur le radio-réveil.

Je fourre dans mon sac du linge, l'indispensable juste pour quelques jours. De la petite enceinte arrive la voix de Claudio Baglioni, qui chante la Tunisie et invite au voyage[1]. S'il était là en personne, je lui dirais : volontiers.

Je boucle mon sac au son d'une vieille chanson des Dik Dik, et je m'attaque à mon coffre-fort secret, celui que les flics ont loupé pendant leur perquisition.

Mon lit est en fer forgé, avec des pieds tubulaires, plus hauts et plus larges que la moyenne, qui se terminent par des boules de cuivre. Je me penche sur la première et je fais tourner à trois cent soixante degrés l'anneau à sa base, une décoration, à première vue. Ainsi débloquée, la boule se dévisse, mais à l'envers. C'est tout con, mais apparemment efficace. À l'intérieur se trouve une boîte de plastique cylindrique, accrochée par une ficelle. Je l'en extrais et j'en ôte

1. Claudio Baglioni, *Poster*, 1975.

le couvercle. Je fais tomber sur le lit les rouleaux de billets qu'elle contient. Je m'occupe des trois autres boules, et je récupère tout mon pognon liquide, plus une grille du Totocalcio qui vaut quatre cent quatre-vingt-dix millions.

J'ai toujours évité de confier tout mon fric aux banques. D'abord parce que des rentrées importantes et régulières sans justificatif, ça marque mal en cas de contrôle. Ensuite, parce qu'on en a vu se mordre les doigts d'avoir laissé traîner des chèques ou des factures de cartes de crédit.

Les faits m'ont prouvé que j'avais raison d'être prudent. Quand j'en doutais, la sagesse populaire me rappelait qu'on ne meurt jamais d'un excès de précautions, et j'ai préféré la croire.

J'empoche la grille, je range le fric dans mon sac, que je soulève avec au cœur l'anxiété de l'homme traqué, pas celle de l'émigré. J'abandonne le pager, qui pourrait me jouer des tours, sur la table de chevet. Le programme musical laisse place au journal. Paré pour un périple dont j'ignore la durée, sans certitude de retour, je m'arrête un instant pour l'écouter.

J'éteins sans attendre la fin.

La voix du journaliste est entrée dans ma chambre et ses mots ont fracassé le monde autour de moi. Quand je passe la porte, c'est la rage qui me pousse, plus que la hâte. Je ne sais pas si je vivrai assez vieux pour rassembler les morceaux.

16.

J'arrête la Mini au ras des barreaux d'un portail à la peinture écaillée, via Carbonia, à Quarto Oggiaro. Je descends et je peine à trouver la bonne clef dans le lourd trousseau que j'ai en main. Après quelques essais, je viens à bout de la serrure. J'ouvre grand les battants, je rentre la bagnole et referme en vitesse le portail. J'ai la sensation angoissante que la lumière est mon ennemie et que les passants n'ont d'yeux que pour moi.

Pour arriver jusqu'ici, j'ai fait un max de détours, braquant à droite ou à gauche et vérifiant dans le rétro que je n'étais pas suivi. Quand j'ai été certain qu'aucune voiture suspecte ne me filait le train, j'ai fait une pause près d'un kiosque. J'ai acheté les journaux du soir et quelques hebdos d'énigmes. J'ai allumé l'autoradio en repartant, entendu des bribes de voix et de musique en cherchant des infos confirmant les nouvelles que je venais d'apprendre, avec cette pointe de masochisme qui accompagne l'affolement.

J'ai fini par écouter la Rai, qui diffusait une édition spéciale, consacrée aux développements de l'enquête sur l'affaire de la villa Bonifaci. Deux heures plus tôt, le siège de l'Ansa[1] avait reçu un appel anonyme en cours d'authentification. Un homme avait revendiqué, au nom des Brigades rouges, le massacre de Lesmo, une nouvelle victoire dans la guerre armée contre l'État et ses représentants, un succès de plus après le rapt d'Aldo Moro et l'élimination de son escorte. Suivait une déclaration enregistrée du ministre de l'Intérieur, soulignant l'extrême gravité de la situation et la fermeté non moins grande des institutions face à la menace terroriste. Une réunion extraordinaire du gouvernement était en cours.

C'était, grosso modo, ce que j'avais entendu chez moi, et qui m'avait poussé à accélérer le mouvement, sans attendre que Giovannone ou je ne sais qui décide qu'il y avait bien assez d'éléments pour me coller en garde à vue en attendant de savoir le rôle que je jouais dans ce merdier.

Le journaliste a alors annoncé un scoop qui constituait un tournant dans l'enquête. J'ai eu comme une illumination, qui m'a foudroyé. Un jeune, qui rentrait de discothèque, avait vu, la nuit du massacre, deux voitures sortir du parc de la villa Bonifaci avec plusieurs passagers à bord. Une grosse Volvo familiale et une petite voiture de couleur sombre, bleue ou noire. Une Mini ou peut-être une 127, d'après le témoin.

La nouvelle m'a pétrifié. Je me suis mis à trembler comme un malade et j'ai dû m'arrêter en attendant que ça passe. Puis j'ai été pris d'une frénésie animale, il fallait que j'arrive au plus vite et que je sache si, oui ou non, mes soupçons étaient fondés. Une confirmation

1. Agenzia Nazionale Stampa Associata, équivalent italien de l'AFP.

qui ne ferait qu'apporter des réponses angoissantes à mes questions.

Un coup de klaxon derrière moi me ramène à la réalité.

Devant moi, une rampe de béton mène à des garages en sous-sol. Je m'y engage et laisse le passage à l'autre bagnole qui se dirige vers le parking en surface de la cour. Je roule jusqu'au box n° 28, au fond à droite.

Sous la lumière chiche filtrant des grilles d'aération, je stoppe la Mini, je descends et je relève le rideau de fer du box qui m'intéresse. À l'intérieur est garée une Fiat. Une 124 marron, modèle et couleur banals, tout ce dont j'ai besoin. Les clefs sont rangées derrière le pare-soleil. Elle démarre illico en crachant une fumée dense. Je me félicite d'avoir régulièrement rechargé la batterie. Je regagne la surface et je la laisse sur l'un des parkings.

Dès que je suis à découvert, j'éprouve à nouveau cet obscur sentiment de menace, démultiplié par le malaise physique. Je replonge dans la pénombre fraîche du garage.

Je gare la Mini dans le box. Je baisse le rideau et j'allume le plafonnier, faisant naître plus d'ombres que de lumière dans cet espace exigu. S'y ajoute la réverbération des phares sur les murs délavés. Je prends une torche électrique dans le coffre, puis j'ouvre la boîte à gants où se trouve la carte grise. J'actionne le levier du capot.

En descendant de voiture, je me traite d'imbécile, il est rigoureusement impossible que quelqu'un...

Il y a des révélations fatales, parfois, mieux vaudrait ne pas savoir. C'est ce que je ressens en pointant la torche sur le numéro du châssis et en réalisant que cette fois, c'est bien le même que celui qui figure sur la carte grise.

D'un coup, j'ai un mauvais goût dans la bouche. Pire, c'est comme si mon haleine fétide infectait le peu d'air humide reclus dans cette boîte en ciment. Le box a pris des allures de tombeau.

Je vais fouiller cette Mini à fond. Je déplace les sièges, je retire les tapis de sol, je contrôle les poches latérales et le contenu de la boîte à gants, je vide le coffre. Tout en me disant que ça ne sert à rien, que celui qui a monté ce traquenard doit avoir été plus retors et plus rigoureux.

Dans la trousse à outils, je trouve un tournevis et des ciseaux d'électricien. Je commence par le coffre, j'ôte la roue de secours et je soulève le revêtement. Rien d'anormal. Après avoir fait basculer les sièges avant, j'attaque la housse des sièges arrière avec les ciseaux, j'en extrais le rembourrage.

Je m'arrête quand le dossier et l'assise sont à nu : rien. Je suis en nage. Le sang pulse à mes tempes, comme si on appuyait dans mon crâne sur mes globes oculaires pour les faire jaillir de mes orbites. L'inflammation me déchire à nouveau les entrailles.

Je passe aux sièges avant. Je démonte celui du conducteur, je le pose sur le sol dans la lumière des phares et le dépiaute entièrement, sans résultat. J'illumine l'habitacle avec ma lampe torche, je la pointe vers le plancher. Là me nargue une tache d'un rouge foncé. Pas la peine d'être toubib pour piger ce que c'est, le sang n'a pas besoin de carte de visite. Je suis sûr qu'un labo pourrait confirmer sans mal qu'il est du groupe d'une des victimes de la villa Bonifaci.

Je m'acharne comme un possédé, des voix chuchotent à mes oreilles des mots mystérieux. Ou je rêve, peut-être, et c'est la fièvre et l'angoisse qui les font naître.

Je coupe, j'arrache, je démonte. Et finalement je le trouve.

Fixé avec du ruban adhésif, à l'intérieur de la portière du passager, un calibre muni d'un silencieux. Il m'apparaît d'un coup, menaçant, sous la lumière blafarde. Sournois et dangereux passager clandestin. Je parie que c'est avec ça qu'une nuit, en rase campagne, on a rectifié Salvatore Menno, dit la Tulipe, avec le bruit étouffé de trois flèches atteignant leur cible.

Toumpff... toumpff... toumpff...

Je parie aussi qu'il a rempli sa tâche en d'autres lieux, en l'occurrence une certaine villa à Lesmo, près de Monza.

Je le détache de sa cachette, je sens son poids dans ma main. C'est un Beretta, je ne sais pas trop quel modèle. Mon père possédait quelques armes. Je n'ai jamais tiré, mais je l'ai vu les manipuler. J'ôte le chargeur, il est plein. Celui qui l'a planqué là a tenu à bien faire les choses, pour que je puisse me défendre. Ou plutôt afin de me faire passer pour un type dangereux et prêt à tout.

Je vérifie le cran de sécurité, puis je fourre le pistolet dans mon sac. C'est peut-être une erreur, mais ça me rassure. On a voulu me baiser, alors j'aime autant ne pas rester à poil. Si je suis dans la merde, ça n'est pas une raison pour laisser creuser ma tombe sans rien dire.

Je relève le rideau de fer, l'air frais me gifle et balaie la touffeur du box, enfin je respire. Les restes de ma Mini bouclés dans leur caveau, je prends mon sac et rejoins l'ascenseur encastré dans un mur de béton, de l'autre côté de la rampe d'accès aux garages.

J'appuie sur le bouton du quatrième en priant pour ne croiser personne. L'immeuble est un ensemble de cages à poules semi-circulaire, aux marges de la ville et de la loi. La racaille a pris possession du quartier de Quarto Oggiaro, qui n'est plus un endroit fréquentable et où il vaut mieux ne pas se mêler des affaires d'autrui.

Comme toujours, le diable est moins laid qu'on le prétend. L'ambiance ici n'est pas si dramatique, mais cette réputation fait mon affaire, car le diable, c'est moi qui l'ai aux trousses et je le trouve hideux. Quarto est une bonne planque.

Sur les parois de la cabine, des inscriptions gravées informent les passants et la postérité du fait que Luca est une grosse fiotte et Mary une chienne, et fournissent leurs numéros de téléphone. Un graffiti, à demi effacé par quelqu'un d'avis contraire, affirme que l'Inter est une équipe toute pourrie. Petits actes de vandalisme qui m'ont longtemps agacé, et que je vois maintenant comme un témoignage de saine normalité, quand on a du temps à perdre et pas trop de soucis.

L'ascenseur s'ouvre sur un long couloir désert, les murs exhalent une vague odeur d'humidité. La porte de l'appartement où je me rends est juste là, sur la gauche. Une fois à l'intérieur, je pousse un gros soupir de soulagement.

Je laisse tomber mon sac et m'appuie contre le battant.

Toujours ces pulsations dans ma tête. La douleur aux yeux s'est calmée, pas la brûlure.

Je sors la Furadantine de la poche de ma veste et j'avale un autre cachet, sans eau. Puis je me penche pour récupérer dans mon sac une trousse à médicaments. En fouillant, ma main rencontre le métal glacé du flingue, ce contact me rassure. Dans la cuisine, je trouve un verre sur une étagère au-dessus de l'évier, je le rince et j'y verse de la Novalgine, contre la fièvre et les maux de tête. Son amertume est préférable au goût fielleux que j'ai dans la bouche.

Revenu dans le séjour, je considère les lieux. L'appartement est un peu plus spacieux que le mien, avec une cuisine praticable et une pièce de plus. Le décor est en harmonie avec l'immeuble et le quartier.

Meubles bas de gamme, tableaux bas de gamme, tissus bas de gamme.

Ça sent le renfermé et l'abandon. Un voile de poussière recouvre chaque objet, je n'ai pas l'intention de le nettoyer ni d'appeler quelqu'un pour le faire. C'est ici qu'habitait, il y a encore un an et demi, un gars qui loge en ce moment à San Vittore.

Carmine Marrale, laid comme un cul et muni du plus gros mandrin du monde. Le premier détail, je l'ai constaté de mes yeux, le second je le connais grâce aux confidences d'une de mes filles, la seule qui ait accepté de tirer un coup avec lui, après le refus horrifié de deux autres.

Je l'ai rencontré dans des circonstances particulières, du genre de celles qui, entre mecs, engendrent le mépris ou l'estime.

L'ironie du destin au pouvoir.

J'étais du côté de Motta Visconti, dans une auberge en pleine campagne réputée pour ses plats à base de grenouilles. Omelette aux grenouilles, risotto aux grenouilles, grenouilles frites. Un endroit à ne pas louper, pour ceux qui aiment. À cette époque, c'était branché de s'asseoir à ces grandes tables spartiates et de manger ce qu'on y proposait, en buvant du vin dans des bouteilles sans étiquette. Il n'était pas rare d'y trouver des gros bonnets et d'autres qui croyaient l'être. Moi, j'étais arrivé là avec une bande de gusses dont j'ai oublié les visages et les noms et que j'ai perdus de vue. Je me rappelle seulement qu'une nana me plaisait bien, ce qui me mettait de mauvaise humeur, le désir physique accouchant du désir d'être un autre, et d'être ailleurs. Quand j'en ai eu marre, je me suis barré, exauçant ainsi cinquante pour cent de mes vœux.

Sur le seuil, j'ai allumé une clope. Une caisse avec trois types dedans sortait du parking, derrière l'auberge, sur ma droite. J'ai contemplé ses feux arrière qui s'éloignaient dans la nuit, tamisés par le nuage de poussière qui montait du chemin de terre. Par un de ces étranges jeux du hasard, des yeux et de la mémoire, j'ai retenu le numéro de la plaque.

J'allais vers ma voiture, la dernière au fond du parking, quand, à mi-chemin, j'ai deviné la silhouette d'un homme à terre.

Il était étendu sur le dos et cherchait en vain à rouler sur le flanc. Je me suis penché sur lui et je l'ai aidé à s'asseoir, tandis qu'il grommelait des insultes. Même dans l'obscurité, il était clair qu'ils n'y avaient pas été de main morte.

Il avait le nez cassé et une lèvre éclatée, je n'y voyais pas assez pour compter ses ecchymoses, mais le corps avait dû morfler autant que le visage. Une fois relevé, le sang a coulé sur sa chemise. Je lui ai refilé un mouchoir.

— Rien de cassé ?

Il a bougé les jambes et m'a répondu, en pressant le mouchoir sur sa bouche.

— Je crois pas.

— Qu'est-ce qui t'est arrivé ?

— Ils m'ont tabassé, à trois, ces enculés.

— Tu les connais ?

— Ils avaient des passe-montagnes. Des sans-couilles.

— J'appelle une ambulance ? Tu as peut-être des lésions internes.

— Non, pas d'ambulance. Pas les urgences.

Entre les lignes, ça voulait dire : pas les flics.

— Tu vas pouvoir conduire ?

Avant de répondre, il a évalué l'état de ses abattis.

— Non.

Puis il m'a dévisagé.

— Je te file cent mille lires si tu me ramènes chez moi.

J'ai rétorqué du tac au tac.

— Deux cents.

Il a riposté comme l'éclair.

— T'es un mange-merde.

— Si tu veux, mais un mange-merde en état de conduire. Sinon, tu peux toujours appeler l'ambulance.

— Va te faire mettre. Aide-moi à me lever.

Je l'ai remis debout et j'ai eu droit à une litanie assez inventive de blasphèmes. Puis je l'ai flanqué dans ma bagnole, il m'a donné son adresse et on a roulé jusqu'à chez lui. Je ne pouvais pas m'empêcher de lorgner sa tronche ravagée à la lueur intermittente des réverbères. Je me souviens d'une amorce de sourire, aussitôt contrariée par la douleur.

— Arrête de me mater. J'étais encore plus laid avant les bourre-pif, tu peux me croire.

Je l'ai raccompagné ici, où je me tiens maintenant. Je l'ai aidé à se nettoyer et à s'étendre. Il a cherché une position qui ne le fasse pas trop souffrir. J'ai posé sur sa table de chevet une bouteille d'eau et de l'aspirine trouvée dans la salle de bains.

— Tu veux que j'appelle quelqu'un ?

— Non.

— Désolé d'insister, mais tu me dois deux cent mille lires.

Il a désigné le tiroir du meuble à côté de lui. Je l'ai ouvert, il contenait des billets. J'ai compté mon dû et l'ai empoché.

Il a commenté, lapidaire.

— Vautour !

— Possible. Mais en plus du transport, il y a le cadeau de la maison.

J'ai dégainé un stylo et j'ai écrit un numéro sur une revue qui traînait là.

— Je ne sais pas si ça peut t'être utile, mais voilà le numéro de plaque des gonzes qui t'ont passé à tabac.

Deux mois plus tard, je suis tombé sur lui par hasard au Negher de Milan, une boîte dans le quartier des Navigli. C'est lui qui est venu me voir. Il m'a payé un coup, en me précisant que ça n'était pas pour me remercier, vu qu'à son avis les biftons que je lui avais soutirés étaient plus que suffisants comme dédommagement. C'était pour fêter l'issue heureuse de l'expédition punitive qu'il avait menée contre les trois bâtards qui l'avaient esquinté.

On est devenus potes, en somme, comme peuvent l'être deux rats tombés dans la même nasse. Il m'a raconté son histoire, semblable à celle de tant d'autres qui entrent et sortent de zonzon sans discontinuer. Une jeunesse dans la rue, en mauvaise compagnie, craques et petits larcins. Le passage à la cambriole, et enfin les braquages. Avec de temps à autre, un peu de bicrave de coke, histoire de se renflouer dans les périodes de disette. Sa femme l'a quitté quand elle a admis qu'il ne changerait jamais, et appris qu'elle était enceinte. Carmine est rentré chez lui et a trouvé la maison déserte, les armoires vides et la maigre réserve de thune pillée.

Elle avait laissé un mot disant qu'elle refusait que son gosse grandisse avec un père pareil. Il ne l'a plus jamais vue. Un jour, il a reçu d'Allemagne la photo d'un minot d'environ deux ans. Au verso, écrit au stylo, un prénom : Rosario.

La dernière fois que Carmine a tenté un braquage, ça s'est conclu par deux morts. Un flic en civil qui s'en était mêlé et une cliente de la banque. Il est tombé à cause d'une balance, et s'est pris vingt-deux ans. C'est là que j'ai décidé de prendre à ma charge son appartement, pour l'avoir sous la main en même temps que sa voiture, au cas où. Bien m'en a pris, je suis à l'abri chez lui, au moins pour un moment. Jusqu'à ce que le procès intenté par les victimes se termine, et qu'on le lui prenne. C'est un pacte entre lui et moi, personne d'autre n'est au courant. Je règle les charges de copropriété par mandat postal, idem pour les factures.

Je vais dans la chambre et je pose le sac sur une chaise. Par chance, mon pote a les mêmes habitudes que moi. Devant le lit est installé un meuble avec un téléviseur Saba et un magnétoscope. Les bons à rien sont toujours à l'avant-garde, question technologie. Sur une étagère, des cassettes sont empilées, du porno pour l'essentiel, hélas pour moi.

Pas le genre de spectacle qui m'amuse.

Une vanne de Giorgio Fieschi me vient à l'esprit et ne me fait pas rire : le sexe, c'est comme le sport, l'important, c'est de participer.

J'allume la télé en baissant le son au minimum. Dans la salle de bains, assis sur la cuvette, je laisse échapper quelques jurons dignes de Carmine. J'ai l'impression de pisser des allumettes enflammées.

J'enclenche le chauffe-eau et, en attendant de pouvoir me doucher, je reviens m'allonger sur le lit. J'ôte le tissu qui recouvre le matelas et les oreillers. J'enlève mes pompes sans les délacer. Les images sur l'écran sont floues et je ne comprends pas la bande-son.

Je suis malade comme trente-six chiens.

En guise de couverture, je rabats sur moi ce tissu un peu douteux, comme un pathétique personnage du *Parrain*, quand c'est la guerre et qu'on va aux matelas. L'épuisement m'accable d'un coup, m'empêchant de réfléchir et me faisant oublier que, au moment pile où je commence à comprendre, je n'arrive pas à y croire.

Le sommeil est le seul refuge possible.

Je dors.

17.

Au réveil, j'ai les yeux tout collés et l'impression d'avoir dans la bouche un goût de crotte de lapin, dont je n'ai pourtant jamais mangé.

Je suis un peu défait, mais l'inflammation a quasiment disparu et une nuit d'un sommeil de plomb m'a ramené parmi les humains. L'instant d'après, le souvenir de mes emmerdes m'assomme à nouveau. Les humains, en général, ne subissent pas de perquisition, ils marchent tranquilles dans les rues. Ils font ce qu'ils veulent sans jeter des regards flippés derrière eux, ni craindre qu'une bagnole des cognes ne pile juste à côté de la leur.

Les humains ne fuient pas, ils vont.

Je me lève, mes os sont bien en place dans mes jambes et la tête ne me tourne pas. Je me désape et je jette mes fringues sur le lit. Cette fois je ne coupe pas à l'épreuve du miroir, posé sur la porte centrale de l'armoire. Mon corps nu est une plaisanterie anatomique, j'arriverai peut-être à en rire un de ces jours. Mais, à ce moment précis, ma mutilation est une arme, l'unique source d'authentique colère qui me fournit l'énergie nécessaire pour réagir à ce qui m'arrive.

À ce que quelqu'un a décidé qu'il m'arriverait.

Dans la salle de bains, c'est le triomphe incontesté du marronnasse, le carrelage est orné de motifs géométriques déprimants, à l'image de mon moral. C'est un signe, tout de même, de ne pas pouvoir échapper au carrelage marronnasse, quel que soit l'endroit où l'on se terre.

En guise de consolation, le miroir y est plus petit.

J'y vois mon visage en gros plan, la barbe longue, les yeux bouffis, les cheveux crades et ébouriffés. C'est idiot, mais, malgré tout, une pensée m'amuse. Cet objet, habitué à réfléchir la face d'ogre de Carmine, doit être ravi d'avoir à refléter un type défait, mais normal.

Il n'existe pratiquement aucune photo de moi, c'est exprès. Quand quelqu'un brandit un appareil, comme c'est parfois le cas quand on sort en bande, je me démerde pour me cacher ou pour tourner la tête. Dans mes tiroirs, contrairement à Lucio, aucune image ne rappelle ma vie passée. Que j'ai tout fait pour oublier, et que j'ai réussi à effacer en même temps que mon nom.

J'observe la tête que j'ai, voyons un peu ce que je peux en tirer.

Je vais garder la barbe. Elle pousse vite, d'ici deux jours elle fera un camouflage acceptable. Mes cheveux longs et ondulés sont assez reconnaissables, mais je devrais pouvoir trouver une solution. Au milieu du fourbi entassé dans les tiroirs des meubles en Formica, il y a des trucs de gonzesse que la femme de Carmine a dû laisser et qu'il n'a pas eu le courage de jeter. Je trouve ce qu'il me faut. Un élastique, un peigne fin et des ciseaux de coiffeur. Je ne pensais pas que Carmine était assez coquet pour se tailler la moustache. S'il savait dans quelle gadoue je patauge, il rétorquerait qu'il ne me croyait pas assez con pour me faire encastrer de cette manière, c'est sûr.

Je me mouille les tifs sous le robinet. Je les peigne en les tirant vers le haut et je les tiens en queue de cheval au sommet de mon crâne. J'attache ça bien serré avec l'élastique.

Avec cette barbe de trois jours et cette coiffure de Hun, j'ai l'air d'un figurant de péplum. J'en rigolerais, si j'étais moins désespéré.

Je coupe net deux centimètres au-dessus de l'élastique. Puis je laisse mes cheveux retomber, le dégradé est acceptable. Merci Alex, à qui j'ai piqué cette technique en le regardant faire dans son salon. Je joue encore un peu des ciseaux en m'aidant du miroir à main.

Je m'examine. Je vois un mec aux cheveux courts dont le coiffeur n'est pas un artiste et qui devrait se raser. Un mec différent, en tout cas.

Je ramasse les cheveux éparpillés et les jette dans la cuvette des chiottes. Moderne Dalila. J'appuie sur le bouton, la chasse d'eau les emporte, j'ai perdu ma force.

Je dégote des serviettes qui ont l'air propre. Mon aspect fera l'affaire et de toute façon, c'est pas le moment de faire le délicat. Je passe à la douche, et j'y reste jusqu'à épuisement de l'eau chaude. Sorti de là, j'ai récupéré ce que je pouvais de mes facultés physiques et mentales.

La serviette en pagne, des pantoufles trop petites aux pieds, je vais dans la cuisine. Il y a un bail, j'ai rempli le frigo d'eau minérale, et pourvu le garde-manger de boîtes de conserve et de pâtes. Il y a de l'huile, du vinaigre, du sel et du sucre.

Et surtout du café.

Je charge la cafetière et la pose sur le feu. Je m'assieds en attendant son râle, et je repense à toute cette embrouille. Ces personnages que j'ai regardés s'agiter comme des marionnettes, sans savoir que la marionnette, c'était mézigue.

Tout a commencé avec Carla, et tout m'y ramène. Quelqu'un, quelque part, savait que j'avais un lien avec Lorenzo Bonifaci, et que j'étais en mesure de faire entrer des gens chez lui.

Des belles pépées, en l'occurrence.

Ce quelqu'un a circonvenu Daytona, l'appât du gain, c'est certain. Le connaissant, je l'imagine peu enclin à se laisser séduire par des idées. Ce salopard s'est démerdé pour me faire rencontrer Carla, il m'a mis au défi de la coller dans son lit et moi, jobard, j'ai cavalé. Il m'a chanté ses louanges, vantant la qualité de la prestation, soulignant son absence de scrupules et son besoin de pognon. Quand j'ai refusé de prendre son numéro de téléphone, en rentrant du tripot d'Opera, il m'a largué exprès piazza Napoli. Il a prévenu Carla, ils ont changé de programme et elle s'est pointée devant l'Ascot Club.

Elle savait bien qu'elle m'y trouverait.

J'ai été suivi tout du long. On a vu la Tulipe me coincer avec son flingue. On nous a filés jusqu'à Trezzano et c'est grâce à mes anges gardiens que je n'ai pas fini dans une fosse anonyme, en pleine cambrousse, près d'une carrière. Menno allait cramer leur plan pour atteindre Bonifaci, ils l'ont donc dégommé. Ensuite, ils m'ont vu abandonner la caisse du défunt et marcher jusqu'à la via Monte Rosa. Et je me suis livré comme un grand. J'ai tendu mes clés à Carla pour qu'elle me raccompagne : elle est entrée dans ma vie par la grande porte.

À ce moment-là, providentiel coup du sort, Laura a fait défection. Carla était devenue papillon et moi j'avais un faible pour elle. Mis au pied du mur, l'idée de substituer Carla à Laura était ma seule alternative.

Mais il fallait en plus que, pour la soirée fatale, je n'aie pas d'alibi. Voilà pourquoi Daytona, que j'ai rencontré comme par hasard près de l'Argentina, m'a envoyé avec une enveloppe bidon à un rencard foireux.

Enfin, il y a le coup de la bagnole substituée. Ils se sont servis de la mienne pour l'incursion à Lesmo, et l'ont remplacée par une voiture identique, au millimètre près, pour que je n'y voie que du feu. Hélas pour eux, je m'en suis aperçu. Le boulot accompli, ils ont taché de sang le plancher de ma Mini, planqué le calibre dans la portière, puis ils l'ont à nouveau échangée avec l'autre.

Compliqué, à vue de nez, mais vachement simple, en fait.

Si les flics m'avaient vraiment eu dans le collimateur, je n'aurais pas été arrêté. On m'aurait retrouvé quelque part, dans une prétendue planque des Brigades rouges, une balle dans la tête et un flingue à la main. À côté de mon corps, un billet délirant expliquant que j'avais fait le coup et préféré crever plutôt que de laisser à l'État, sévèrement humilié par mon action, la satisfaction de me prendre vivant.

Fin de l'histoire.

Ce que je ne pige pas, et que je ne peux que présumer, c'est le motif de la présence de Laura parmi les victimes du massacre. Si elle était de mèche avec les tueurs, ils ont deux raisons de l'avoir butée. Supprimer un témoin, qu'ils auraient de toute façon éliminé, comme Daytona. Pour équilibrer les effectifs de la partouze : trois hommes et trois femmes.

Le compte y était, et Carla disparaissait de la scène du crime. En me supprimant, et ma version des faits avec moi, même mise en cause, elle pourrait jouer la pauvre fille, l'amoureuse enfuie après avoir découvert que j'allais la mettre sur le trottoir.

Récapitulons.

Si mes théories sont fondées, j'ai non seulement la maison poulaga aux fesses, mais aussi les organisateurs de cette machination. Je pourrais opter pour le moindre mal et aller les voir, les poulets, mais je ne suis pas chaud. Ils me colleraient dans une cellule à l'isolement et jetteraient la clé, en attendant de vérifier mes dires. Pas garanti qu'ils soient vérifiables, d'ailleurs. J'en prendrais pour un bon moment en cabane, vu la gravité des chefs d'accusation et le peu de sympathie qu'éprouvent les flics et les juges pour les gens de ma profession.

La seule solution acceptable, maintenant que je devine plus ou moins le pourquoi du comment, c'est de chercher à découvrir qui. Je dois le faire moi-même et fissa, avant que Tano Casale, en apprenant la mouise dans laquelle je suis, ne veuille se faire payer la fausse grille que je lui ai refilée. Je serais alors triplement dans la merde. À moins qu'il se décide à faire seul ce dont je lui ai parlé, ce qui me laisserait un peu plus de marge.

Un gargouillis m'annonce que le café est passé. Je m'en verse une tasse et je le bois bien qu'il soit fort mauvais, la cafetière n'ayant pas servi depuis longtemps. Je devrais me forcer à manger quelque chose mais impossible, j'ai l'estomac serré dans les paluches d'un lutteur de foire, et pas moyen de le convaincre de lâcher prise.

Je vais m'habiller. Je trouve une cachette passable

pour mon fric et la grille. Les voleurs ne cambriolent pas le gourbi d'autres voleurs, en général.

Après réflexion, j'ôte le silencieux du flingue et je le glisse dans ma ceinture.

Tant pis si c'est une connerie : je refuse de sortir découvert. Dans le milieu que je fréquente, on dit que, dans les cas désespérés, ça permet au moins d'avoir la satisfaction d'entraîner quelqu'un avec soi en enfer. Avant, je trouvais ça un peu plouc, comme école de pensée, mais les contingences m'ont fait réviser ma position.

Pour le moment je ne peux me raccrocher qu'à un vague indice, pour tenter d'y piger quelque chose.

Le dernier mot prononcé par Daytona : Cobianchi, si j'ai bien entendu.

Je n'ai toujours pas la moindre idée de ce que le Cobianchi vient faire là. Quelque chose, ou quelqu'un à l'intérieur, ou dans les environs, allez savoir. Des deux établissements milanais, le plus célèbre et le plus fréquenté est celui de la Galleria.

Commençons par celui-là.

Je mets des lunettes teintées, et je jette un coup d'œil au miroir. Ceux qui me connaissent mettraient un petit moment à m'identifier avec cette dégaine. Ceux qui me traquent, un quart de seconde. Reste à espérer que je ne croise ni les uns ni les autres.

Je sors sans verrouiller la porte.

Le couloir est désert ; dans l'ascenseur, Luca reste une grosse fiotte et Mary une chienne. Le graffiti anti-Inter a complètement disparu. Miracle de la foi footballistique.

Pas un chat dans la rue, c'est l'heure de déjeuner. Mon estomac proteste, je le calmerai d'un sandwich une fois arrivé dans le centre. Je démarre la 124 et je quitte le parking. La grille de l'entrée est ouverte, je n'ai pas à lutter avec mes clés.

Une fois en route, j'ai une attaque de panique. Je dois me faire violence pour continuer et ne pas céder à la tentation de revenir en arrière, de larguer la caisse n'importe où et de courir me terrer à l'abri. Je me dis que ça n'est qu'une apnée passagère, comme un plongeur qui craint soudain que l'oxygène de la bonbonne n'arrive plus à ses poumons. Je m'efforce de respirer calmement. Peu à peu, ça passe et je roule jusqu'à la première station de métro.

On est samedi aujourd'hui, et il doit y avoir une masse de gens un peu partout. Plus facile de passer inaperçu. Tout à ma parano, je fais encore mille et un détours pour être sûr qu'on ne me file pas.

Je prendrai le métro à la station QT8, piazza Santa Maria Nascente, qui est flanquée d'un parking. C'est assez loin de Quarto Oggiaro et, si d'aventure quelqu'un me reconnaissait, il croirait peut-être que je me planque dans ce coin-là. D'être contraint à ces rituels d'obsessionnel compulsif me met en rogne.

D'une certaine manière, je l'étais déjà. Et cet imbroglio a fait effet de loupe. Une loupe avec une mire dessus. J'ai été manœuvré comme un pion, on s'est bien foutu de ma gueule et ça dans le but précis de me détruire. On m'a arraché à mon apathie.

Maintenant que j'ai pigé et accepté ça, me voilà armé et énervé à mort. Décidé à aller jusqu'au bout. Peut-être que j'y trouverai ma tombe, mais je n'en ai plus rien à battre.

Je veux connaître un nom. Je veux voir un visage.

Ce qui se passera ensuite n'est pas mon problème.

Je gare la 124 et je marche vers l'enseigne rouge siglée de blanc.

MM[1].

Avant, ces deux lettres étaient l'objet des déconnantes interprétations de nous tous. Daytona, le Bifteck, le Godié, les artistes du club. À présent, je les lis comme l'acronyme de Ma Mort.

Je descends et je constate qu'il n'y a guère de monde. C'est pas plus mal. Quand j'arrive au kiosque pour acheter les billets, je reste pétrifié.

Pas parce que j'ai vu les Gorgones. Mais une édition spéciale du *Giorno* avec, en une, un portrait-robot de ma gueule, étonnamment ressemblant.

Le titre, en capitales, est clair.

CET HOMME EST DANGEREUX.

Le dessin me figurant glabre avec les cheveux longs, j'ose m'approcher du vendeur et lui demander un exemplaire du journal avec le dernier numéro de *La Settimana Enigmistica*. Le gars me les tend et prend mes pièces sans même me regarder. Je n'ai jamais été aussi jouasse du manque d'intérêt des gens pour les autres.

Je tourne les talons et reviens sur mes pas.

Merde.

Je n'avais pas besoin de ça. Je pensais avoir plus de marge. Pas étonnant qu'ils soient remontés jusqu'à moi. Les auteurs de ce coup monté sont tout sauf crétins. Et les flics ne le sont pas davantage, surtout quand ils tombent sur une piste aussi balisée.

Je ne sais plus trop quoi faire.

Aller dans le centre, avec les kiosques bourrés de journaux affichant mon portrait n'est pas une bonne idée. J'ignore où en est l'enquête, mais si le nom du Cobianchi a fait surface, aller traîner dans les parages serait prendre un risque inutile.

---

1. Metropolitana Milanese.

Cette petite lueur d'espoir a fait long feu. Je tâtonne à nouveau dans le brouillard.

Je retourne à la 124 pour lire l'article.

En ouvrant la portière, la chaleur me saute au visage. Je ne baisse pas les vitres, comme pour me protéger du monde extérieur.

Je commence à lire et à suer.

L'enquête sur le Massacre de Lesmo, revendiqué par les Brigades rouges par un appel téléphonique dont l'authentification est encore en cours, semble parvenue à un tournant, contrairement à celle sur l'enlèvement d'Aldo Moro, toujours au point mort. Le crime de Monza renverrait à un individu précis, Francesco Marcona, connu dans le Milieu milanais sous le surnom de Bravo, actuellement recherché. Une perquisition de son domicile à Cesano Boscone, au 4 via Fratelli Rossi, n'a pas révélé la présence d'éléments matériels l'impliquant dans la mouvance subversive. Aucune photographie permettant de l'identifier formellement n'a été découverte. Mais les enquêteurs ont trouvé, dans la poche d'un veston, une montre en or ayant valu à son propriétaire, Paolo Boccoli, son surnom de Daytona. Le cadavre de ce dernier a été retrouvé dans une ferme à l'abandon des environs de San Donato Milanese, où il aurait succombé à plusieurs coups de couteau. La mort violente de cette figure du Milieu vient s'ajouter à celle de Salvatore Menno, autre malfaiteur notoire, tué par balles quelque temps auparavant, avec une arme qui a ensuite servi lors de l'attaque de la villa de Lorenzo Bonifaci. Ce faisceau d'éléments laisse supposer que des sympathisants qui...

Cette figure du Milieu...

Je constate amèrement que la formule gratifie Daytona de la promotion qu'il a espéré en vain toute sa vie. L'article n'apporte rien de neuf, se bornant à récapituler les faits et à reconstruire de façon approximative la mécanique des homicides. Je referme le journal, je descends la vitre et j'allume une Marlboro.

Je sens couler la sueur sous mes aisselles. J'ai une couronne d'épines autour du crâne.

Je suis dedans jusqu'au cou, et bien plus vite que prévu. Toutes mes initiatives, bonnes ou mauvaises, ont foiré lamentablement. Le flingue que je porte n'est plus une sécurité, rien qu'un objet encombrant à ma ceinture qui me blesse le flanc.

Je décide de retourner chez Carmine, en espérant que personne ne m'y reconnaîtra. J'ai beau me dire qu'à Quarto, les gens se mêlent de leurs oignons, c'est un réconfort aussi volatil que la fumée d'une clope.

Je démarre la bagnole et effectue mes détours, l'œil sur le rétroviseur. Et je cogite. Le mieux serait d'appeler mon avocat, Ugo Biondi. Puis de me rendre, en sa présence, en croisant les doigts pour être cru. Mais, primo, je ne sais pas où le trouver. Deuxio, je crains que les poulets ne considèrent ma reddition comme une manœuvre pour embrouiller l'enquête et ajouter de la confusion à une affaire déjà bien tordue.

Dans les deux cas, les conséquences seraient les mêmes. Jusqu'à preuve du contraire, il est question de terrorisme, et on me garderait sous clé comme principal suspect jusqu'à ce que mon innocence soit prouvée.

Je distingue la silhouette familière de la barre de clapiers où j'ai trouvé refuge. Je franchis le portail et laisse la caisse dans la cour. Quelques personnes au loin, mais elles ne m'ont pas remarqué. Je traverse le hall en me sentant comme le rescapé d'une bataille que pourtant je n'ai pas menée. Abattu, je monte dans l'ascenseur dont je suis descendu tout à l'heure gonflé de certitudes.

J'entre chez Carmine et je referme la porte au moment où le couloir résonne du cliquetis d'une serrure. Une femme qui sort son chien, peut-être, ou un gosse qui descend jouer. Mais je suis soulagé qu'on ne m'ait pas vu.

Cet appart dont je suis le prisonnier me paraît plus nu et plus sordide que jamais. J'enlève ma veste et je me laisse tomber sur un divan recouvert d'une housse de plastique. Aussitôt, je sens dans mon dos une chaleur collante. J'appuie ma tête et lève les yeux au plafond, d'un rose qu'a dû choisir la femme de Carmine.

Mille pensées m'assaillent et refluent, chassées par mille autres. Au bout d'un moment, mon corps me rappelle que je suis aussi un organisme vivant, avec des nécessités physiologiques précises.

Je prends *La Settimana Enigmistica* et je me traîne jusqu'aux gogues. Certains gestes, ceux qu'on a répétés des centaines de fois, deviennent des réflexes conditionnés. La salle de bains a gardé les traces de mon passage. Pas de Mme Argenti, ici, pour remettre tout en ordre et balayer derrière moi.

Je tombe le pantalon et m'assieds sur la cuvette. J'allume une clope et je feuillette la revue. Je passe la page du Sphinx, renonçant à l'énigme. Je lis les blagues et les curiosités. À la rubrique « Le saviez-vous ? », le lecteur peut tester sa culture générale en répondant à diverses questions.

Je les parcours lentement, vérifiant les réponses en bas de page. Je les engrange comme ça, sans trop faire gaffe. Soudain, une des questions m'intrigue. Je lis la réponse et, par l'effet d'unc intuition immédiate, la solution tombe comme l'éclair. Dans ma tête, toutes les lettres du Scrabble sont en ordre et forment des mots qui ont un sens.

Deux mots.

Un prénom et un nom.

18.

J'appuie sur la sonnette, son timbre m'est familier. Après un moment qui dure une éternité, une voix également familière se fait entendre derrière la porte.

— Qui est là ?

— C'est Bravo.

Lucio ouvre brusquement, l'angoisse se lit sur son visage. Les lumières du palier se reflètent sur les verres de ses lunettes noires. À tâtons, il cherche mon bras et me tire à l'intérieur. Il claque la porte comme si j'avais le diable aux trousses. À son débit, on croirait qu'il est entré malgré tout, le diable.

— Tu es dingue ou quoi ? Qu'est-ce que tu fous ici ? Toute la police de Milan te cherche. Ils sont venus m'interroger !

— Je sais, mais j'ai besoin de ton aide.

Lucio recule d'un pas.

— Malheureux, tu veux me mettre dans la mouise ?

— Mais non. J'ai été prudent. J'ai fait tous les détours nécessaires avant de monter chez toi. Sois tranquille, personne ne m'a vu.

Il est brusque, expéditif.

— Qu'est-ce que tu veux ?

— Je veux seulement que tu m'aides à résoudre l'énigme.

Émerveillement. Ressentiment. Colère.

— Laquelle ? « Placage » ? Tu risques la taule et tu me la fais risquer pour une connerie de ce genre ?

— Non, je ne pensais pas à ça. Celle-là est facile. La solution c'est : « Prise de courant avec terre ». Je n'y pensais même plus. Je te parle de l'autre, celle que tu me mets sous le nez depuis le début et qui est beaucoup, beaucoup plus difficile à déchiffrer.

— Je ne comprends pas.

— Lucio, depuis quand tu fais partie des Brigades rouges ?

Il se dirigeait vers la table de son pas incertain. Il s'arrête et se retourne vers moi avec un sourire désarmé et incrédule.

— Bravo, tu es bargeot ? Moi, dans les BR ? Comment je pourrais, dans cet état...

Je le bloque de la voix et d'un geste de la main. Pour qu'il me voie et qu'il m'entende.

— Tu n'es pas aveugle, Lucio. Tu ne l'as jamais été.

Je vais ouvrir le tiroir où Lucio range les photos de son groupe fantôme. Je les sors et je regarde les images fixées sur le papier mat. Pas pour vérifier, je n'en ai pas besoin, mais pour me rappeler que toutes les ruses, même les plus fines, d'une façon ou d'une autre se paient. Ça lui a coûté vingt ans de voyage, à Ulysse, pour regagner Ithaque.

Mais le tarif peut être aussi vingt ans de cabane.

Je les balance sur la table, à côté de lui.

— Ces photos que tu m'as montrées. Celles du temps où tu jouais, quand ta vue était déjà foutue. Sur ces clichés, tes yeux sont rouges. Ils ont réagi normalement à la lumière du flash. Ce point rouge prouve que tu n'as pas de problème de vue. Tu vois, l'ironie du sort... J'ai trouvé la solution dans une revue de devinettes.

Lucio reste pensif un instant.

Puis il sourit.

Et d'un geste résigné, il ôte ses lunettes, exposant la terrible taie blanche qui voile ses iris. Il lève la main en coupe sous un œil et y laisse tomber la première lentille de contact. Il fait de même avec l'autre. Il plisse deux ou trois fois les paupières, soulagé. Il pose sur la table ce tout petit expédient qui lui a garanti un abri imparable.

Comme si le destin synchronisait nos mouvements, je tire de ma ceinture le calibre, avec son silencieux.

Lucio le reconnaît tout de suite. Il se doute que je suis prêt à m'en servir.

— Ah, donc tu l'as trouvé.

Il parle comme ça, tranquille, sans flipper, une simple constatation. Le canon visant son estomac le laisse aussi de marbre. C'est un être à sang froid, j'aurais dû m'y attendre.

— Hé ouais, comme tu vois, je l'ai trouvé.

— Comment tu as fait ?

Je hausse les épaules, modeste.

— Une série de détails. Des petits oublis. Des erreurs marginales, si on veut, mais mises bout à bout, ça sonnait faux.

— Du genre ?

— La bagnole substituée, c'était génial. Mais elle ne sentait pas le tabac. Et je suis fumeur. À ce stade, avoue-le, contrôler le numéro du châssis, c'était balèze.

Il en convient en s'abstenant de tout commentaire.

Sa belle ironie, la cuirasse d'un homme blessé, s'est évanouie dans la nature.

J'ai devant moi un homme dur, sans émotions ni pitié.

Un assassin.

— Continue.

— Deuxième erreur : dans l'enveloppe que Daytona m'a remise, il n'y avait que du papier journal.

Lucio se redresse d'un coup, les traits tirés, cet homme a donc des nerfs.

— Cet imbécile avide, quelle petite crapule. Il y avait des billets, dans cette enveloppe. Il les a piqués, sûr que personne n'y verrait rien.

Du canon du pistolet je lui fais signe d'aller s'asseoir. Quand il pose son cul sur la chaise, il a repris son calme.

— C'est toi qui l'as tué, pas vrai ?

Le calme de l'assassin.

— Oui. Avec un certain plaisir, je l'admets. Cette ordure était un danger potentiel pour nous tous. Il a fini par l'être surtout pour lui-même.

Je me disais bien aussi. J'aurais dû piger d'emblée que le Cobianchi n'avait rien à voir là-dedans. Le pauvre gars agonisait, c'est en dialecte qu'il a répondu à mes questions. *Co...bianch...*, ça devait vouloir dire : *quell cont i oeucc bianch'*, « celui avec les yeux blancs ».

Ou un truc du genre.

Entendre Lucio parler comme ça de Daytona me met en rage. Savoir qu'il est responsable de la mort de trois jeunes femmes. Qu'il a buté les gardes du corps, qui ne faisaient que leur boulot. Qu'il s'est fichu de ma gueule : tout ça me fout hors de moi. J'ai très envie d'appuyer sur la détente et de lui coller une balle ou deux dans la tête.

Avec l'aide du silencieux, qui transforme trois coups de feu en trois impacts de flèches.

Toumpff... toumpff... toumpff...

Mais je ne le ferai pas tout de suite. Il a encore des choses à m'apprendre.

Et il le sait.

L'ironie refait surface, teintée de la lividité de l'aigreur.

— Pas facile de résister, pas vrai ?

— À quoi ?

— Pas facile de ne pas appuyer sur la détente quand tu as devant toi un type que tu hais.

— Tu fais comment, dans ce cas-là ?

— Le seul moyen de se délivrer de la tentation, c'est d'y céder.

— Oscar Wilde.

Il me considère de son regard noir et perçant, surpris que je connaisse la citation.

— Qui es-tu, Bravo ?

— Un gars qui veut savoir et qui a devant lui celui qui peut lui expliquer.

Je marque une petite pause, histoire qu'il comprenne bien le rôle de chacun.

— Maintenant, je vais te dire des choses. Tu m'arrêtes si je me goure.

Je lui énumère, point par point, mes déductions. Le rôle de Carla, celui de Daytona, la mort de la Tulipe, la défection de Laura, la manœuvre visant à me priver d'alibi, l'élimination des témoins jusqu'à mon éventuel suicide, en épilogue d'une histoire débutée et achevée dans le délire.

Je termine sans qu'il m'interrompe. Après quoi, il m'honore d'un compliment.

— Tu es plus malin que ce que je croyais.

— Tu es moins malin que ce que tu croyais.

— Tu penses ?

— Je le pense.

— On va bien voir.

Il me sourit et, l'espace d'un instant, je retrouve son expression, quand il déconnait. Ça ne dure pas, comme tous les chouettes souvenirs quand le présent reprend ses droits.

Il fixe un point derrière moi.

— Désarme-le.

Je sens un objet dur sur ma nuque. C'est le canon d'un flingue. Une voix implacable l'accompagne.

La voix de Chico.

— Pose ton arme et lève les mains.

Puis une autre. Tout aussi familière.

— Et pas de bêtise. On est deux.

Je jette le flingue sur le divan, avec le vague espoir qu'un coup parte et atteigne quelqu'un. J'ai été si stupide que je mériterais une balle perdue. J'aurais dû inspecter les lieux et je ne l'ai pas fait, trop pressé de jouir de mon petit triomphe.

Ah, merde ! Bordel de merde.

La pression sur ma nuque s'allège.

— Pousse-toi vers le mur.

Je fais ce qu'on me dit. Giorgio Fieschi apparaît dans mon champ de vision. Il s'approche du divan et s'empare du Beretta. Je ne sais pas pourquoi, mais je ne suis pas plus étonné que ça de le trouver là.

— Alors comme ça, tu es de la partie ?

— Comme tu peux le voir.

Du garçon propre sur lui et naïf de l'Ascot Club,

il ne reste plus rien. Son expression est déterminée, et il a l'allure d'un professionnel. C'est la soirée des métamorphoses. Je le revois sur scène. Jeune, bourré de talent, le monde à ses pieds. Si j'ai eu raison de penser que les autres artistes le redoutaient pour son aisance, je sais maintenant qu'il y a bien d'autres raisons de le craindre.

J'en suis le premier surpris mais moi, je n'ai pas peur de lui. Je suis seulement déçu. Comme devant toutes les occasions manquées.

— Tu es très fort. Génial, même. Tu aurais pu accomplir de grandes choses.

— C'est ce que je fais.

— La mort de Laura fait partie de ces grandes choses ?

Il hausse négligemment les épaules.

— Laura était une prostituée. Elle se vendait au plus offrant. Comme toi. Nous sommes en guerre, c'était un pion à sacrifier pour atteindre nos objectifs.

Lucio intervient. Il est resté assis sur sa chaise, immobile, observant ses complices me faire passer du statut de menace à celui de prisonnier. Moi aussi, j'ai subi ma petite métamorphose.

— Comme tu l'auras compris, tu en es un autre.

Il se lève et fait un pas vers moi. On se fixe, les yeux dans les yeux, enfin.

— Bravo, inutile de te l'expliquer : je ne crois pas que tu puisses comprendre ce qui se passe dans ce pays. Tu appartiens à la catégorie des absents. Ceux qui sont capables de traverser un camp de concentration sans remarquer ce qu'on y fait pour aller prendre l'apéritif dans un bar chic. Pendant que vous dormiez la journée, et que vous vous imaginiez vivre la nuit, le monde a changé et vous ne vous en êtes pas aperçus.

1968, la lutte des classes, 1977, la lutte armée. Des choses qui n'ont pas de sens, pour vous. Pire : des choses que vous ignorez. Vous n'êtes qu'un peu de fumée, cet espace vide entre le bien et le mal.

— Je parie que ceux que vous enlevez, que vous blessez ou que vous tuez représentent le mal, et que par conséquent tu t'imagines être le bien ?

Il secoue la tête, avec amertume.

— Non. Seulement son bras armé, celui qui a le courage d'assumer l'aspect du mal pour se donner les moyens de le vaincre.

— Tu es taré.

Il me répond comme s'il me livrait la solution ultime de toute énigme.

— Non, Bravo. Je suis un homme mort. Exactement comme toi.

Chico intervient, coupant court à cette étrange confession.

— Et qu'est-ce qu'on fait, maintenant ?

C'est un jeune homme, pas bien grand, avec les cheveux frisés et des rouflaquettes de hippie. Le brave guide d'aveugle s'inquiète des questions pratiques.

— Il faut qu'on dégage, et en vitesse. Je ne suis pas tranquille ici, dit Giorgio Fieschi, un peu fébrile.

— Il y a une voiture en bas, avec deux policiers en civil qui surveillent l'entrée. Comment on l'emmène sans qu'ils le voient ?

Chico soulève un problème que j'ai constaté et résolu en revenant ici. À l'abri d'un bosquet, j'ai escaladé la clôture de l'autre côté du bâtiment, qui jouxte un champ planté d'arbustes. Puis j'ai longé le mur en me pliant en deux, hors du champ de vision des deux gars assis dans cette Alfa suspecte.

J'espérais bien que le dispositif de surveillance serait

du genre léger, personne ne devant me croire assez idiot pour essayer de rentrer chez moi. Mais il est clair qu'on ne peut pas refaire ce trajet à plusieurs.

Lucio me dévisage comme s'il me voyait pour la première fois. Puis il semble se perdre dans ses pensées, les yeux rivés sur moi. Quand il se reprend, il a l'air inspiré.

— J'ai une idée. Attendez-moi ici.

Il quitte la pièce et on attend tous les trois dans ce séjour sans angles ni arêtes, chacun fermement convaincu d'une chose. Eux, d'être des justes. Moi, d'être arrivé au bout du chemin. Pas d'anges gardiens pour me protéger comme la nuit où la Tulipe me braquait. Ce sont eux, la menace, à présent.

On se tait, parce que tout a déjà été dit. Inutile de poursuivre ce dialogue de sourds.

On entend le bruit des pas de Lucio qui revient, une guitare à la main. Il a taillé sa barbe, porte une perruque aux longs cheveux châtains et une moustache postiche de la même teinte. Pas des plus réalistes, mais dehors c'est la nuit, et tous les chats sont gris.

Il sourit quand il voit ma tête.

— Tout le monde devrait savoir jouer un peu la comédie, tu ne crois pas ?

Il décroche du porte-manteau sa veste et son galure de tous les jours. Il me les lance, m'obligeant à les attraper au vol.

— Tu nous as facilité les choses, en te coupant les cheveux et en laissant pousser ta barbe. Voilà qui nous rend très semblables, vu qu'on a plus ou moins le même gabarit. Les policiers, en bas, s'attendent à voir sortir un musicien aveugle avec son guide habituel. Et c'est exactement ce qu'ils verront, il y aura juste un fan de plus avec nous.

Chico a pigé le scénario et tend le calibre à Lucio qui s'en saisit d'un geste tout à fait naturel.

— J'amène la voiture en bas et je remontc vous chercher, les guitares et toi.

Il entrebâille la porte et se faufile dehors. Giorgio Fieschi demande sa feuille de route.

— Je suis venu en moto. Qu'est-ce que je fais ?

— Toi, tu attends un quart d'heure. Puis tu nous rejoins où tu sais.

L'autorité de Lucio est celle d'un chef qui sait s'imposer à ses hommes. Je suis sûr que toute cette mise en scène l'excite. Quand il me voit encore planté au milieu de la pièce avec ses fringues à la main, il s'énerve. Du canon de son arme, il me fait signe.

— Qu'est-ce que tu attends ? Habille-toi.

J'enfile la veste et je mets le chapeau. Il prend les lentilles de contact sur la table, les regarde, un demi-sourire aux lèvres, puis les fait glisser dans sa poche. Il saisit les lunettes noires et me les jette. Je les chausse et le monde devient moins net. Pas de miroirs pour s'assurer du résultat, mais je sais que l'histoire des chats vaut pour moi comme pour Lucio.

— Tu es parfait. Pas le temps de te donner des cours de guitare, mais tu es mal parti pour en jouer...

La bagnole devait être toute proche, parce que, à peine deux minutes plus tard, on entend frapper à la porte. Giorgio l'entrouvre, s'assure que c'est bien Chico, puis le fait entrer.

— On peut y aller !

Chico saisit mon bras gauche sans bienveillance. Ses gestes sont brutaux. Sa main droite presse le flingue sur mon flanc.

— Tu marches calmement et à petits pas. Ne

regarde pas où tu mets les pieds, lève la tête. C'est moi qui te guide.

Pour appuyer ses propos, il m'enfonce durement le canon dans les côtes.

— Compris ?

J'acquiesce.

On descend les premiers, Chico et moi. Lucio porte les guitares et ferme le cortège. La nuit est très fraîche et, dehors, c'est désert. Un regain hivernal qui n'encourage personne à s'attarder en plein air. La bagnole, une Opel Kadett blanche, est garée juste devant la porte vitrée.

Une des guitares est rangée dans le coffre, l'autre installée à l'arrière, derrière le conducteur, à côté de Chico. Je suis à la place du mort. Un flingue pointé dans le dos. Lucio démarre et le flingue me titille à nouveau la nuque.

On quitte sans encombre le morne quartier de Tessera, laissant derrière nous tous ses yeux indiscrets. Je me demande si Lucio pourra rattraper cette partie de sa vie. Il conduit en silence et ça me sidère, de le voir faire un truc que je croyais lui être interdit.

Il serait surpris de savoir comme on se ressemble. On a passé si longtemps, lui et moi, à se cacher, à faire semblant d'être ce qu'on n'a jamais été, avant de comprendre qu'on ne le serait jamais.

De toute façon, il est trop tard. Maintenant que tout a été dévoilé, Lucio ne peut plus se consacrer qu'à une seule chose. Celle qui durcit son regard, qui l'a convaincu d'abandonner les discours pour prendre les armes. Toute révolution a ses victimes et ses martyrs. J'ai le sentiment que je quitterai la scène sans savoir au juste quel était mon rôle.

Quand on s'engage sur le périphérique vers l'est,

j'ôte mes lunettes et je regarde les lumières de Milan. On ne m'a pas bandé les yeux : mes geôliers se foutent que je puisse voir le lieu où ils me conduisent, et qui sera découvert dès qu'ils auront réalisé le scénario dont je suis le héros. Au fond, on est toujours dans le spectacle. Sauf que, cette fois, il n'y aura qu'une seule représentation, car la mort n'admet pas les répliques.

19.

On quitte le périph à la sortie du viale Forlanini, en direction de Linate.

Les phares et les réverbères illuminent par flashs le visage de Lucio, qui conduit les yeux rivés à la route. Il a ôté perruque et moustache, redevenant lui-même. Un type qu'en vérité je ne connais pas. Il a allumé une clope, et ça m'a donné la mesure de sa rigueur et de sa volonté. Il n'y a jamais eu chez lui la moindre odeur de tabac, aucune trace de cette dépendance. Même seul, il ne fumait pas.

Qui sait ce qu'aurait été sa vie s'il avait consacré ses dons et sa détermination à bâtir quelque chose, au lieu d'opter pour la destruction. Peut-être a-t-il tenté le coup, poursuivant un idéal qui, jour après jour, s'est rétréci jusqu'à devenir une idée, jusqu'à ce que la musique cesse d'être un refuge et ne soit plus qu'une planque. Peut-être pense-t-il la même chose de moi, en d'autres termes et pour d'autres raisons.

Quand on arrive au bout du viale, un feu vert nous permet de tourner sans ralentir, en direction du parc de l'Idroscalo. On s'éloigne de l'aéroport, où à cette heure de la nuit les vols sont rares. Le grondement d'un avion qui décolle évoque des horizons lointains, mais ça n'est qu'un voyage vers des situations semblables vécues par des hommes différents. Un songe, le temps d'un vol et d'un mauvais somme sur un siègc inconfortable. On longe le Luna Park. Les stands de la pêche miraculeuse ont leurs rideaux baissés, les squelettes du train fantôme sont au placard et les soucoupes volantes recouvertes de bâches. Fini pour aujourd'hui, il faudra attendre demain pour dégommer les pyramides de boîtes, pour un autre tour de manège, une dernière course...

On est restés silencieux tout au long du voyage. À l'arrière, Chico s'est détendu et je ne sens plus sur ma nuque le métal du canon. Mais je sais qu'il a toujours l'arme en main, pointée droit sur ma tête. Un faux mouvement de ma part, une simple pression sur la gâchette et

toumpf...

Le bruit d'un fusil à air comprimé et mon crâne s'éparpillera comme une cible de plâtre au stand de tir. Tout ce que j'aurai été se réduira à l'éclaboussure écarlate de mon sang sur le pare-brise, macabre dessin à l'aérographe.

Malgré tout, bizarrement, je reste froid et distant.

Je n'ai pas eu le cran de poser les seules questions qui m'importaient, à quoi bon, sinon à me sentir encore plus désarmé.

Où est passée Carla ?

Quel a été son vrai rôle dans toute cette affaire ?

Je n'arrive pas à me l'imaginer l'arme à la main, appuyant sur la détente et supprimant les vies d'êtres humains qu'un dogme tordu lui a désignés comme ennemis. Abattant des filles avec lesquelles, quelques heures plus tôt, elle riait, dissimulant son mépris et ses intentions. Je n'arrive pas à la voir dans la peau de quelqu'un pour qui c'est normal, de tuer.

Est-ce parce que, chaque fois que j'essaie, me revient à l'esprit l'image de ses yeux, trop beaux pour être vrais, trop beaux pour être feints ? Malgré tout ce qui s'est passé, je suis resté planté sur un trottoir, dans la fraîcheur de l'aube et la chaleur de ses mots...

Pour toi, ce serait gratuit...

Je regarde Lucio et je repense à son corps, mêlé au corps de Carla. La nuit où je les ai contemplés comme si leur plaisir était le mien. La peine et la rancœur m'envahissent. Pas parce que je suis prisonnier et déjà condamné. Mais parce qu'au final le seul truc que j'aimerais savoir, c'est à qui, cette nuit-là, dans cet appartement banal du quartier de Tessera, elle faisait un cadeau : à lui, ou à moi ?

On roule toujours sur la Rivoltana, dépassant Segrate. On tourne à droite à un moment donné. Après un ou deux kilomètres, on arrive à un pavillon isolé. Un portail, un muret surmonté d'une balustrade métallique entourant un bout de jardin herbu, planté çà et là de buissons ardents, avec un pin, au fond.

Aucune lumière aux fenêtres.

Lucio descend ouvrir le portail. Je n'en reviens toujours pas de le voir se déplacer aussi aisément.

Dans le halo des phares, alors que les battants s'écartent, la maison apparaît, quelconque. Elle ressemble à un dessin d'enfant, blanche, à deux étages, flanquée d'une remise sur sa droite. C'est là qu'aboutit le chemin d'entrée, juste devant un rideau métallique abaissé.

Lucio se remet au volant et on roule jusqu'au panneau de tôle peint en vert qui réfracte et colore la lumière des phares. Quelqu'un le relève de l'intérieur, averti par le bruit du moteur.

On entre et on s'arrête à côté d'une Volvo 240 au moment même où, de l'obscurité, surgissent le grondement et l'œil de cyclope d'une moto.

La Kawasaki 900 stoppe tout près de la Kadett. Giorgio Fieschi déplie la béquille et descend de sa machine. Il ôte son casque intégral, libérant une tignasse frisée qui, plus longue, lui donnerait un faux air d'Angelo Branduardi. Il baisse la fermeture Éclair de son blouson de cuir, on dirait un jeune homme comme les autres, rentrant d'une soirée avec sa copine, n'était la crosse d'un flingue qui dépasse de sa ceinture.

Lucio sort de la Kadett. Plus aucune anxiété dans sa voix, mais la fermeté du gars habitué à ce que ses plans se réalisent.

— Tout va bien ?

— Impeccable. En sortant de chez toi, je suis resté un moment dans les parages. Rien à signaler.

— Parfait.

Lucio se tourne vers l'un des deux types qui nous attendaient dans le box. Un mec trapu, la trentaine, avec des sourcils épais, des lèvres charnues et une charpente solide. Sa tête, qui sort d'un pull à col roulé, semble directement posée sur ses épaules.

— Sergio, ferme le portail et assure-toi qu'on n'a pas été suivis.

Sans dire un mot, en boitant légèrement, Sergio obtempère. À son faciès, ça ne doit pas être une flèche, juste un bon exécutant, bien endoctriné.

À la lueur des deux plafonniers au néon, je vois que ce garage sert de remise. Tout un bric-à-brac y est entreposé.

Un vélo suspendu, un établi avec un étau sur le mur

de droite, un panneau où sont accrochés divers outils. Un meuble métallique à tiroirs qui doit en contenir d'autres. Des étagères chargées de boîtes de conserve. Une vieille paire de skis appuyée dans un coin, à côté d'une machine à polycopier. Par terre, une pile de tracts portant le sigle des Brigades rouges. La baraque entière doit être jonchée d'objets prouvant qu'il s'agit d'une planque de terroristes.

Le scénario est écrit depuis longtemps, la scénographie est au point. Le protagoniste vient d'arriver.

Clap, ça tourne.

Lucio s'adresse à l'autre, un grand gars, tout jeune, qui a une tête de lycéen. On l'imagine sans peine bavardant avec ses copains, des livres sous le bras. Alors qu'il est, de toute évidence, l'un des auteurs du massacre, et convaincu comme les autres d'avoir rendu la justice.

— Comment ça va par ici ?

— Tout roule. On est prêts.

— C'est parfait.

Lucio se tourne vers moi. Je pense qu'il veut s'assurer que la démonstration de son autorité me fait de l'effet. Chacun ses faiblesses, ses petites ou ses grandes vanités. Et je me retrouve dans cette panade parce que j'ai cédé aux miennes.

— Tu penses vraiment que tout ça va changer quoi que ce soit ? Que ça donnera un monde nouveau ?

— Je ne sais pas. Je peux seulement te dire que je vis dans l'ancien depuis des années et qu'il ne me plaît pas.

— Ne perds pas ton temps avec ce parasite, coupe Giorgio. Tu crois qu'il peut comprendre en dix minutes ce qu'il n'a pas compris en une vie ?

Je le revois sur scène, offrant aux spectateurs ce

qu'il y a de plus précieux à offrir : un éclat de rire. Je me rappelle son visage tendre et affligé au moment de la réplique finale.

Et il a bousillé notre enfance...

J'ignore ce qui a bousillé la sienne, mais il est un peu tard pour y remédier. Ou alors ce ne sont que des conneries de psychiatre, et il n'y a même pas de raison valable à tout ça. La nature est peut-être la seule responsable, et il n'est qu'une pomme véreuse dans un panier de fruits sains.

Il y a ceux qui la repèrent et l'écartent.

Ceux qui la repèrent et s'en servent.

Je lui réponds sur le même ton.

— J'ai au moins compris un truc, dans cette histoire.

— Et qu'est-ce que c'est ?

Il me fait front, arrogant, avec un air de défi.

— C'est que certains posent des bombes parce qu'ils y croient et d'autres parce qu'ils aiment entendre le bruit de l'explosion et les cris des victimes.

Je lui laisse le temps d'assimiler le concept.

— D'après toi, tu appartiens à quelle catégorie ?

Sa colère devait couver, en un éclair elle est dans ses yeux. Il tire le flingue de sa ceinture et me le pointe sous le menton, m'obligeant à lever la tête.

— Ordure, je vais te...

Immédiatement, Lucio donne de la voix.

— Giorgio, assez ! Range-moi ce pistolet.

La pression du canon s'atténue, sa rage reste intacte. De mauvaise grâce, il cède aux ordres du chef. Lucio comme Tano Casale, Giorgio comme la Tulipe. La preuve que c'est partout pareil.

C'est le mirage de l'avion qui décolle. Les lieux changent, pas les hommes.

Il repasse l'arme dans sa ceinture et recule d'un pas.

Sergio a refermé le portail et nous a rejoints dans la remise. Il tire le rideau métallique, nous isolant de la fraîcheur nocturne. Tous ensemble, dans la même boîte de parpaings, de tuiles et de tôle, prisonniers, chacun à sa façon.

En haut des quelques marches qui montent sur la gauche, une porte s'ouvre.

Carla apparaît et s'arrête sur le palier, toisant ces hommes debout en contrebas qui tous, d'instinct, ont levé la tête vers elle. Elle descend, avec sa démarche d'Indienne, et moi j'ai l'impression d'une séquence se déroulant au ralenti, juste pour me donner le temps de revivre, image par image, les heures passées ensemble. Toutes ses expressions, toutes ses transformations. De l'employée fatiguée à la créature stupéfaite de sa propre beauté, en passant par la femme consciente de son pouvoir sur les mâles et bien décidée à bouffer le monde. Jusqu'à la Carla d'aujourd'hui, une inconnue au regard glacial et au visage dur.

Rien ne parvient à ternir sa splendeur. Ni la lumière blême du néon, ni le jeans et le pauvre chandail qu'elle a sur le dos. Ni même l'idée qu'elle ne m'a abordé que pour m'entraîner dans un jeu mortel dont je ne devrais pas sortir vivant.

Elle ignore Giorgio et Chico, qui se tient toujours derrière moi, à distance d'un pas et d'un flingue. Elle va vers Lucio, passe son bras autour de sa taille et pose ses lèvres sur les siennes. Puis me montre d'un signe de tête.

— Je vois que nous avons de la compagnie. Comment tu l'as retrouvé ?

Lucio me regarde avec un demi-sourire. Son ironie ne m'amuse plus des masses.

— Bravo a été à la hauteur de son surnom. Hélas pour lui, il a été bon, pas génial. Il a presque tout découvert tout seul, mais il a commis l'erreur de venir me voir au lieu d'aller trouver les flics.

Carla se tourne vers moi.

— Alors, te voilà.

Simple constatation. Elle dit ça comme si c'était normal, de se retrouver dans cette situation.

— Comme tu vois, je suis là.

Qu'est-ce que je pourrais ajouter qui n'ait pas déjà été dit, et qui ne soit pas vain ? Y a-t-il une émotion à exprimer qu'elle n'ait pas déjà lue sur mon visage ou dans mes gestes ?

Je la regarde et elle aussi. Jusqu'ici, je suis resté le même.

Pas elle.

Les mots qu'elle prononce me le prouvent, comme si j'en avais besoin.

Secs et précis, sans pitié.

— Tu me débectes, Bravo. Tu m'as débectée dès que je t'ai rencontré. Pour ce que tu es. Pour ton inutilité. Pour le monde pourri que tu représentes et que tu sers de manière sordide.

Il ne me reste qu'un truc à dire, alors allons-y.

— Je n'ai jamais tué personne.

— Moi non plus. Excepté ceux qui le méritaient, et qui ne comptent pas.

Les autres ont écouté l'échange sans un mot.

Lucio prend la parole.

— Ce que tu ne comprendras jamais, mon ami, c'est que nous n'avons pas d'adversaires, que des ennemis. Les adversaires, on les laisse aux politiques, qui utilisent ce terme pour masquer embrouilles, connivences, abus de pouvoir et crimes d'État. Si bien qu'adversaire est devenu synonyme de complice. Ce qui nous porte, c'est la conviction que rien n'est éternel, inéluctable ou irremplaçable. C'est de croire en quelque chose qui fait passer au second plan non seulement la vie des autres, mais la nôtre. Comme de nombreux camarades, Carla a accepté de s'abaisser à des actions qui lui répugnaient, dans le seul but d'atteindre les objectifs que nous nous étions fixés. Elle n'a pas fermé les yeux, c'est au loin qu'elle regardait quand elle baisait avec toi.

Il lui caresse les cheveux en souriant.

— Le monde de demain lui devra beaucoup.

Carla m'observe, sur son visage, une expression glaciale. Moi, je ne pense qu'à cette seule phrase.

Quand elle baisait avec toi...

Elle n'a donc rien dit de moi, de ma pitoyable mutilation. Une bombe qui aurait produit en explosant une nuée de vannes lourdes et de rires gras à l'Ascot Club. Et autant de sarcasmes et de dérision chez ces hommes prêts à tuer au nom de rien, avant de disparaître dans le néant.

Elle lui a laissé croire qu'elle et moi...

— Je pense qu'il est temps qu'on se bouge, dit le jeune à tête de lycéen.

Lucio reprend les rênes. Il tend le Beretta à Carla.

— Tiens, pose-le sur l'établi. Celui-là, il faut qu'ils le trouvent ici. Tu en laisseras deux de ceux qu'on a utilisés à Lesmo, ça confirmera le scénario.

Carla empoigne l'arme comme si elle avait fait ça toute sa vie. Tranquille, puissante et menteuse. Je ne saurai jamais pour quelle raison elle a menti aussi à mon sujet. Tant qu'il me reste un peu de temps, je peux toujours essayer d'en imaginer une.

D'un signe de tête, Lucio indique la porte en haut de l'escalier.

— Il est là-haut ?

— Oui.

— Très bien. Je lui parle, on prend ce qu'on a à prendre et on y va.

On y va...

Voilà que je pense à Daytona, aux vannes que je lui sortais. J'aimerais bien pouvoir y aller moi aussi. Mais je doute de pouvoir le faire.

Je sens à nouveau le canon du flingue contre mes côtes.

— Par là. Bouge-toi, grommelle Chico.

On grimpe les quatre marches derrière Lucio. Passé la porte, un couloir tapissé de papier peint aux motifs géométriques. On poursuit en file indienne – un mec, un autre mec, un flingue, un mec – jusqu'à un séjour aux rideaux criards et pas très nets. La partie droite de la pièce est cachée par une bibliothèque qui fait office de cloison. Sur la gauche, des meubles en noyer, un divan et deux fauteuils en skaï devant un téléviseur. Par terre, plusieurs sacs de voyage, les bagages des fuyards.

Dans l'un des fauteuils est assis Gabriel Lincoln. Je ne l'ai vu qu'une fois dans ma vie, mais il est du genre qu'on n'oublie pas, question d'allure et de circonstances.

— Bonsoir, *mister* Bravo.

Italien impeccable, accent british. Je reconnais aussi son parfum. C'est un homme à certitudes, un conservateur. Dans ce décor banal, l'élégance de son costard jure de façon grinçante, comme une craie sur un tableau.

— Comme vous pouvez le constater, le monde est petit. Et cruel, j'ajouterais.

Je ne suis pas vraiment surpris. Gabriel Lincoln est

un élément logique dans cette histoire, un chaînon qui trouve sa place sans forcer. Toujours un pas en arrière ou avec deux pas d'avance, le collaborateur dévoué, le Judas aux innombrables deniers sur un compte à l'étranger.

— Je ne peux pas dire que ce soit un plaisir de vous voir.

— Honnêtement, moi non plus. Disons que ça entre dans le cadre de mes obligations professionnelles. Pas des vôtres cette fois-ci, hélas pour vous.

— Par pure curiosité, vous faites partie des services secrets ?

Il sourit et fait mine d'esquiver. Mais la modestie n'est pas son fort.

— Voilà une définition qui sent son James Bond. Mais disons que le domaine où j'interviens peut s'entendre de cette manière.

— Vous aviez la confiance de Bonifaci. Pourquoi vous servir de moi ?

Il se lève et lisse son pantalon de gabardine.

— Malheureusement, Lorenzo m'a mis à l'écart il y a quelques mois. Un déplorable accident de parcours. Je savais tout de lui, mais la villa Bonifaci était devenue *off limits*, pour moi.

Il fait un geste vague censé tout expliquer. Y compris la raison pour laquelle je vais finir avec un pruneau dans la tête.

— Vous étiez le seul à pouvoir nous faire entrer dans cette maison. Rien de personnel, juste une question d'opportunité. Désolé.

Du couloir, on entend le bruit de la porte qui donne sur le garage. Un bruit de pas, et Carla apparaît, une arme à la main. Une odeur spéciale l'accompagne.

Je comprends ce que c'est au moment exact où elle efface le parfum français de Gabriel Lincoln.

C'est l'odeur de la poudre.

Lucio fait un pas de côté.

— C'est fini ?

Elle fait deux trucs presque simultanément. D'abord un signe d'acquiescement, puis elle lève la main droite et

toumpff... toumpff...

Deux giclées de sang à la hauteur du cœur de Chico viennent dégueulasser le costard de mister Lincoln. Comme s'il s'y attendait, Lucio, vif comme l'éclair, bondit et arrache le flingue de Chico avant même que son corps ait touché le sol.

Pas de silencieux, cette fois. Le coup résonne comme une explosion dans la pièce exiguë et le vaste silence de la nuit. Un trou s'ouvre au milieu du front de Gabriel Lincoln. Un millième de seconde après, son sang et sa cervelle maculent les rideaux derrière lui.

Il tombe sans comprendre pourquoi il est mort. Aucun assassiné ne le comprend jamais vraiment. Son cadavre dégingandé forme une curieuse figure avec celui de Chico.

Carla s'approche et observe les deux corps. J'imagine que ça s'est passé comme ça à Lesmo. Que du même regard froid elle a vérifié que tous ces gens à terre étaient bien morts, prête à leur porter le coup de grâce.

— Les autres ? demande Lucio.

— Partis, répond-elle.

— Prends les valises. Je termine ici.

D'un pas rapide, Carla file jusqu'à la pièce du fond. Quand elle allume la lumière, j'entrevois une chambre à coucher. Lucio et moi sommes maintenant les seuls êtres vivants dans le séjour.

Il lève son calibre et me le colle sur la tempe.

— Je suis désolé, Bravo. L'énigme était plus complexe que tout ce que tu imaginais.

— Ce qui veut dire ?

— Ce qu'on a trouvé dans cette villa a bouleversé nos plans. Il n'est plus question des camarades, de la lutte et d'une victoire qui ne viendra peut-être jamais. Désormais, on est seuls en piste, Carla et moi.

La voix sèche de Carla m'arrête avant que je pose une question inutile.

— Je crains qu'il y ait quelqu'un de trop, Lucio, dans tes projets.

On se tourne tous les deux vers elle, juste à temps pour...

Toumpff...

... voir jaillir l'éclair du flingue que Carla pointe sur nous, et qui fait sauter un morceau de la tête de Lucio. Un peu de sang m'éclabousse la veste et le visage. Un troisième corps s'effondre à terre.

D'un mouvement de son pistolet, Carla m'indique un coin de la pièce.

— Mets-toi là et pas de blague, si tu ne veux pas finir comme lui.

Elle se déplace vite. Sort un chiffon de la poche arrière de son jeans et essuie l'arme avec laquelle elle a tiré sur Lucio. Ensuite, en la tenant par le canon à travers le tissu, elle se penche sur le cadavre de Gabriel Lincoln, prend sa main et la serre autour de la crosse pour y appliquer ses empreintes.

Puis elle laisse l'arme à terre et se relève. Elle n'a pas cessé de me tenir à l'œil. Moi, question de point de vue, c'est le deuxième calibre passé dans sa ceinture que je n'ai pas quitté des yeux.

Elle me regarde. Nulle anxiété dans sa voix, seulement l'urgence imposée par les circonstances.

— Tu as touché à quelque chose ?

Je secoue la tête.

— Très bien. Attends-moi ici.

Elle file à nouveau dans la chambre, en ressort en traînant deux valises. Elle en lâche une à côté de moi.

— Prends celle-ci et magne. Quelqu'un pourrait avoir entendu le coup de feu.

Tout s'est passé si vite. Éclairs, tonnerre et grêle, l'orage est fini avant que j'aie compris qu'il pleuvait. Pas de l'eau, du sang. Je suis assommé par le bruit et l'odeur des tirs, soulagé de ne pas être l'un de ces corps qui gisent sur le sol.

Le seul truc dont je suis vraiment sûr, c'est d'être vivant.

Dans le couloir au papier peint immonde, l'odeur âcre de la poudre est encore forte. Arrivé sur le palier, je capte en un instant ce qui s'est passé dans le garage. Giorgio est affalé à côté de sa moto, le devant de sa chemise bleue ensanglanté, son blouson de cuir déchiré à la hauteur du cœur. Le lycéen est sur le flanc, les yeux ouverts. De sa tête, une mare écarlate a coulé sur le ciment. On dirait qu'il contemple Sergio, vautré à plat ventre, encore plus balourd et disgracieux mort que vif.

Carla ne leur accorde pas un regard, comme s'ils faisaient déjà partie d'un passé révolu. On dévale les marches. Ma valise pèse un âne mort et je m'essouffle vite.

Carla est affutée, calme et efficace.

Un mot me vient, que je chasse illico de mon esprit : létale.

On arrive à la Kadett et elle ouvre le coffre. Elle en sort des gants de travail qu'elle me lance l'un après l'autre.

— Enfile ça. Soulève le rideau de fer, vérifie qu'il n'y a personne et va ouvrir le portail.

Je fais ce qu'elle me demande pendant qu'elle charge les valises. Être à l'air libre, dans la douceur de la nuit, est une bénédiction. Je remonte l'allée cimentée, le portail se découpe sur la lueur violacée de la ville au lointain.

J'ai à peine ouvert les battants que j'entends le moteur de l'Opel qui sort du garage en marche arrière. La lumière des phares effleure les corps à terre puis s'en écarte, comme par dégoût. Seuls les tubes au néon éclairent désormais la scène.

La bagnole s'arrête sur la route, le nez pointé vers Milan, d'où on est arrivés, il y a quelques minutes ou bien quelques heures. L'espace d'un instant, j'ai cru qu'elle me laisserait là, tout seul, dans la cour de cette baraque pleine de cadavres, à tenter de piger ce qui venait de se passer, avant de devoir l'expliquer à d'autres.

Puis la portière côté passager s'ouvre, Carla me fait signe de monter. Je m'exécute avec un soupir de soulagement, et j'autorise enfin mes mains et mes jambes à trembler. On rejoint rapidement la nationale. On passe de nouveau devant le Luna Park, le parc de l'Idroscalo, puis Linate. On rentre à Milan. Sur le mur de ciment qui flanque le viale Forlanini, quelqu'un, avec une bombe de peinture noire, a écrit une phrase.

Mais que fait ce putain de Nelson sur notre bateau ?

20.

On se gare en bas de chez Carmine. Par-delà les toits, une vague promesse de lumière. C'est l'aube, une de plus, et Carla est à mes côtés. Je me permets de rêver un peu, c'est le seul luxe qui me reste. Je voudrais remonter le temps, jusqu'à un matin comme celui-là et m'entendre dire pour la première fois :

Pour toi, ce serait gratuit.

Penser que c'est vrai et répondre : « Oui, putain, du moment présent jusqu'à mon dernier souffle, oui, pour ce que je suis et ce que je ne suis pas, où tu veux et comme tu veux, oui. »

Dans n'importe quelle vie, mais pas dans celle-ci.

La main de Carla tourne la clé et le moteur se tait.

Je lui ai donné l'adresse de l'appartement de Quarto Oggiaro quand elle est remontée dans la voiture après son coup de fil. Au bout du viale Forlanini, elle s'est arrêtée devant une cabine. Elle a téléphoné, j'avais l'impression qu'elle refusait de répondre à des questions.

Elle a raccroché et elle est remontée dans la voiture. On est repartis, calmement. Elle conduisait en prêtant attention à la route. Trop d'attention pour que je ne devine pas qu'elle se demandait quoi faire.

Pas quoi faire avec moi.

Quoi faire *de* moi.

Alors, j'ai brisé le silence. J'avais un tas de questions à poser. J'ai commencé par la première, qui n'était pas dictée par la curiosité, mais par la surprise.

— Pourquoi tu ne m'as pas tué ?

J'ai vite tourné la tête et regardé devant moi, craignant de lire sur son visage qu'elle se le demandait elle aussi.

J'ai poursuivi, bravant ses doutes et son mutisme.

— Tout aurait été nickel, chaque chose à sa place. Suivant la logique de cette histoire, je suis le seul qui manque, parmi tous ces macchabées.

Carla a fouillé la boîte à gants. Elle m'a tendu un paquet de mouchoirs en papier.

— Essuie-toi le visage. Et enlève cette veste, elle est tachée.

Une manière comme une autre de gagner du temps. Ou de me faire comprendre qu'elle ne répondrait pas. J'ai ôté la veste et je l'ai balancée à l'arrière. J'ai tourné le rétroviseur vers moi, allumé la loupiotte, et commencé à nettoyer les éclaboussures du sang de Lucio.

— Où t'es-tu caché ces jours derniers ?

— Quelque part.

— Un endroit sûr ?

— Oui.

— Alors, on y va.

J'ai éteint le plafonnier, laissant Milan illuminer Carla.

Elle a pris mon silence pour de l'hésitation.

— Tout à l'heure, c'est la police que j'ai appelée. Pour déclarer qu'en passant devant la maison j'avais cru voir des corps par terre dans le garage.

La citoyenne exemplaire, qui fait son devoir mais a la trouille d'être impliquée. (Elle m'a regardé.) Il te faut une planque où rester jusqu'à ce que les flics reconstituent les événements. Ils vont retrouver sur les lieux le corps de Gabriel Lincoln, le collaborateur que Bonifaci a viré à coups de pied au cul ; ils vont s'apercevoir que Lucio n'était pas aveugle, contrairement à ce qu'il a fait croire à tout le monde, ça devrait renforcer l'hypothèse du complot.

— Il restera pas mal de zones d'ombre.

— Dans des histoires comme celle-là, il y en a toujours. Des zones d'ombre ou des trous noirs.

— Il y a aussi tous les moments pour lesquels je n'ai pas d'alibi. Et tout ce que je pourrai dire donnera l'impression que je cherche à m'en fabriquer.

Carla s'est tue. Si ces pensées l'avaient effleurée elle aussi, mes paroles venaient confirmer ses craintes. Derrière les vitres de la bagnole, défilaient les rues d'une ville que, quelques jours plus tôt, j'avais le culot de considérer comme un genre de propriété privée. En réalité, personne ne possède rien. On peut juste choisir d'appartenir à quelque chose, à chacun de compter sur ses aptitudes, et sur sa chance.

L'amour fait le reste. L'amour qui rend aveugle, mais qui ne s'achète pas et ne se vend pas non plus.

Je lui ai donné l'adresse, puis je me suis laissé aller. Jusqu'à l'arrivée, j'ai fermé ma gueule, reconstruisant le fil des événements. En quelques jours, j'avais eu deux énormes coups de cul. Le premier, quand la Tulipe était mort. Le second, quand j'étais sorti vivant d'une baraque où gisaient cinq cadavres. J'avais sûrement épuisé mon crédit avec la Fortune.

Je n'avais aucune hypothèse expliquant les raisons réelles de cette machination. L'État, les services secrets, les Brigades rouges, les idéaux, la lutte des classes, la lutte armée n'étaient que des indices vides de sens. Malgré mon imagination, et mon entraînement à la résolution d'énigmes, celle-ci était, à l'évidence, trop tordue pour moi. La clé de tout était assise à ma gauche. Mais je ne savais pas encore si je devais m'attendre à des éclaircissements, ou à une balle dans la tête.

On descend de la voiture. Je jette ma veste dans une poubelle. Lucio n'aura pas de plus digne sépulture. J'ai mal au dos et les yeux me brûlent. On prend les valises, Carla sort du coffre un sac de voyage.

Je lui montre la Kadett.

— C'est prudent de laisser la voiture ici, en vue ?

— Aucune importance, elle est propre.

On marche jusqu'à l'ascenseur. Les valises, alourdies par la fatigue et les nuages qui s'amoncellent sur mon avenir, me pèsent.

Pendant qu'on monte, mon regard tombe sur les graffitis. Je les vois désormais comme de tangibles témoignages de vie, une blague, adressée au temps plus qu'aux hommes. Quand je sortirai de taule, Mary et Luca seront grands, et moi je serai vieux. Un pauvre sourire m'échappe, mais Carla ne le remarque pas.

On entre chez Carmine. La sensation d'être en lieu sûr me fait complètement oublier l'aspect sordide du décor. Carla laisse tomber son sac et regarde autour d'elle.

— Ça n'est pas le Grand Hôtel.

— On ne peut pas dire. Mais c'est un endroit où personne ne nous cherchera.

— Qui habite ici ?

— Celui qui y *habitait* crèche à San Vittore. Un ami à moi, qui a pris vingt-deux ans.

Elle assimile l'info sans faire de commentaires. Elle bouge la tête, comme pour faire craquer ses vertèbres.

— J'ai besoin d'une douche.

Je lui indique le couloir.

— La salle de bains est par là. Je vais faire du café.

Carla fait une drôle de moue, l'air navré.

— Je préférerais que tu restes avec moi.

J'ai pigé et j'esquisse un sourire. Si j'étais amer tout à l'heure, là je la trouve carrément saumâtre. Il n'y a ni morbidité ni exhibitionnisme dans sa demande. Aucune concession au plaisir de mes yeux. Elle veut simplement me garder à l'œil. La règle d'or de l'assassin : ne donner à personne, jamais et quel qu'en soit le motif, la possibilité de l'assassiner.

Sans un mot, je l'accompagne à la salle de bains. J'ignore quand viendra le moment des explications. Celles qui déchireront les voiles sombres et laisseront passer un peu de lumière.

Je sors deux serviettes d'un tiroir et les laisse sur le lavabo. Elle tire son pistolet de sa ceinture et le dépose dessus. Le métal noir jure avec la blancheur du tissu éponge.

Je vais m'asseoir sur le siège des chiottes en m'accordant une cigarette.

Carla se déshabille. Sans malice. Elle se débarrasse de ses fringues avec des gestes expéditifs. Sous son pull, elle ne porte pas de soutien-gorge. Ses seins sont fermes et ronds, ses tétons érigés par le frottement de la laine. Elle s'appuie au lavabo pour ôter ses camarguaises, puis déboucle sa ceinture et, d'un seul mouvement, quitte son slip et son jeans.

Elle est nue.

Elle est très belle.

Elle a du sang sur les mains.

Elle tourne les yeux vers moi, je ne sais pas bien ce qu'ils expriment. Des regrets, de la peine ou seulement l'épuisement. Quoi qu'il en soit, tout me ramène à l'œil unique et torve du flingue qui me fixe, à quelques centimètres de sa main.

L'instant d'après, elle se retourne pour ouvrir le robinet. Malgré la marque de la ceinture de cuir et du denim rêche, sa taille et ses fesses sont la perfection même.

Elle trouve la bonne température puis entre sous le jet, sans tirer le rideau. Elle commence à se laver, l'eau qui coule sur son corps n'est pas un liquide banal tiré d'une canalisation, c'est la pluie tombée du ciel troublant la beauté avant de la restituer intacte après l'étreinte. Je l'observe qui lève la tête en fermant les yeux. Elle lisse en arrière ses cheveux pleins de mousse et les rince.

Puis elle me fait signe. Quelques gouttes d'eau tombent de sa main sur le sol.

— Viens.

Le désir est une main caressante. Je me dis qu'elle va sortir ses griffes et me faire mal, mais tant pis. Pour la première fois depuis longtemps, je me désape volontairement devant quelqu'un. J'ignore mon corps mutilé, je ne vois que le sien.

J'entre sous la douche avec elle.

Je suis dans ses bras, elle est contre moi et l'eau nous unit, je goûte sa bouche et sa langue. Je l'explore de mes mains, elle m'accueille avec un gémissement. Grâce à elle je suis là et j'existe, l'eau coule, et dans son plaisir quelque chose me touche, tout à coup les griffes ont disparu et la douleur s'est évanouie.

On reste enlacés sous le jet, l'eau a tout lavé et emporté avec elle.

Je me détache d'elle. Elle ferme le robinet et le bruissement de la douche laisse place au silence. Je déplace l'arme et je lui tends une serviette, elle s'essuie les cheveux puis s'en enveloppe.

Je n'ai pas le courage de la regarder.

Trop peur de ce que je pourrais lire dans ses yeux.

Plus encore de ce que je n'y lirai pas.

Je me sèche en vitesse, ramasse mes fringues et sors de la pièce. Dans la chambre, je finis de m'essuyer et je passe un pantalon et une chemise propres.

Je vais faire un café. Il est tout juste prêt quand Carla se pointe dans le séjour, pieds nus, toujours drapée de sa serviette. Elle s'accroupit pour fouiller dans son sac. Elle en sort un briquet et un paquet de clopes, en allume une et tire dessus comme si sa vie en dépendait. Puis elle prend un slip, un pantalon et un tricot léger.

Elle disparaît à nouveau dans le couloir. Quand elle revient avec les fringues sur le dos, je termine juste de verser le café dans les tasses. Je la vois qui se penche pour ranger le calibre dans son sac. Elle vient s'asseoir avec moi. On ne parle pas de ce qui vient de se passer. J'ignore ce que ça signifie pour elle. Pour moi, c'est la réponse à une de mes questions, et je préfère penser que c'est celle que j'attendais.

Elle boit une gorgée de son café sans sucre, puis se concentre sur le liquide noir et fumant. Le moment est venu de se mettre à table et elle le sait.

Elle parle les yeux baissés.

— Bonifaci était un homme très puissant. À un point difficile à imaginer. Avec le temps, il avait rassemblé des dossiers grâce auxquels il tenait une bonne partie du monde politique et économique italien. Des photos prises pendant des orgies dans sa villa, des documents qui montraient leurs collusions avec le crime organisé, des preuves de corruption et d'abus de biens publics, de financement illégal des partis. (Carla braque son regard sur moi.) Il en savait assez pour envoyer à l'ombre un nombre embarrassant de personnalités. De quoi déchirer la classe dirigeante de ce pays. Il a manipulé tout ce beau monde pendant des années. À son avantage, ça va de soi. Mais à trop tirer sur la corde, elle cède. Quelqu'un a décidé de mettre un terme à sa toute-puissance.

— Comment ?

— En récupérant les dossiers en sa possession, bien sûr.

Elle termine son café et pose sa tasse sur la table. On ne lira pas l'avenir dans le marc. L'avenir est l'enfant du présent, et on n'est pas sûrs d'en avoir encore un. Mais la question n'est pas là.

Ce que je veux maintenant, c'est comprendre le passé.

Carla le sait et doit trouver que c'est légitime.

— La coalition contre Bonifaci a concentré une masse considérable d'argent et de pouvoir. Gabriel Lincoln, son homme de confiance, a été acheté pour une somme astronomique. Hélas, Bonifaci s'en est séparé. Possible qu'il se soit douté de quelque chose.

— Ça, je peux l'entendre. Ce que je ne pige pas, c'est le rapport avec les BR.

— Pour mener à bien l'opération, il fallait une couverture. Les BR traversent une situation critique, elles sont aux abois à cause de l'enlèvement de Moro, elles ont besoin d'appuis et d'argent. En contrepartie, elles peuvent fournir des hommes. Celui qui a organisé tout ça les a contactées, et a fait des promesses en échange d'autres promesses.

— Tu veux dire que des hommes politiques italiens

sont prêts à laisser tomber Moro pour récupérer ces documents ?

— Exact. Le résultat devait être avantageux pour tout le monde. Les Brigades rouges remportaient une victoire dans leur lutte armée. Ceux qui craignaient Bonifaci éliminaient la menace.

Je me lève et j'allume une cigarette.

— Mais qui pouvait garantir qu'une fois les dossiers en main les brigadistes ne les étaleraient pas sur la place publique, vu leur contenu ?

— Moi.

Elle a dit ça avec une simplicité désarmante, comme si c'était évident.

— J'ai pris part à cette opération pour deux raisons. D'abord, je fais partie d'une branche du Sisde[1] et je suis entraînée. Ensuite, je suis belle fille. J'étais le contact avec les BR et la bonne personne pour gagner la confiance du seul homme qui avait accès à la villa Bonifaci.

— Moi.

À mon tour, j'ai prononcé ce mot comme si ça tombait sous le sens. La conséquence logique d'un truc couru d'avance.

— Hé oui, toi.

Carla ébauche un sourire sans joie.

— Quand j'ai découvert que tu habitais sur le même palier que Lucio, je ne pouvais pas y croire. Une coïncidence inespérée.

Elle marque une pause, épatée par la façon dont le chaos et le hasard gouvernent le monde.

1. Le Sisde, Servizio per l'informazione e la sicurezza democratica, créé en 1978, est l'équivalent italien de la Direction de la surveillance du territoire.

— L'homme qu'on avait choisi pour atteindre Bonifaci vivait à deux pas d'un de ceux qui étaient chargés de le tuer.

Tout a l'air si simple et limpide, dans le récit flegmatique de Carla. Ça n'est plus ma vie à présent, c'est de l'histoire. Elle est pourtant en train de m'expliquer pourquoi elle a laissé derrière elle un sillage de morts. Pas de sang dans les mots, seulement son souvenir et sa description.

— On connaissait ton existence grâce à Lincoln, on savait que tu envoyais de temps en temps des filles à Lesmo.

— Et c'est comme ça que vous avez embringué ce pauvre guignol de Daytona.

— Oui. C'était le bon moyen de me faire entrer en douceur dans ton cercle. D'arriver jusqu'à toi par le biais d'un type en qui tu avais confiance. À partir de là, on ne t'a plus lâché.

Je l'interromps.

— Pour ça, je suis au courant.

Je lui raconte, grosso modo, comment j'ai réussi à découvrir la vérité. L'élimination de la Tulipe, les retrouvailles avec elle, devant l'Ascot, la voiture de substitution, la planque de Daytona, le pistolet dans la portière. Elle m'écoute avec attention, concentrée, comme si elle cherchait à saisir des messages cachés derrière le sens de mes paroles.

Il y en a, et bien plus que ce qu'elle imagine.

Mais c'est une autre histoire et, pour le moment, j'ai besoin d'autres lumières. Je lui pose la question qui me tourmente depuis que j'ai appris le massacre à la télé. La plus flippante. Celle dont la réponse risque de me hanter jusqu'à la fin de mes jours.

— Qu'est-ce qui s'est passé, dans la villa de Bonifaci ?

Son regard divague dans la pièce. Mesurant peut-être le contraste entre la pauvreté des lieux et le luxe où elle évoluait ce soir-là. Ou fuyant des images qu'elle préférerait oublier. Moi, je ne peux qu'imaginer, mais elle va devoir affronter ses souvenirs.

— Je peux avoir un autre café ?

Je me lève et je vais rincer la cafetière dans la cuisine. Je suppose qu'elle préfère ne pas m'avoir en face d'elle pendant qu'elle me raconte ça.

Sa voix me parvient alors que je remplis le filtre.

— J'avais laissé une baie vitrée entrouverte. Quand Lucio et les autres sont arrivés en amenant Laura, je tenais déjà sous contrôle les filles, Bonifaci et ses invités.

Je presse la fine poudre brune avec une cuillère.

Quand Lucio et les autres sont arrivés en amenant Laura...

Ça veut dire que les gars de l'escorte étaient déjà tous calanchés. Et que cette pauvre fille a été traînée là pour être sacrifiée à la raison d'État. Par celui pour l'amour duquel elle voulait changer de vie, si ça se trouve.

Carla poursuit. Je visse la cafetière.

— Gabriel Lincoln nous avait dit que la chambre forte se trouvait au sous-sol. Lucio et moi, on est descendus avec Bonifaci. Il a nié l'existence d'une pièce cachée, je lui ai tiré dans une jambe pour le décider.

J'allume le gaz. La flamme bleuâtre enveloppe le cul de la cafetière.

— Alors Bonifaci a craqué. Il nous a expliqué où se trouvait la chambre et nous a avoué la combinaison. Dès qu'on a pu l'ouvrir, Lucio l'a abattu.

La flamme tremblote, avec un effet hypnotique, comme les paroles de Carla qui m'arrivent de l'autre pièce.

— À l'intérieur, on a trouvé ce qu'on cherchait. On a ramassé les dossiers et on est remontés. Quand on est arrivés dans le salon, tous les otages étaient morts.

Le liquide sombre commence à jaillir, je referme le couvercle de la cafetière. J'attends le gargouillis final. J'éteins le gaz, et j'emporte le café dans le séjour.

Carla est immobile, les avant-bras posés sur la table, le regard fixe. Je verse du café dans la tasse devant elle.

— Chico et Sergio sont partis aussitôt remplacer ta voiture. Les autres et moi, on est retournés au pavillon sur la Rivoltana avec les dossiers.

Carla tend la main et saisit sa tasse. Elle boit une gorgée.

Je me rends compte que je n'ai aucune envie de ce café. Je veux juste entendre la fin de l'histoire.

— Parle-moi de Lucio.

C'est de cette nuit-là que je voudrais qu'elle parle, en vérité. Cette nuit où...

Sa voix met un terme à la dérive de mes pensées.

— Lucio était fatigué. J'avais compris qu'en fait il n'en pouvait plus de vivre comme ça, caché, enfermé dans son déguisement comme dans une prison. Les grands discours idéologiques, c'était pour la galerie. Un écran de fumée. La clandestinité, c'est usant. Un jour ou l'autre, on cherche une autre possibilité. N'importe laquelle, à n'importe quel prix, pourvu que ce soit à la lumière du soleil. Je l'ai séduit et je l'ai retourné, parce que j'étais sûre d'une chose.

— De quoi ?

— Qu'une fois les documents en main il saurait

qu'il la tenait, cette possibilité. Je l'ai donc aidé à prendre sa décision.

— C'est-à-dire ?

— Garder ces dossiers pour nous. En possession de preuves pareilles, on aurait autant de pouvoir que Bonifaci. La garantie de notre sécurité et une source d'argent intarissable.

Elle termine son second café, je m'allume une clope de plus.

— Le rêve absolu. Liberté, immunité, argent.

Elle me regarde.

— Restait un problème de taille. J'étais aussi certaine que Lucio se servirait de moi pour se libérer des autres, et qu'une fois atteint son but il se débarrasserait de moi. Je n'avais donc pas le choix. C'était lui ou moi.

Je jette la cendre dans ma tasse. Elle grésille légèrement au contact du liquide. Une question encore.

— Pourquoi tu as accepté de participer à tout ça ?

— Pour les mêmes raisons que tout le monde. L'argent. La volonté de puissance. Au choix.

Elle observe ses mains.

— Des choses qui n'ont plus aucun sens, à présent.

Elle se tait, puis pose de nouveau les yeux sur moi. Je ne sais pas ce qu'elle cherche sur mon visage. Je ne sais pas ce qu'elle y trouve non plus. Je tire une ultime taffe et j'éteins la Marlboro dans ma tasse. Une question demeure, et c'est la plus importante.

— Et maintenant, tu comptes faire quoi ?

Carla s'agite sur sa chaise, nerveuse.

— Je ne sais pas au juste.

Je la suis, tandis qu'elle se lève et s'approche des valises.

— Mais je sais que si je remets ce matos à la personne qui m'a chargée de le récupérer, avant une heure je serai une femme morte.

On échange un même regard.

C'est l'heure des miroirs.

Dans ses yeux passe l'ombre de la seule certitude des humains. La fatigue et la désillusion d'avoir brisé des vies et compris que c'était inutile. L'angoisse d'avoir à lutter encore pour sauver sa peau.

D'un coup, Carla retrouve son assurance.

— Laisse-moi six heures d'avance, et va voir la police.

— Et je leur dis quoi ?

— Tout ce qui vient de se passer.

— Ils ne me croiront jamais. Je n'ai pas d'alibi, ni la queue d'une preuve.

— Tu vas l'avoir.

Elle se penche et fait jouer la languette d'une des valises. Elle est remplie de chemises cartonnées multicolores, plus ou moins volumineuses, fermées avec des élastiques et marquées d'étiquettes. Elle en manipule quelques-unes avant de trouver celle qu'elle cherche. Elle l'ouvre, la parcourt en vitesse, la pose sur le sol. Puis elle referme la valise et sort une veste de son sac. Elle l'enfile et se relève, la chemise à la main.

— Il y a là-dedans des documents qui incriminent l'homme qui a organisé tout ça. De quoi le clouer au mur. Ce sera ton assurance-vie.

Elle fait deux pas, laisse la chemise sur un meuble, et retourne aux valises.

— Les autres seront la mienne.

— Où vas-tu ?

— Moins tu en sais, mieux c'est.

À son expression, je vois bien qu'elle n'en a aucune

idée. Où qu'elle aille, j'espère qu'elle y trouvera la paix. Mais j'en doute sérieusement.

— Tu as du pognon ?

— Oui. Il y en avait un paquet dans le coffre-fort de Bonifaci. Un homme qui ne se fiait pas aux banques. Pas même aux siennes.

Il n'y a plus grand-chose à ajouter. Carla s'approche et ses lèvres effleurent les miennes.

— J'aurais aimé être une personne différente et te rencontrer dans d'autres circonstances. Ça aurait pu être une belle histoire.

À cause de l'odeur de sa peau et de la douceur de ses lèvres, il me vient une supplique, que je regrette au moment même où je la formule.

— Je te reverrai ?

Elle pose un doigt sur ma bouche pour me faire taire. Dans ses yeux, à la fois un espoir et une condamnation. Elle se retourne, ouvre la porte, traîne son sac et les valises sur le palier. Puis le battant se referme et je vois son visage disparaître.

Je reste seul face au panneau de bois.

Le bruit de l'ascenseur qui arrive à l'étage marque le début d'un voyage. Celui de Carla sera une fuite éternelle, une malédiction. Et je suis maudit moi aussi, car je ne regrette même pas d'éprouver de la pitié pour une meurtrière.

21.

La fatigue s'abat sur moi à l'instant où je me rends compte que les jeux sont faits.

Je suis là, encore debout, immobile. Tension, peur et excitation se sont évanouies : le vent est tombé et je me sens comme une coquille vide. Plus un milligramme d'adrénaline dans mes veines, et peut-être même plus une goutte de sang. Il s'est répandu je ne sais où et moi, au centre de cette pièce, je ne fais plus partie des vivants.

Voilà pourquoi j'ai tellement envie de dormir. Parce que le sommeil est la condition des morts.

La chemise, lourde de ses secrets, repose sur le meuble. Je n'ai même pas la curiosité d'aller l'ouvrir. Les événements de cette journée appartiennent au passé et, comme toutes les choses du passé, elles n'apprendront rien à personne. Tout ce que je sais, c'est que j'ai eu une occasion, et que je l'ai perdue.

Le chaos et le hasard, tu te souviens ?

Dans la chambre, je m'allonge sur le matelas et je tire sous ma tête un oreiller sans taie. Je m'endors. Ma dernière pensée avant de sombrer dans le sommeil, c'est que Carla m'a demandé six heures.

Première heure.

Je dors.

Par une lumineuse matinée dominicale, grasse pour le reste du monde, mais haletante pour elle, Carla roule dans les rues de Milan. Elle gare la caisse à une place quelconque à l'aéroport de Linate. Elle sait qu'elle ne reviendra pas payer la note. Elle se fiche d'effacer ses empreintes. Au point où en sont les choses, que j'aie pu laisser les miennes au pavillon sur la Rivoltana n'a plus guère d'importance. À quelques kilomètres de là, dans une maisonnette isolée jonchée de macchabées, des photographes déclenchent leurs appareils, fixant sur leurs pellicules la position des corps. Les flashs lancent des éclairs d'une fraction de seconde, sans réveiller une étincelle de vie dans tous ces yeux morts. Des techniciens de la police scientifique établissent des relevés pour tenter d'établir quelle arme a tiré, combien de fois, et de quel angle.

Deuxième heure.

Carla charge les valises sur un chariot en se disant que c'est lourd de survivre, des fois. Elle pénètre dans le terminal et se plante sous le tableau des horaires de départ. Buenos Aires, Rio de Janeiro, New York, Caracas. Une ville vaut l'autre. La destination importe peu, ce qui compte, c'est l'heure du départ. À quelques kilomètres de là, dans la cour d'une maisonnette isolée, arrivent des voitures escortant des berlines qui transportent de gros poissons. Ceux qui décident sur le terrain de ce qu'il faut faire, de ce qu'il faut dire et de ce qu'il faut taire. Des hommes s'affairent, expliquent, émettent des hypothèses, vérifient des papiers, prononcent des noms. L'un d'eux est le mien.

Troisième heure.

Carla a acheté un billet de classe affaires pour le premier vol où elle a trouvé de la place. Elle a payé en liquide, chose qu'elle devra faire pendant un certain temps, dorénavant. Peut-être a-t-elle présenté un faux passeport, et qu'il ne reste de la vraie Carla Bonelli que sa photo. Si tant est que ce soit son vrai nom. Elle a fait enregistrer ses précieuses valises et elle passe les barrières, carte d'embarquement en main. Elle espère qu'elles ne se perdront pas en route. Le risque existe, mais c'est la vie. La sienne, en particulier. Elle grimpe dans la navette et s'installe au fond. Dans le sac à ses pieds, des fringues et du fric. Le flingue, elle l'a jeté dans une poubelle du parking. À quelques kilomètres de là, dans une maisonnette isolée, un médecin légiste autorise l'enlèvement des corps. Restent sur le sol les dessins des corps tracés à la craie et les balises signalant la position des douilles. Dehors, les journalistes se pressent. Comme toujours, grâce à leurs « sources sûres », ils ont eu vent de la nouvelle, et maintenant ils veulent savoir. Un minimum, juste ce qu'il faut pour amorcer la bombe antipersonnel de l'imagination.

Quatrième heure.

L'avion est en file, attendant l'autorisation de décollage. Carla a rangé son sac dans un compartiment, avec l'aide gracieuse d'une hôtesse. Elle attire les œillades intéressées d'un ou deux passagers. Des regards qui résument toute l'histoire du monde, sauf celle de Carla. S'ils savaient, ils repiqueraient aussitôt du nez dans leur journal. D'autres l'ignorent trop ostensiblement, peut-être dans l'espoir de se faire remarquer. À quelques kilomètres de là, dans une maisonnette isolée, quelques hommes montent la garde en attendant la pose des scellés. Les gros poissons s'en vont faire leur rapport, à des poissons plus gros encore qui à leur tour rendront compte à d'énormes poissons. L'escalier monte et paraît sans fin, mais il faut faire gaffe à la dernière marche, car, passé celle-là, on chute. À quelques kilomètres de là, un malfrat du nom de Tano Casale tripote une grille du Totocalcio qu'il croit gagnante en se demandant quoi faire. Ma proposition l'a alléché, piqué. Ma clandestinité lui crée un problème, mais il a décidé d'attendre et de voir comment se terminera l'affaire. Il se dit qu'il peut faire ça tout seul, qu'au fond il n'a besoin de personne. De toute façon, il est le maître du monde, et même de Milan, en partie.

Cinquième heure.

L'avion est désormais un point dans le ciel, vu d'en bas. Un sillage de fumée au décollage, un autre à l'atterrissage, dans un autre ciel. Carla frissonne, fatigue et baisse de tension. Son esprit est vide et son corps exige le repos. Elle a remis à l'arrivée toute planification, toute perspective, toute hypothèse de stratégie. Elle a basculé son siège dans la position la plus confortable, a disposé l'oreiller sous sa tête et s'est recouverte du léger plaid fourni par la compagnie. Les moteurs ronronnent. À des kilomètres de là, se tiennent des réunions où l'on met au point la version officielle des faits et où on décide de ce qui restera un secret tout court, ou un secret d'État. Un inspecteur de police du nom de Stefano Milla se demande si c'est risqué ou non de s'offrir l'Alfa Romeo Spider dans laquelle il se voit déjà rouler, cheveux au vent. Le pognon, il l'a, et il n'éprouve pas le moindre remords pour la manière dont il l'a gagné. Le seul truc chiant, c'est de pouvoir le justifier.

Sixième heure.

Carla dort.

Je me réveille.

La montre à mon poignet affiche une heure qui n'a aucun sens. J'envisage d'allumer la télé, mais j'abandonne vite cette idée. Je ne trouverais à l'écran que Corrado de « Domenica in » ou bien la bande à Arbore de « L'altra domenica ». Zéro journal télévisé à cette heure-là. Les gens veulent s'amuser : il y a ceux qui ne veulent pas savoir et ceux qui veulent oublier. C'est une des applications humaines de la loi commutative. Quel que soit le choix, le résultat est le même. D'ailleurs, étant donné ce que je sais, ça ne ferait que me confirmer combien ces nouvelles sont lacunaires.

Je me lève et je file à la salle de bains. Je suis ma routine, comme si c'était un réveil ordinaire. Je pisse. Je me passe de l'eau sur le visage. Je me lave les dents et soudain je me dis que ça fait des siècles que je n'ai rien avalé. La nourriture, c'est un truc pour les vivants, et je n'y ai pas droit.

Le chaos et le hasard. Maintenant je me souviens.

À la lumière incertaine qui filtre des volets, le miroir me renvoie un reflet qui n'est pas le mien. Je ne m'appartiens pas puisque je porte un nom qui ne me protège plus. On ne peut rien y faire, c'est comme une chemise élimée qui n'est plus bonne qu'à jeter.

Le sol du séjour est sale et glacé sous mes pieds nus. Les conditions d'hygiène laissent souvent beaucoup à désirer dans la clandestinité. J'ai vu la baraque où Daytona agonisait, le pavillon où Lucio et les autres ont été abattus.

Je prends la chemise sur le meuble et m'assieds sur le divan qui m'accueille de son bruissement plastifié. Une étiquette blanche est collée sur la couverture. Une main pressée y a inscrit quelque chose à l'encre noire.

Dédale et Icare.

J'ôte l'élastique et je déplie les rabats. À l'intérieur, des photographies et un pli rassemblant divers documents. Je les feuillette, de plus en plus fiévreusement. Arrivé à la fin, je reprends tout dès le début, dans le calme. Ces pages et ces images sont le fil dans un labyrinthe souterrain, un parcours creusé mètre après mètre grâce à une totale absence de scrupules, mené à bon port par l'ambition la plus effrénée. Il y a de quoi y perdre son bon sens, parce qu'il est toujours difficile d'admettre que l'abjection humaine est sans limites. Là-dedans, il y a assez de preuves pour qu'un juge se bouge le cul, en admettant que personne ne lui barre la route.

Je referme la chemise et m'appuie sur le dossier du divan.

Le plafond est l'écran sur lequel ma mémoire projette des images. Je revois des visages, des lieux, des couleurs. Et puis des routes, des personnes, des clichés à la plage, des jeux de gamins, des amours de jeune homme, des cachettes dangereuses.

Et voilà que, sans prévenir, je me mets à rire.

Je ris de moi, qui ai passé toutes ces années à soupçonner ce qui est désormais une certitude. Je ris pour cette lame de rasoir qui m'a condamné à n'être qu'un spectateur jusqu'à ma mort, moi qui, comme un con, croyais pouvoir encore agir. Je ris pour Carla et pour tous les avions qui, hélas, atterrissent un jour ou l'autre. Je ris pour les seins de Barbara et la peau blanche de Cindy et pour Laura, l'amoureuse trahie. Je ris pour Lucio, sa musique sans âme et ses années de fiction inutile. Je ris pour Giorgio Fieschi, qui aurait pu vivre dans le vacarme des applaudissements et qui est mort dans le souffle léger d'un silencieux. Je ris pour Daytona, sa montre et sa mèche, coquet jusque dans l'agonie. Je ris pour ces hommes qui en protégeaient d'autres et que personne n'a protégés. Je ris pour les idéaux qui portent la mort, et pour la mort des idées. Parce que seuls les crétins et les innocents n'ont pas d'alibi. Parce que le chaos et le hasard ne gouvernent pas le monde, mais le détruisent.

Je ris, à en perdre le souffle.

Si fort que mes poumons me font mal. Si fort que je crains qu'un voisin cogne au mur pour faire cesser ce bordel. Puis je me retrouve couché sur le divan, le visage mouillé de larmes baignant le plastique.

Larmes de libération, de chagrin et d'adieu.

Je me reprends et me relève. Je sais ce que je vais faire. Avant tout, mettre la main au plus vite sur Ugo Biondi. J'essaie d'appeler son cabinet, par acquit de conscience, mais ça ne répond pas. J'avais le vague espoir qu'il y soit, préparant quelque plaidoirie, mais penses-tu. Ugo n'est pas Stakhanov, c'est le roi des fainéants.

Même chose chez lui, où l'écho de la sonnerie résonne en vain dans des pièces que j'imagine richement meublées.

Reste un endroit où je devrais pouvoir le trouver. Je sais qu'il a une petite villa sur le lac Majeur. Il y va parfois, en bon amateur de putains qu'il est, passer le week-end avec la demoiselle du moment. Il m'est arrivé de lui en offrir une. À titre gracieux, frais de relations publiques.

Je me souviens du nom du patelin.

J'appelle les renseignements, je leur demande les coordonnées d'Ugo Biondi à Arona et on me passe son numéro.

Chacun de mes gestes est efficace. Tout sonne clair. Le doigt dans les trous du cadran mobile, les cliquetis quand il revient en place. Je suis lucide et déterminé comme si je m'étais fait une ligne de coke.

J'attends longtemps sans que personne décroche. La réponse me surprend au moment où j'allais laisser tomber.

— Oui, allô ?

Un peu essoufflé, comme s'il avait couru.

— Ciao Ugo, c'est Bravo.

Il est séché. J'aurais eu la même réaction à sa place.

— Putain ! Où es-tu ?

— Quelque part.

Il va droit au but.

— Tu es dans la merde jusqu'au cou.

— Plus maintenant. J'ai tout résolu.

— Qu'est-ce que ça veut dire, j'ai tout résolu ?

— Je suis innocent et j'en ai les preuves. J'ai l'intention de me rendre et je veux que tu m'assistes. Ça devrait te faire un bon coup de publicité. Ce sera compliqué, mais qu'est-ce qui est simple, dans ce monde, je te le demande ?

Une seconde d'évaluation. Une autre pour répondre.

— Je suis au lac.

Mon coup de fil doit l'avoir pas mal secoué, pour qu'il me dise une connerie pareille.

— Je m'en doute, c'est là que je t'appelle.

— Mais je sais, merde ! Je voulais dire qu'il me faut un moment pour rejoindre Milan.

— Prends ton temps. C'est pas après toi qu'on court.

Un blanc à l'autre bout du fil. L'avocat doit se demander comment je peux plaisanter, vu ma situation. Ce qu'il ignore, c'est que je m'apprête à vivre un grand moment. J'en profite pour poursuivre.

— Tu penses mettre combien de temps, plus ou moins ?

— Une heure un quart, une heure et demie, selon le trafic.

Je raccroche avant qu'il puisse répliquer. S'il était en main, il va laisser sa belle au plumard à mi-chemin du paradis, sauter dans son futal et rappliquer à fond de train.

Il ne me manque plus qu'un dernier coup de bol. J'ouvre quelques portes et deux ou trois tiroirs, jusqu'à ce que je dégote un annuaire de Milan. J'y cherche le nom de Stefano Milla. Il est peut-être en service, c'est même probable, étant donné la panique ambiante, mais je préfère éviter un coup de fil au commissariat.

Il décroche à la sixième sonnerie, avec la voix atone du gars qui a bossé toute la nuit et qu'on réveille. Je m'en contrefous, ça va sans dire.

— Allô ?

— Ciao Stefano, c'est Bravo.

Silence. Il n'en croit pas ses oreilles. J'entends le bruit des draps qu'on froisse, il vient de s'asseoir d'un coup sur son lit.

— Allô ?

— C'est Bravo, je te dis.

— C'est bien ce que j'avais compris, hélas. Je voulais juste en être sûr.

Je prends ma plus belle voix de circonstance.

— Comment vas-tu ?

— T'es gonflé, connard. T'as une idée du nombre de types qui te cherchent ?

Rien ne vaut un connard pour en repérer un autre, je ne peux pas lui dénier ce mérite.

— Je sais. Ils sont bientôt au bout de leurs peines. Je vais me rendre. Mais avant ça, j'ai besoin de ton aide.

— T'es pas un peu dingue ? J'ai déjà couru assez de risques pour toi.

— Deux solutions. La première : tu fais ce que je te demande, tu ramasses un paquet de pognon et en prime, tu te fais mousser devant ta hiérarchie.

— Et la deuxième ?

— Tu fais ton malin et tu te pointes avec tes sbires à l'adresse que je vais te donner. Dans ce cas, je te garantis qu'au retour on sera deux à porter les pinces. Je ne sais pas si je me fais bien comprendre.

Il baisse d'un ton, façon gentil flic. Peut-être même plus flic du tout.

— Bravo, tu ne peux pas me faire ça. J'ai toujours été ton ami.

— T'as pas d'ami, Stefano. Tu dois même avoir du mal à te supporter toi-même, des fois. Mais bon...

Je laisse un blanc, histoire de le garder un moment sur la braise. Quand il est bien chaud, il reprend.

— Mais bon ?

— Je suis innocent, Stefano. J'ai des preuves. Du lourd qui va faire très mal.

— Mais comment t'as fait pour t'envaser comme ça ?

— On m'y a plongé de force, dans la vase. Alors je vais m'en sortir de force. Si tu me files un coup de main, tu feras partie des gagnants. Et, j'insiste, tu toucheras un beau paquet de fric.

Ces derniers mots ont l'air de l'apaiser.

Il serait moins rassuré s'il connaissait les noms qui dorment dans cette chemise cartonnée. Et s'il savait ce qui va se passer avec Tano Casale.

— Qu'est-ce que je dois faire ?

— Attendre chez toi. Je t'appellerai plus tard et je te dirai où aller.

— Quand ça, plus tard ?

— Cinquante millions, ça te va comme horaire ?

À lui non plus, je ne laisse pas le temps de réagir, et je raccroche. Il va faire ce que je lui dirai, maintenant et après, j'en suis sûr. D'abord parce qu'il se chie dessus, ensuite parce que cinquante millions, il ne les a jamais eus, même en rêve. Il serait infoutu de savoir combien de zéros ça prend.

Il ne me reste plus qu'à patienter.

Je suis un peu moins fébrile. Le temps ne joue plus contre moi et je ne risque plus la collision frontale. J'ai encore dans la tête un avion, qui emporte une femme endormie, mais il s'éloigne à chaque minute qui passe. C'est le moment de penser à celui qui m'emportera. Où ça, je le déciderai au dernier moment moi aussi.

Dans la salle de bains, je retrouve posé sur un meuble le numéro de *LaSettimana Enigmistica* qui m'a permis de démasquer Lucio. Installé à la table du séjour, je l'ouvre à la page du Sphinx, à la recherche d'une énigme.

Le magistrat nous trompe (2, 4, 4).

Ça me fait sourire, c'est de circonstance. La solution est une phrase composée de trois mots de deux, quatre et quatre lettres, qui recomposés en donnent une de deux mots de deux et huit lettres. J'allume une clope. Sur la table traînent deux tasses. L'une a dû garder le goût des lèvres de Carla. L'autre est pleine d'un café froid, celui que je n'ai pas bu.

Je réfléchis à mon énigme. J'ai un peu de mal à en venir à bout, mais j'y arrive.

Le juge ment.

Le jugement.

Pas si ardue, somme toute. Tout problème révèle sa fragilité, une fois résolu. Il suffit parfois de tomber sur une curiosité dans une revue de mots croisés, ou de trouver un pistolet caché, quand on sait où chercher.

D'autres fois, c'est en ouvrant une chemise cartonnée. Dommage qu'on perde en route tant de choses et de gens.

J'éteins ma clope dans le café froid. Le bruit d'une clé qu'on tourne dans la serrure couvre son grésillement.

Je me tourne vers la porte.

Le battant s'ouvre. Sur le palier, deux silhouettes et une valise en toile posée à terre. Une femme vêtue d'une veste de drap me dévisage, étonnée et craintive. À son côté se tient un petit garçon pâle, aux cheveux sombres, d'à peu près cinq ans. Ils ont l'allure de voyageurs fatigués qui ignorent encore si l'endroit où ils débarquent vaut mieux que celui d'où ils ont décampé.

22.

La Giulietta de Stefano Milla est garée du côté droit de la chaussée, au bout de la via Carbonia. Alentour, un quartier populaire de Milan profite du crépuscule de ce dimanche de printemps. Le samedi n'est plus qu'un souvenir, et le lundi une perspective déprimante. Restent ces quelques heures. Un match de foot, un film, une pizza, une partie de flipper, un groupe dans un bar ou une discothèque. Un homme, une femme, le siège arrière d'une voiture, un lit, une branlette dans l'obscurité d'un cinéma, des patins maladroits d'adolescents. Un pétard, une ligne de coke, un shoot, un godet de mauvais pinard, un Coca, un verre d'eau minérale avec une rondelle de citron. À chacun son remède pour supporter d'être ou de ne pas être.

Hamlet avait le cul bordé de nouilles.

Moi, je ne partage rien avec ceux qui m'entourent. Pas le passé, ni le présent, encore moins le futur. Pas mon nom, que je cache. Ni même ma gueule, que je ne peux pas montrer, et que je planque derrière un col relevé, des lunettes noires, une barbe et un chapeau de Carmine déniché dans un placard. Ce samedi fut un festival de coups de feu et de cadavres dans un pavillon pas loin de Segrate. J'ai eu beau me laver, je sens encore sur ma peau les éclaboussures du sang de Lucio.

Je me rappelle ce qu'il m'a dit, la nuit où je suis allé me jeter dans la gueule du loup.

Je suis un homme mort, exactement comme toi.

Mais je suis bien vivant. J'espère que je ne vais pas le regretter.

Je traverse la rue. Sur le trottoir d'en face, je croise un jeune couple. Le gars est squelettique, il porte les cheveux longs et une veste militaire kaki, un genre de parka de saison. Les joues de sa grosse copine sont boutonneuses et sa tignasse crêpée.

Laurel et Hardy marchant enlacés.

Je les trouve très beaux.

Je continue jusqu'à la bagnole de Milla. Je balance mon sac sur le siège arrière. Puis je viens m'asseoir à la place du mort. Il se tourne vers moi et considère mon déguisement. Mon portrait-robot, il est vrai, n'a pas grand-chose à voir avec ma dégaine actuelle. Milla porte des lunettes noires, lui aussi. Il est tendu, anxieux. Il aimerait mieux être quelqu'un d'autre, si possible ailleurs, et ça se voit.

S'il espère donner le change, c'est raté.

— Nom de Dieu, Bravo. T'as une idée de la panade dans laquelle tu me mets ?

— Je ne te mets dans aucune panade, je t'en sors.

Je jette mon galure à l'arrière. Je me passe les mains sur le crâne. Pas l'habitude d'une coupe aussi courte.

— Quand tout ça sera terminé, aux yeux de tes chefs, tu seras l'inspecteur héroïque auquel je me suis rendu. Tu seras riche. Et si tu fais ce que je te dis, tu seras un homme libéré.

— Libéré de quoi ?

— De ta love story avec Tano Casale.

Une drôle d'expression passe sur son visage, trop vite pour que je la déchiffre.

— Je ne sais pas ce que tu as dans la tête, mais s'il a vent ce qui se trame dans son dos, je suis un homme mort.

J'ôte mes lunettes et je le regarde.

— Je l'ai été moi-même pendant un moment. Comme tu vois, c'est pas si grave.

Il se décide à démarrer.

— On va où, bordel !

— Piazza Amendola, au cinq. Devant la station de taxis.

Il démarre. Je remets mes lunettes et je me carre. On tourne à droite et on s'engage dans la via Arsia, en direction de la Fiera. Je me répète que tout va bien se passer. Que plus rien ne peut m'atteindre, me blesser. C'est moi, maintenant, qui suis capable de faire des dégâts, avec ce que j'ai dans mon sac.

Et c'est bien ce que je vais faire.

On s'arrête à un feu, à côté d'une pharmacie de garde. Une femme et sa fillette en poussent la porte. Je repense à cette mère et à son fils que je viens de croiser dans un appartement qui fut mon seul refuge, et où je n'irai plus.

Quand je les ai vus sur le seuil, je suis allé à leur rencontre.

La femme a serré l'enfant contre sa hanche. D'abord elle s'est raidie. Puis la crainte et la surprise ont laissé place à la fermeté. Celle-là même qui l'a poussée à quitter son mari quand elle a compris qu'il ne changerait jamais, puis décidé que son petit ne pousserait pas dans la maison d'un délinquant.

— Qui êtes-vous ?

— Je suis Bravo, un ami de Carmine. Je suppose que vous êtes Luciana, son épouse.

Elle m'a ignoré, son regard explorant l'intérieur derrière moi. L'épithète d'épouse de Carmine avait cessé de lui faire honte depuis longtemps et n'était plus qu'un détail fâcheux, comme la poussière sur les meubles et l'état piteux de l'appartement. Elle se rappelait peut-être l'époque où ces meubles étaient les siens, l'endroit plus propre et sa vie un peu plus crade.

— Carmine vous a loué la maison ? Comment se fait-il qu'il n'ait pas changé la serrure ?

J'ai fait un large geste, censé englober maison, serrure, et décisions.

— Je ne suis pas vraiment locataire. Quand Carmine...

J'ai observé le gamin qui nous reluquait, sa mère et moi. Des éponges, à cet âge-là. Ils comprennent bien plus de trucs qu'on le croit. Et ce qu'ils ne comprennent pas reste parfois imprimé et caché quelque part. Souvent, ça finit par faire plus de dégâts. J'ai donc préféré ne pas prononcer devant lui le mot « arrêté ».

— Quand Carmine a eu des problèmes, c'est moi qui ai continué à régler les factures et les charges de copropriété.

— Pourquoi ?

— On fait des choses sans raison, des fois.

— Il y a toujours une raison, même quand on dirait que non.

Elle a tourné vers moi des yeux désabusés. Elle devait avoir l'habitude d'examiner les inconnus pour distinguer les voyous, comme son mari, des flics. Sans savoir laquelle de ces catégories était la plus dangereuse. Mais avec une conviction : l'une comme l'autre lui étaient hostiles. Une semaine auparavant, je l'aurais rangée dans la case « pas mon problème » et j'aurais passé mon chemin. À présent, mes certitudes présentaient quelques failles, et cette case n'était plus si solide. Les siennes, par contre, étaient inébranlables.

Elle ne m'a rien laissé ajouter.

— Vous vous cachez ici ?

J'ai hoché la tête.

— Plus maintenant. J'ai eu des petits soucis, mais ça se tasse. Je vais m'en aller.

— Vous êtes armé ?

— Non.

Elle a dû se dire que j'étais sincère. Par la force des choses, elle devait aussi avoir pour règle de ne pas se mêler des affaires d'autrui. Elle a empoigné sa valise et poussé le gosse à l'intérieur. Puis elle s'est penchée sur lui et l'a débarrassé de son blouson, un peu trop chaud pour la saison.

— Désolée, mais je ne savais pas où aller. On arrive tout juste d'Allemagne. Une de mes anciennes voisines m'a dit qu'ici, c'était vide. Je m'étais toujours demandé pourquoi je la gardais, cette clé. Aujourd'hui, je le sais.

Le gamin, plus à l'aise, s'est senti libre de parler.

— Maman, j'ai envie de faire pipi.

Elle a enlevé sa veste, l'a jetée sur le divan. Elle portait une jupe et un tricot aux couleurs mal assorties, par nécessité plus que par goût personnel. Un peu grasse, mais bien faite. C'était sûrement une belle fille, avant que la vie ne lui administre sa thérapie de choc.

— Viens, on y va.

Elle est allée vers la salle de bains en tenant son fils par la main. J'ai attendu un instant, puis j'ai pris mon dossier et je suis allé dans la chambre. J'entendais l'eau couler, j'ai enfilé des chaussettes et mes pompes, sorti mon blouson de mon sac, rangé dedans toutes les fringues qui traînaient. J'ai pris le fric et la grille dans leur cachette, mis le premier dans le sac avec le dossier, et la seconde dans mon larfeuille. Quand la mère et son fils ont eu fini, je les ai vus passer devant la porte sans faire gaffe à moi. J'ai fait un dernier tour, pour vérifier. Plus une trace de ma présence, l'empreinte de mon corps sur le lit mise à part. Celle-là aussi disparaîtrait.

Dans le séjour, j'ai posé mon sac à côté de la valise de Luciana. Ceux qui arrivent et ceux qui partent. Toujours la même histoire. À un détail près. Au retour, les valises sont toujours plus lourdes.

Je suis resté à la porte de la cuisine. Luciana donnait à son fils un verre d'eau du robinet. Le môme me fixait de ses yeux sombres et sans joie. La mélancolie de certains voyages ne fait décidément de cadeau à personne.

— Vous avez mangé ? lui ai-je demandé.

— Un sandwich dans le train.

Je lui ai montré les placards et j'ai ouvert le frigo.

— Il y a plein de trucs là-dedans. Des conserves, mais ça peut suffire pour quelques jours.

Luciana s'est mise à évaluer le stock. Le petit est passé au salon pour explorer son nouveau domaine.

Après l'inspection, elle m'a regardé, avec son gentil visage et son regard qui avait dû être vif, jadis.

— Si vous avez faim, je peux faire des pâtes.

— Non, merci, je suis un peu pressé. Des choses à faire. J'aurai tout le temps de manger ensuite.

On a entendu la voix du petit dans l'autre pièce, plaintive.

— Maman, je saigne du nez.

— Oh, Rosario, encore !

Elle est passée devant moi, a rejoint son fils qui

se tenait debout, la tête en arrière. Un filet de sang coulait de sa narine droite. Elle a fouillé dans son sac et en a tiré un mouchoir déjà maculé de taches rouges, s'est accroupie en l'appuyant contre le nez du gamin.

Puis elle s'est tournée vers moi, les yeux brillants de larmes.

— Je suis rentrée parce que mon enfant va mal. Il est hémophile et je ne pouvais pas le faire soigner en Allemagne, parce que la Sécurité sociale ne me remboursait pas les soins. Il lui faut des injections qui coûtent très cher, et cet argent, je ne l'ai pas.

Elle s'est reprise, prête au combat.

— Mais je l'aurai. Même si je dois obliger Carmine à vendre cet appartement. L'acheter est la seule chose sensée qu'il ait faite.

Elle a marqué une pause. Cette époque avait dû être difficile à oublier. Les décisions, dures à prendre.

— Quand je suis partie, je ne voulais plus rien de lui. Mais c'est différent maintenant. J'ai des responsabilités : je ne suis plus seule à bord.

Je n'ai pas eu le courage de lui apprendre que l'appartement ne pourrait pas être vendu, les familles des victimes s'étant constituées partie civile. Le procès pour les dommages et intérêts durerait des lustres, mais, en attendant, la disponibilité des biens était gelée.

Luciana a ôté le mouchoir : l'hémorragie avait cessé. Elle a essuyé les traces de sang sur le museau du petit, puis l'a embrassé.

— Tu vois, c'est fini.

— De toute façon, ça s'arrête toujours.

— Et maintenant qu'on est ici, on va te guérir et ça s'arrêtera pour de bon.

Rosario l'a regardée se lever.

— Je suis fatigué, maman. Je peux aller au lit ?

— Oui, vas-y. Tu vas faire un gros dodo pendant que maman préparera quelque chose à manger.

Luciana a saisi l'enfant par la main et ils ont disparu dans le couloir. Avant de sortir de la pièce, il a osé me dévisager franchement. Puis, l'air sérieux, il m'a fait un geste de la main, dont je n'ai pas bien pigé la signification. Mais il ne faut pas toujours chercher à comprendre.

J'ai attrapé le téléphone pour appeler Milla. Je lui ai filé l'adresse, et un rencard une heure plus tard. J'ai raccroché, le laissant à sa trouille et à ses états d'âme. J'en avais marre d'être tout seul sur le pont. Dorénavant, j'aurais de la compagnie.

J'ai retiré l'argent de mon sac, et j'ai compté trois millions. Si elle apprenait d'où venait ce pognon, Luciana froncerait peut-être le nez. Mais ça ne durerait pas, sachant l'usage qu'elle en ferait. Sa voix m'a surpris au moment où je posais les billets sur le meuble.

— Pauvre chéri, il s'est endormi tout de...

En voyant le fric, elle s'est tue. Elle m'a aussitôt regardé, la stupeur prenant le pas sur la méfiance, ou l'inverse, je ne sais pas. Elle n'avait jamais dû avoir sous les yeux une somme pareille. Mais elle en avait rêvé, depuis qu'elle savait son gosse malade, j'en suis sûr.

— Ça devrait suffire pour les premiers temps. Je suis certain que vous pourrez faire soigner Rosario sans être obligée de vendre la maison.

Luciana avait l'air à la fois soulagé et méfiant. Comme toujours, quand une femme reçoit un cadeau d'un homme sans contrepartie.

— Pourquoi faites-vous ça ?

— Ne me posez pas la question, je me le demande moi-même.

Elle a ramassé les billets et est allée les ranger. J'ai regardé ma montre. J'avais le temps, tout le temps qu'il fallait. Et, du coup, la faim m'était venue.

— Et maintenant, si ça tient toujours, j'accepterais volontiers ce plat de pâtes.

Une secousse met brutalement fin à ma rêverie. Un mec en vélo a tourné sans prévenir devant nous et Milla a freiné à mort pour l'éviter.

— Mais regarde-moi ce blaireau !

Je regarde ce blaireau, qui ne sait pas à quel point il a eu chaud aux fesses et pédale, peinard, vers un prochain coup de frein et d'autres anathèmes. Milla se relance, au propre comme au figuré. Ça m'étonne qu'il ait patienté aussi longtemps.

— Bravo, tu veux bien me dire ce qui s'est passé ? Tous ces morts, bordel...

— Je te jure que je n'ai tué personne.

Il attend la suite. Mais c'est au-dessus de mes forces.

— Pitié, Stefano. C'est une longue histoire, j'ai peur de devoir la raconter un paquet de fois quand on sera au commissariat. Un peu de patience, tu en auras bientôt marre de m'entendre la répéter.

— Dis-moi au moins où on va.

— Chez mon avocat. Je veux qu'il m'assiste quand on m'interrogera.

Voilà qui a l'air de le rassurer quant à mes bonnes intentions. Pour le reste, il est moins serein. Il a les couilles posées sur un piège à ours, et il sait que j'ai les moyens de le déclencher. Je connais cette sensation, plutôt inconfortable.

Entre-temps, on a longé la Fiera et on arrive piazza Amendola. Sur mes indications, Milla stoppe devant le porche d'un immeuble ancien haut de six étages. Au deuxième, le bureau où m'attend un maître du barreau. J'ouvre la portière et, avant de descendre, je laisse des instructions à l'inspecteur.

— J'en ai pour un moment. Tu pourrais faire un truc pendant ce temps-là. Contacte Tano. Dis-lui que je serai bientôt tiré d'affaire, mais que je vais être dans la ligne de mire de pas mal de monde. C'est trop risqué pour lui et pour moi de m'impliquer en personne dans l'opération dont on a parlé. Je pense qu'il sera d'accord avec moi.

— C'est tout ?

— C'est tout. Il saura.

Il me retient au moment où je pose le pied à terre.

— Bravo, je risque ma tête pour toi. Tu ne me dis rien à propos du pognon ?

— Quel pognon ?

— Ne joue pas au con. Mes cinquante millions.

Je lui souris. De ce genre de sourire qu'on adresse à un gamin qui saigne du nez.

— Tu ne les as pas encore gagnés.

— Comment ça, je ne les ai pas encore gagnés, je suis là, non ?

— Ta présence paye mon silence. Ce fric-là, c'est pour acheter le tien.

— Je ne comprends pas, Bravo.

— C'est pas utile, pour l'instant. Tu verras bien le moment venu.

— Et qu'est-ce qui me garantit que je les aurai ?

Je prends une expression fataliste signifiant que l'avenir est incertain pour tout le monde.

— Navré, inspecteur. Tu vas devoir me faire confiance, je le crains.

Je descends et je récupère mon sac à l'arrière. Je ferme les portières, le laissant le cul dans son siège et sur une planche à clous. Quelques pas plus loin, j'appuie sur la sonnette de maître Biondi.

La porte s'ouvre presque instantanément.

Je traverse le hall. Les vitres biseautées d'une porte, face à l'entrée, laissent passer une lumière tamisée. Je pénètre dans l'ascenseur. Nul graffiti dans celui-là, mais d'impeccables parois de bois, une bonne odeur de cire et même, ça me fait rire, une petite banquette recouverte de velours pour le voyageur éreinté.

J'appuie sur le bouton du deuxième étage, renonçant à m'asseoir. Ugo m'attend devant la porte.

— Ciao.

— Entre vite.

Il referme derrière moi. À sa suite, je traverse des appartements où flottent les parfums du papier, de l'encre et du cuir. Toutes les portes sont fermées, et si j'ai oublié à quoi servent les nombreuses pièces donnant sur le couloir, celle où on entre m'a tout l'air d'être son cabinet. Mon avocat se traite bien, c'est un fait, et par conséquent il traite bien ses clients. Lesquels, en général, ne le méritent pas vraiment, Biondi étant pénaliste.

Le bureau est un imposant meuble américain du début du siècle. Les étagères chargées de livres et de Codes qui tapissent la plupart des murs, comme le reste du mobilier, sont du même style. Pas une seule croûte parmi les tableaux.

Il m'indique l'un des deux fauteuils Frau placés devant le bureau.

— Installe-toi. Tu veux boire quelque chose ?

— Non, merci.

L'avocat s'assied à sa place, moi à la mienne. Répétition générale de la scène qui, d'habitude, succède aux rendez-vous comme le nôtre. Un siège pour l'accusé, un autre pour le juge.

Il s'empare d'un crayon et se met à jouer avec. Ça doit être une manie, quand il écoute un client. Les histoires que les pénalistes sont obligés d'entendre les rendent nerveux.

Tendu, il l'est sans aucun doute. Il a devant lui l'homme le plus recherché du moment. Et il accuse le coup.

— Il n'y pas à dire, tu es devenu une célébrité. De toute ma carrière, j'ai rarement assisté à pareil festival.

— Dis-toi que moi, je le vis de l'intérieur.

— Je t'écoute, dit-il en calant ses avant-bras sur le bureau.

— Je commence par quoi ?

— Par le début, c'est une technique qui a fait ses preuves.

Je lui expose les faits, m'étonnant d'être capable de suivre un fil aussi embrouillé sans m'y perdre. Ugo écarquille les yeux. À la fin de mon récit, il a cessé de torturer son crayon.

— Oh, putain !

Exact, mais la situation mérite qu'on charge un peu le concept.

— Putain de bordel de bon Dieu de sort, tu veux dire ! Mais c'est pas fini.

Je fouille dans le sac que j'ai posé à côté du fauteuil, et je balance la chemise sur son bureau.

— Jette un œil à ça.

Il la saisit, en tirant sur l'élastique, il ignore encore qu'il dégoupille une grenade. Il lui faut un peu plus que les sept secondes d'usage pour parcourir plusieurs fois les documents. Sur quoi il tire une tronche effarée qui doit ressembler à la mienne quand j'ai vu ce dossier pour la première fois.

— Bravo, ceci est une bombe atomique.

— Qui pourrait bien ne pas exploser.

On sait tous les deux ce que j'entends par là. C'est un truc si énorme qu'il a toutes les chances d'être enterré. Secret d'État, des mots magiques qui ferment toutes les écoutilles. Reste une autre possibilité. Il est le premier à l'évoquer.

— Elle pourrait tout aussi bien nous exploser à la gueule.

En lisant le dossier, il a compris que nos vies valaient moins que la corde pour nous pendre. De ces choses qu'on ne voit que dans les films... Je décide de mettre un peu d'ordre dans le souk qu'on a tous les deux dans la tête.

— Il y a une photocopieuse ici ?

— Bien sûr.

Biondi m'observe, comme s'il avait ébauché un plan, et qu'il était curieux de savoir si je pense à la même chose que lui.

— Tu as un coffre-fort ?

— Naturellement.

Je m'avance au bord du fauteuil.

— On pourrait procéder comme ça. Des enveloppes avec la copie du dossier, chacune adressée à la rédaction milanaise d'un quotidien. *Il Corriere della Sera*, *La Repubblica*, *La Stampa*, *Il Giorno*, *La Notte*. Tu les colles dans ton coffre-fort, et tu laisses un mot à ta secrétaire pour qu'elle les remette en main propre à qui de droit.

Il réfléchit.

— On va faire mieux que ça.

Il décroche son téléphone et compose un numéro. On lui répond aussitôt.

— Bonsoir Federica, Biondi à l'appareil. Je sais bien que nous sommes dimanche, mais je vous demande une faveur. Il s'agit d'une affaire de la plus haute importance. Dans une heure, des enveloppes portant des adresses à Milan seront posées sur mon bureau. Auriez-vous l'amabilité de passer les prendre et de les apporter à leurs destinataires ?

À l'autre bout du fil, on tente de sauver ce qui reste du week-end.

— Je préférerais que vous le fassiez ce soir même. Je vous expliquerai plus tard.

Pigeant que c'est une affaire sérieuse, Federica capitule.

— Je savais que je pouvais compter sur vous. Pour votre peine, vous récupérerez une journée quand vous voudrez. Je vous offre deux billets pour la Scala. Bonne soirée à vous, Federica. Merci encore.

La conversation civilement conclue, Ugo raccroche et, me montrant le téléphone comme si c'était la secrétaire en personne, me fournit des références que je n'ai pas demandées.

— Federica Isoardi, mon assistante. Vive, fiable et dévouée. Elle est aussi très mignonne, mais si efficace que je n'ai jamais tenté le coup de peur de la perdre.

Il m'adresse un regard entendu, les mains à plat sur la chemise.

— C'est peut-être un excès de prudence, mais j'aime autant que ce type de matériel ne dorme pas ici cette nuit.

Il soupire. Le monde est moche. Moche, sale et dangereux.

Il se relève comme si ça lui coûtait un effort surhumain.

— Bien. Mettons-nous au travail.

Je me redresse à mon tour.

— Je voudrais que tu fasses autre chose pour moi.

— Explique-moi.

Je prends mon portefeuille, je l'ouvre et j'en sors la grille et la coupure de journal avec les résultats des matchs de ce dimanche de baraka.

— Tu devras encaisser ça quand je te le dirai.

Il s'en saisit et, la tenant entre deux doigts, l'examine avec curiosité.

— Qu'est-ce que c'est ?

— Une grille gagnante à quatre cent quatre-vingt-dix millions.

— Oh putain !

Maître Biondi exprime sa surprise de manière assez itérative, il faut l'admettre.

— Sacrée gagneuse, hein ?

Il vérifie que les résultats de la grille et de la coupure coïncident. Je savais qu'il le ferait. Un peu par curiosité personnelle, un peu par déformation professionnelle. Il l'aurait fait même si sa propre mère lui avait confié cette grille. Case après case, il arrive au treizième résultat.

— Quatre cent quatre-vingt-dix millions. La vache !

Tenant ce bout de papier comme si c'était la chose la plus fragile au monde, Ugo s'approche d'un tableau accroché au mur sur ma droite. Il l'ouvre comme une porte de placard, découvrant un coffre-fort. L'expert qu'il est, disposant des meilleurs consultants en la matière, s'est pourtant montré incapable de trouver une planque moins triviale. Il compose la combinaison, la porte du coffre s'ouvre et il y range bien soigneusement la grille.

— Pendant que tu y es, ajoutes-y ça.

Je sors tous les billets de banque de mon sac. Je les lui colle dans les mains. La mine de plus en plus effarée, mon avocat remise le fric avec la grille multimillionnaire. Quand le tableau reprend sa place, sa valeur a explosé.

Ugo récupère la chemise sur le bureau.

— J'établirai un reçu pour tout ce que tu m'as confié. Mais je crois qu'on a plus important à faire.

— Je le crois aussi.

Je lui emboîte le pas jusqu'à la photocopieuse, planquée dans un réduit. On travaille à la chaîne, jusqu'à ce qu'on ait autant de copies qu'il le faut. À la fin des opérations, on dispose d'une série d'enveloppes kraft, toutes munies d'une adresse en bonne et due forme. À l'exception d'une. Pour mon usage personnel.

On dépose la pile d'enveloppes sur le bureau massif. Ugo s'assied et, sur du papier à en-tête, griffonne quelques lignes. Il date et signe, puis me tend la feuille.

— Voilà ton reçu. Désolé, je ne sais pas taper à la machine.

— Je m'en contenterai.

Une autre feuille, avec les instructions pour la secrétaire, rejoint les plis.

On se regarde, sachant tous les deux ce qui nous reste a à faire.

Ugo attrape une serviette en cuir sur une petite table à sa gauche. Il y range la chemise avec les originaux. Quand il se lève, c'est avec l'expression du guerrier prêt au combat. C'est pendant la bataille qu'il saura s'il s'attaque à des géants ou à des moulins à vent.

Plus qu'une chose à ajouter.

— Ugo, là en bas, il y a un flic qui nous attend.
— Quoi ?
— Calme-toi. C'est moi qui l'ai appelé, on va mettre au point ensemble une version plausible de mon arrestation. Je préfère que ce soit lui qui nous emmène au poste.
Ugo m'examine, de l'œil dubitatif de l'avocat face au délinquant en cavale.
— Pourquoi lui ?
— Parce que je le connais, et que je veux qu'il fasse bonne figure. Et aussi parce que c'est le seul à qui je peux demander de faire un détour avant de nous conduire là-bas.
— Pour quoi faire ?
— Je dois dire adieu à un vieux pote.
Ugo ne peut s'empêcher de me poser la question.
— Qui ça ?
— Francesco Marcona, mieux connu sous le nom de Bravo, lui dis-je avec un sourire.
Puis je lui tourne le dos et je marche vers la porte d'entrée.
Maître Biondi, avec sa belle serviette en cuir, planté à côté de son bureau de millionnaire, dans son cabinet de ténor du barreau, en reste pantois.
Moi, mon enveloppe kraft à la main, je suis heureux.

23.

La Giulietta roule sur le viale della Liberazione, à une vitesse raisonnable.

Milan a rallumé ses lumières et s'apprête à célébrer un nouveau rite nocturne. Les personnages de toujours vont entrer en scène. Richards, crève-la-faim, flics, demi-sel, artistes et putains. Les têtes changent parfois, les rôles jamais. En ce qui me concerne, c'est différent. Autour de moi, tout a bougé à la vitesse de la lumière. Pour le reste du monde, une semaine vient de s'écouler ; j'ai vieilli de plusieurs années.

Trop de sang et trop de morts, une impitoyable réalité.

C'est cette réalité-là que je m'apprête à affronter.

Stefano Milla conduit avec une prudence de débutant, comme s'il craignait d'attirer l'attention d'une patrouille de collègues. La présence de l'avocat l'a dissuadé de me rencarder sur sa conversation avec Tano Casale. L'étape imprévue, dont je l'ai informé en montant dans sa bagnole, a exaspéré sa nervosité.

La planche à clous sur laquelle il est assis est maintenant chauffée à blanc.

On s'engage dans la via Cartesio et on s'arrête à l'angle de la piazza Repubblica. Sur notre droite, on aperçoit les arbres qui bordent la façade de l'Hôtel Principe di Savoia.

Quand j'ouvre la portière, Ugo exprime tout haut ce que Milla pense sûrement tout bas.

— Bravo, tu sais ce que tu fais ?

— À cent pour cent.

Ma marge de sécurité est bien moindre, en vérité. Mais il y a des rendez-vous qu'on attend toute une vie, et parfois en vain. Quand ils se présentent, on ne peut pas s'y dérober. C'est le cas aujourd'hui. Pour le reste, l'avenir est dans les mains des dieux, ce qui n'est pas spécialement rassurant.

Je descends de voiture et je monte la rampe qui conduit à l'entrée de l'hôtel. Baies vitrées, bois et stucs. La lumière de ses lustres se déverse sur la rampe où l'on décharge des bagages. Dans les endroits aussi rupins, dès que la nuit tombe, c'est Noël.

De part et d'autre de l'entrée, deux voitures de police, comme c'est l'usage quand une huile est de passage. Les flics attendent à l'intérieur sur des sièges tapissés d'ennui. L'un d'eux me jette un regard distrait avant de se remettre à causer avec son collègue.

Peut-être qu'ils commentent les événements qui ont mis sur le pied de guerre les forces de l'ordre du pays. Mais si ça se trouve, ils se disent juste qu'un mois de leur salaire ne suffit pas pour s'offrir un week-end ici.

En franchissant le seuil, je me dis qu'il y a deux choses difficiles à vaincre dans ce monde : l'ennui, et la trouille.

À la réception, un portier en uniforme inspecte d'un air soucieux mes fringues pas très nettes, mon blouson de cuir et ma barbe négligée. Il reste malgré tout formel et courtois. Pas tant par respect pour moi que par égard pour lui-même.

— Bonsoir. Je peux faire quelque chose pour vous ?

Je lis dans ses yeux ce qu'il brûle de me dire vraiment.

Bouge ton cul et dégage, pauvre minable.

Typique des sous-fifres dépositaires d'une miette de pouvoir. Méprisants avec les faibles, obséquieux avec les puissants. S'il savait à quel point je l'emmerde, ça lui ferait tout drôle. Mais malgré tout, moi aussi, je suis courtois et formel. Pure autodérision, en ce qui me concerne.

— Vous pouvez certainement faire quelque chose pour moi. Je sais que le sénateur Sangiorgi est dans vos murs. Je dois lui remettre un pli. En main propre.

Il me toise comme si je venais de lui proposer la botte.

— Monsieur, je crains que cela ne soit impossible. Vous comprenez pourquoi. Si vous voulez bien me le confier, je m'engage à lui faire parvenir ce pli. Le sénateur a...

Je ne saurai jamais ce qu'a le sénateur car je l'arrête là.

— Appelez le sénateur ou l'un de ses collaborateurs, dites que Nicola Sangiorgi est dans le hall et demande à monter.

Le nom l'ébranle un peu. Reste l'hypothèse d'une banale homonymie, et il lui faut écarter cette possibilité.

— Vous êtes parent avec le sénateur ?

— On ne peut plus.

Je marque une pause, interminable.

— Je suis son fils.

Dix ans que je n'ai pas prononcé ces mots. Ils tombent sur le marbre avec un bruit sourd. Le réceptionniste doit l'avoir entendu lui aussi, parce qu'il change d'expression.

— Vous voulez bien m'excuser ?

— Oui, absolument.

Il file à l'extrémité du comptoir, soulève un combiné, compose un numéro interne et se met à parler. Son interlocuteur n'est pas n'importe qui, à voir comme il hoche la tête avec soumission.

À son retour, il est tout simplement courtois.

— Aurez-vous l'amabilité d'attendre ici, monsieur Sangiorgi ?

— Mais bien sûr. J'aurai cette amabilité.

Tellement confit dans ses bonnes manières qu'il n'envisage même pas que je me foute de lui. Je m'éloigne de quelques pas. Un parfum de richesse flotte dans l'air, les sofas sont tapissés de velours moelleux, les dorures sont somptueuses. Pourtant on ressent cette impression de provisoire qu'aucun hôtel, le plus fastueux soit-il, ne peut masquer. Quelle que soit l'étoffe des draps dans lesquels tu couches, le bois des chaises sur lesquelles tu t'assieds, le prix du champagne que tu écluses et celui de la femme que tu invites, une chambre d'hôtel reste une chambre d'hôtel.

Un type entre deux âges, pas très grand, barbe et cheveux poivre et sel, portant un costume marron

Mon Dieu comme je hais le marron

surgit de derrière une colonne en me cherchant des yeux. Il m'aperçoit et vient dans ma direction. Il croise un groupe d'étrangers marchant vers la sortie et cède le pas. Les femmes sont en robe de soirée, les hommes en smoking. Qu'ils aillent tous se faire foutre. Je ferais bien exploser une bombe à merde géante, histoire de tout repeindre en marron, à commencer par la face du cave qui arrive droit sur moi.

Il lui faut lever la tête pour me regarder. Ça ne lui plaît guère, on dirait. Il a l'accent sicilien. Je ne suis plus habitué à entendre sonner mon nom de cette manière.

— Vous êtes Nicola Sangiorgi ?

— Lui-même.

— Enchanté, je suis Enrico Della Donna. Le sénateur, votre père, m'honore de sa confiance.

Autant dire : je suis son secrétaire et je lui lèche le cul chaque fois qu'il le réclame.

On se serre la main sans le moindre enthousiasme.

— Vous êtes un peu différent des portraits que j'ai vus dans la demeure de votre père. Vous avez mûri, vous êtes devenu un homme.

Je ne crois pas qu'il attende une réponse. Je n'avais d'ailleurs pas l'intention de lui en donner une.

— Si vous voulez bien me suivre.

Della Donna me précède sur la moquette épaisse d'un couloir à la tapisserie chatoyante.

Son pas est celui d'un larbin. Le mien celui d'un fuyard qui n'a plus peur.

— J'ai su, par le sénateur, que vous travaillez en Amérique latine. Il est toujours louable de faire son chemin par ses propres moyens. Peu de jeunes gens dans votre situation auraient eu le courage de choisir le parcours le plus ardu.

Arrivés au bout du couloir, l'homme que mon père honore de sa confiance accomplit l'une de ses fonctions principales : il appuie sur le bouton de l'ascenseur.

Et continue à monologuer.

— J'imagine que vous êtes rentré lorsque vous avez appris qu'il était arrivé malheur à votre oncle. Une chose terrible. Nous nous sommes arrêtés ici à Milan en attendant que les autorités judiciaires donnent l'autorisation de procéder aux obsèques. Si vous nous aviez avertis, j'aurais envoyé une voiture vous chercher à l'aéroport.

J'ignore ce qu'il sait de mon histoire, parce que je ne sais pas jusqu'où va la confiance dont le sénateur l'honore. Son discours fait eau de toutes parts, mais personne n'est plus disposé que le porte-flingue d'un politicien à croire tout ce qui l'arrange.

On monte dans l'ascenseur et, selon l'étrange coutume qui s'applique dans tous les ascenseurs de la planète, le silence s'abat. Les parois de bois sont marquetées de ronce de noyer. Face à la porte, un miroir rend hommage aux passagers.

La cabine s'arrête en douceur.

Della Donna en sort. J'y reste. D'un geste, je lui demande de patienter.

— Excusez-moi un instant.

— Je vous en prie.

Je sors mon trousseau de clés de ma poche et choisis la plus effilée.

D'un geste ferme, le plus tranquillement du monde, je grave sur le bois luisant deux phrases.

Luca est une grosse fiotte.

Mary est une chienne.

Le lecteur me pardonnera, mais j'ai oublié les numéros de téléphone.

Della Donna ne fait aucun commentaire. Il ne doit pas en penser moins. Il a bien le droit, ça ne mange pas de pain. S'il fallait coller en taule tous ceux qui rêvent de buter leur prochain, la péninsule deviendrait une vaste prison.

La porte devant laquelle on s'arrête ne porte aucun numéro. Le larbin frappe avec discrétion et n'attend pas qu'on lui réponde. Il ouvre, me laisse entrer, puis referme doucement derrière moi.

Mon père est debout au centre de la pièce.

Grand, droit, solide : j'ai devant moi ce qui pourrait être mon portrait dans quelques années. Ses yeux noirs me scrutent sans curiosité et c'est réciproque. Je devrais ressentir de l'émotion, voir défiler des souvenirs. Je devrais lui tendre la main, ou cracher dans la sienne, s'il me la tendait. Au lieu de quoi, je ne sens rien. J'ai vu couler trop de sang ces jours derniers pour entendre son appel. Ce ne sont pas les retrouvailles d'un père et d'un fils. Seulement la rencontre de deux personnes qui, tôt ou tard, devaient se croiser.

Quelques mètres nous séparent, mais la distance est immense.

Son ton est celui de toujours. Il ne demande pas, il exige de savoir.

— Où étais-tu ?

— Vous voudriez me faire croire que ça vous intéresse ?

J'ai retrouvé mon accent sicilien, et l'ai vouvoyé, comme il vouvoyait son propre père. Il reste de marbre. Puis s'approche. Il est à un pas de moi. La gifle tombe sans prévenir, en pleine face. Mais je ne suis plus un gamin, ça ne me fait plus mal à présent.

Je redresse la tête et lui souris.

— Il est très facile de se cacher, quand personne ne vous cherche.

Le sénateur Amedeo Sangiorgi ne se trouble pas. Sa posture est immuable. Son timbre inchangé.

— Pourquoi es-tu parti ?

— Parce que j'avais peur.

— De qui ?

— De tout. Mais, par-dessus tout, de toi.

Il n'accuse même pas le coup. Pas plus que s'il entendait une des innombrables critiques sans importance présentées au Parlement par un membre de l'opposition. Il s'approche d'un guéridon où une bouteille d'eau minérale rafraîchit dans un seau. Il s'en verse un verre, le boit et le repose avec délicatesse, comme s'il doutait de sa solidité.

— Il en découle une question logique : pourquoi es-tu revenu ?

— Je suis revenu t'entretenir du chaos et du hasard.

Je lis le doute dans ses yeux. Son fils a-t-il perdu la tête ? Il va s'asseoir sur un canapé de velours cramoisi.

Je poursuis. C'est mon tour à présent.

— Je suis revenu te raconter comment ces deux facteurs ont pris Nicola Sangiorgi par la main et l'ont transformé en quelqu'un d'autre.

Je fais quelques pas dans la pièce. Mon regard tombe sur un tableau accroché au mur, une copie d'un des *Moulin de la Galette* d'Utrillo. Je sens ses yeux vrillés sur ma nuque.

— Peu après mon départ, je me suis planqué dans un hôtel minable à Rome. J'y ai connu un pauvre diable, employé au cadastre d'un village de la province de Pérouse. Sa femme avait un cancer, et il avait vendu tout ce qu'il possédait pour tenter de la faire soigner. Il avait besoin d'argent, et moi j'avais besoin d'un nom. Je lui ai procuré le fric et lui m'a trouvé le nom.

Je me retourne afin qu'il puisse me voir en face. Mais surtout afin de l'observer. Je ne raterais ce spectacle pour rien au monde.

— Il a falsifié pour moi la situation de famille d'un couple émigré en Australie. Hélas pour eux, ils sont morts peu après, dans un accident d'avion, lors d'un vol intérieur. Le chaos et le hasard dont je te parlais, en parfaite harmonie, comme tu vois. Note bien l'ironie du sort. À peine né, j'étais déjà orphelin. Pense à Marisa et à Alfonso Marcona, qui sont partis sans connaître leur fils unique, Francesco.

Il lui faut quelques secondes pour associer le nom et le prénom. Soudain il percute.

Les titres des journaux, le portrait-robot qui, à bien y penser, me ressemble. Les rapports de police qu'il a pu lire, c'est sûr, étant donné sa position.

— Tu es ce...

Je ne sais pas si sa voix défaille, ou si c'est parce que je l'interromps.

— Eh oui. Je suis le type qu'on a coincé pour arriver jusqu'à Bonifaci. Carla ne te l'a pas dit ? En admettant qu'elle s'appelle vraiment comme ça.

Je lui laisse un peu de temps pour tenter d'évaluer ce que je sais, me réservant le plaisir de lui faire peu à peu comprendre que je sais tout.

— Aurait-elle, par hasard, disparu dans le néant sans vous remettre, à tes amis et à toi, ce qu'elle était allée récupérer dans la villa de Lesmo ?

Il bondit sur ses pieds, des flammes dans les yeux. Un feu sans danger, qui ne consume que lui.

— Le cadavre de mon frère est encore tiède dans son cercueil, et toi tu oses te présenter devant moi avec ces inepties ?

— Ton frère est dans ce cercueil par ta faute.

C'est sur ce ton-là qu'on a demandé à Caïn raison de ses actes.

Pour la première fois de ma vie, je vois une lame entamer l'invulnérable cuirasse du sénateur Sangiorgi. Son timbre est un peu altéré, tandis qu'il s'approche du téléphone et soulève le combiné.

— Mais qu'est-ce que tu racontes ? Tu es devenu fou ? Je vais appeler la police et te faire arrêter.

— Inutile. Dès que je sortirai d'ici, j'irai me rendre.

Je balance l'enveloppe brune sur le canapé.

— Mais avant, je voulais te donner ça, tu l'as bien mérité.

Il raccroche maladroitement le combiné, le laissant de traviole sur le poste. Il a suivi des yeux le vol du pli, posé comme un bijou de pacotille sur le velours grenat, et s'approche du canapé en continuant de le fixer.

Il s'assied, saisit l'enveloppe et l'ouvre.

Tout est là, à l'intérieur.

Son histoire et celle de Mattia Sangiorgi.

Des photos de mon oncle nu dans un lit, enlaçant une inconnue. Les documents qui prouvent leurs liens avec la Mafia, plus précisément avec Turi Martesano, un des parrains les plus puissants de toute la Sicile. Son soutien aux deux frères, parvenus grâce à lui au sommet du pouvoir. Les marchés publics truqués, les trafics, la corruption, les personnes gênantes assassinées, les manipulations électorales.

Des années de vie, qui signifient des années de prison.

Quand il a fini de parcourir le dossier, mon père lève la tête. De l'homme qu'il fut jusqu'à aujourd'hui, il n'y a plus trace. Ce qui achève d'effacer celles de l'homme que moi, j'ai été.

Je n'ai plus qu'une question à poser.

— Pourquoi ?

Il me regarde.

Soudain, les souvenirs déferlent, réclamant leur dû. La maison de Mondello, l'odeur de la terre, le bleu de la mer, les promenades dans les rues de Palerme, le chien qui courait à ma rencontre quand je rentrais de l'école, les dîners avec les amis de mes parents, et moi faisant le tour de la table pour souhaiter la bonne nuit aux convives.

La figure inflexible de mon père, les gens qu'il recevait dans son bureau, son visage, toujours plus présent sur les affiches électorales et de moins en moins à la maison. Celui de ma mère, sa diplomatie d'épouse, notre complicité. Ses obsèques où je ne suis pas allé puisque j'étais devenu Bravo et que je m'aimais davantage que la femme qui m'avait mis au monde.

Tout tourne et se mêle. Les images se troublent, se réduisant à des taches de couleur. Les paroles se brouillent, sons inintelligibles. Ne reste que cette question que je répète.

— Pourquoi ?

Mon père se lève et va regarder par la fenêtre. Il porte une chemise blanche, sans cravate, un gilet et un pantalon de couleur sombre. Des vêtements qui semblent devenus trop grands pour lui. Ses épaules se sont un peu voûtées, il a perdu son assurance.

Il parle comme un être humain, maintenant.

— Quand je suis entré en politique, les choses me paraissaient claires. Il y avait un point de départ, et une ligne d'arrivée vers laquelle j'allais marcher droit, sans hésiter ni faire de concessions. J'avais mille programmes en tête, un million d'idées. Des projets d'envergure, de ceux qui influent sur le cours de l'Histoire et changent la vie des gens.

Il se tait un instant, la voix altérée par les regrets. Même si je ne suis pas sûr qu'il puisse en avoir.

— Et puis tu te retrouves face à une première difficulté, que tu ne peux surmonter qu'en cédant un petit peu de toi-même. Ça n'est qu'un compromis minuscule. On se dit que c'est pour la bonne cause, que ce petit détour servira à atteindre un but plus significatif, dans l'intérêt commun. Mais un compromis reste un compromis. Il n'y en a pas de grands et de petits. Il y a seulement le premier, qu'on accepte en se racontant qu'il sera le dernier. Jusqu'à ce qu'on cesse de les compter.

Il se retourne. On est face à face, et on ne s'est jamais parlé aussi longtemps.

— On dit que le pouvoir corrompt. Ça n'est pas vrai. C'est la peur de le perdre qui pourrit tout. Difficile d'y renoncer quand on y a pris goût. Encore plus difficile quand ceux qui t'ont aidé à y parvenir ne sont pas disposés à renoncer à toi.

Il s'approche du guéridon et se verse un autre verre d'eau.

— Les hommes comme Bonifaci tirent leur force des faiblesses des autres.

Il boit une longue gorgée. Repose le verre, machinalement.

— Cet homme-là nous tenait dans sa main. Un pouvoir transversal énorme, qui s'exerçait sur des représentants de tous les partis, de la finance, et même du Vatican. Il fallait y mettre un terme, d'une manière ou d'une autre. Et nous avons fini par trouver la manière.

— Et tu n'as pas hésité à sacrifier ton propre frère.

Il passe les mains sur son visage. Lui aussi accuse la fatigue accumulée ces derniers jours.

— Mattia donnait des signes de fragilité. Il n'était plus fiable. Avec tout ce qu'il savait, il aurait pu, en parlant, causer des dommages irréversibles. Quand Bonifaci l'a invité, nous avons su que nous tenions l'opportunité de liquider deux menaces d'un seul coup.

— Et toutes les autres victimes ? Avez-vous pensé à celles-là ?

Il me regarde comme si j'étais le pire des sourds, celui qui ne veut pas entendre.

— Tu n'as toujours pas compris, Nicola ? Face à des intérêts de cette ampleur, n'importe qui peut être sacrifié. Absolument n'importe qui.

Une image me vient à l'esprit. Celle d'un homme seul, enlevé et détenu dans une pièce, condamné par un groupe de terroristes et par la raison d'État.

— C'est aussi valable pour Aldo Moro ?

Je lis la sentence dans ses yeux avant même qu'il la prononce. Sa voix est un souffle glacé.

— Aldo Moro est déjà un homme mort.

Un silence cruel s'installe, lancinant, déchirant. L'heure du dénouement a sonné. Puisque les pensées secrètes sont devenues des mots, et que les intentions ont donné lieu à des actions sans retour.

D'une voix atone, il me demande ce qu'en réalité il sait déjà.

— Que vas-tu faire, maintenant ?

— Je te l'ai dit. Je vais me constituer prisonnier. Je remettrai à la police les originaux des documents que tu viens de voir. Les rédactions des principaux quotidiens en recevront une copie avant ce soir, l'affaire ne sera pas enterrée.

Il acquiesce d'un signe, sans dire un mot. Puis il va s'asseoir sur le canapé. Les coudes sur les genoux, il se prend la tête entre les mains. Je vois son corps, mais son esprit est déjà loin de cette suite au luxe désormais vain.

Pour compléter le tableau, pour être bien sûr que rien de ce que j'ai fait ni de ce que je vais faire ne soit injustifié, j'ai encore quelque chose à apprendre.

— Une dernière question.

Il attend. Épuisé.

Mon cœur s'emballe, malgré moi.

— Quand Turi Martesano a ordonné qu'on me fasse ce qu'on m'a fait, tu le savais ?

Son mutisme est un aveu glaçant. Je respire à fond, mes poumons ont besoin du maximum d'oxygène. J'ignore comment cet homme se sent. Dans quelle cellule il est reclus. Où il pourra se réfugier pour échapper aux fantômes de tous ceux qui sont morts par sa faute.

Je ne le sais pas, et je n'en ai rien à branler.

Je sors de la pièce, en laissant à terre les morceaux de celui qui fut l'omnipotent sénateur Amedeo Sangiorgi.

Comme je ferme la porte derrière moi, une pensée amère me traverse.

Dieu a-t-il eu des remords, quand il a permis que les hommes tuent son fils ?

24.

Le taxi roule vers l'aéroport.

Le chauffeur est une femme, c'est assez inhabituel. Pas mal, la quarantaine opulente, blonde. Elle serait plus mignonne si elle s'autorisait un soupçon de maquillage. Quand elle est venue me chercher via Fratelli Rossi, elle m'a reluqué des pieds à la tête alors que j'avançais vers sa voiture. Je dois avoir réussi un genre d'examen, parce que, tout au long du voyage, elle a jugé bon de me raconter son histoire. Comme s'il fallait justifier sa présence au volant d'un véhicule public. La maladie de son mari, titulaire de sa licence, les restrictions forcées, sa décision de le remplacer.

— Je ne pouvais tout de même pas me mettre à faire le trottoir, pas vrai ?

— Bien sûr que non.

Je lui ai répondu ce qu'elle voulait entendre. Je ne lui ai donc pas dit qu'une femme comme elle, en la jouant fine, pourrait gagner bien plus qu'en conduisant un tacot. Elle aurait peut-être pris ça comme une galanterie un peu appuyée, alors que ça n'est qu'une étude de marché lucide.

À présent elle se tait, et m'observe avec curiosité dans le rétroviseur. Vu son entrée en matière, elle n'est pas du genre à faire des avances à ses clients. J'en déduis donc qu'il s'agit d'un simple hommage à mon physique agréable. Ça relève aussi de l'étude de marché et je le prends pour un compliment. Si je lui avais raconté la mienne, d'histoire, ça lui aurait ruiné la mise en plis.

Derrière la fenêtre, je vois défiler passants et voitures, tout un échantillon de la ville. J'ai fait ce même trajet, il n'y a pas si longtemps, avec un flingue pointé sur ma nuque, une nuit où je ne pensais jamais revoir l'aube. Je réalise que depuis, le seul fait de respirer est une joie. Je le dois à une femme que je connais sous le nom de Carla. Qui sait où elle peut être ?

Via Fatebenefratelli, mon calvaire a duré quatre jours. Milla faisait la roue, en m'accompagnant avec mon avocat jusqu'au bureau du commissaire Giovannone. La version mise au point entre l'hôtel Principe di Savoia et le poste était très simple et, du coup, très crédible.

En bref, celle-ci :

Milla n'en avait pas cru ses oreilles, quand je l'avais appelé chez lui pour le prévenir de mes intentions. Il avait sauté dans sa voiture et était passé me prendre au cabinet d'Ugo. Il n'avait pas jugé utile de me passer les menottes, puisque je me livrais de moi-même et que mon avocat était présent. Par ailleurs, on savait bien que ce qui se passerait après mon arrestation reléguerait au second plan toute autre considération, y compris le fait que l'inspecteur n'avait pas averti sa hiérarchie.

Quand il m'a vu, le commissaire Giovannone en est resté baba. Au terme de mon récit, il était médusé. Et quand il a eu fini de parcourir le dossier que maître

Biondi avait posé sur son bureau, il s'était carrément changé en pierre.

On a pu observer ce même processus chez tous ceux qui ont eu en main ces documents.

J'ai répété ma version des faits des dizaines de fois. Devant le commissaire, le préfet de police, les magistrats et quelques pontes de la Digos. Puis le maire aussi a voulu être mis au courant. Après quoi, j'ai dû faire mon rapport à des gens qu'on ne m'a pas présentés mais qui, à vue de nez, appartenaient aux services secrets. Ils se sont particulièrement intéressés à la figure de Carla, et à tout ce dont je pouvais me souvenir à son sujet. Paroles, gestes, impressions. Enfin, un sous-secrétaire du ministère de l'Intérieur s'est pointé et m'a pris à part. Il était particulièrement intéressé par les copies du dossier que j'avais confié aux autorités et qui circulaient dans la presse.

La première nuit, je l'ai passée dans la cellule de sécurité du commissariat. Ugo Biondi a exigé et obtenu de la passer avec moi. Quelques heures plus tard a été lancée une gigantesque opération policière qui a conduit une centaine de personnes en prison, entre la Sicile, Rome et Milan. Des politiques, des membres de la Mafia, des fonctionnaires. Une éruption volcanique d'une violence inouïe, amorcée par une documentation explosive. Cendres et lapilli continueraient à pleuvoir pendant pas mal de temps. Aussi longtemps que la nuée sombre qui s'était levée recouvrirait le monde.

Le jour suivant, plusieurs choses se sont produites.

Des titres en gros caractères ont envahi les unes des journaux. Rassurés par l'avalanche des arrestations et forts des dossiers en leur possession, le *Corriere della Sera*, *La Stampa*, *La Repubblica* et, peu à peu, tous les autres se sont tiré la bourre : c'était à qui ferait le plus de barouf. Dans tout ce vacarme de tambours et de trompettes, la nouvelle du suicide du sénateur Amedeo Sangiorgi n'a pas fait sensation. L'opinion publique a trouvé normal qu'il se jette par l'une des fenêtres de sa suite pour éviter d'affronter le scandale. Personne n'a pris garde au fait qu'il s'était tué plusieurs heures avant le déclenchement des opérations de police.

On m'a accompagné au pavillon sur la Rivoltana. J'ai expliqué en détail ce qui s'était passé. Qui avait tiré, de quelle position et combien de fois. Je crois que, tandis que je parlais, tout le monde voyait à quel point j'étais soulagé d'en être réchappé. Je suis presque sûr que certaines des personnes présentes auraient accueilli l'éventualité de ma mort comme un don du ciel.

La bataille gagnée contre le terrorisme et le coup sévère porté au crime organisé ont adouci la pilule amère. Les autorités n'avaient pas apprécié que je divulgue des informations aussi capitales à la presse. Maître Biondi dut négocier âprement avec les forces de l'ordre, les représentants de la magistrature et de l'État. Enfin, on se mit d'accord sur une version qui arrangeait tout le monde. Le dossier qui avait entraîné la chute de tant de monde aurait été découvert dans cette planque des Brigades rouges. On ne mènerait pas d'enquête sur cette femme blonde qui avait remis les plis aux rédactions de journaux.

Voilà qui devait me mettre à l'abri des représailles des types emprisonnés par ma faute, ou grâce à moi, selon le point de vue. Pour beaucoup de représentants de ce milieu, la vengeance est un plat savoureux. Qu'on le mange froid ou réchauffé, peu importe.

Grosso modo, c'est ainsi que les choses se sont déroulées.

Dans cette pétaudière, le fils du sénateur Sangiorgi est passé à peu près inaperçu. Les journalistes ne m'ont pas couru après. Il y avait de bien plus gros poissons à harceler, micro sous le nez. Dans l'ordre hiérarchique, le président de la République, le président du Conseil et divers ministres. Une hiérarchie que j'avais, pour ma part, choisi d'ignorer, en nageant entre deux eaux.

Bientôt, les noms de Francesco Marcona et de Nicola Sangiorgi s'effaceraient des mémoires. Certains de ceux qui avaient connu Bravo ne pigeraient même pas qu'il s'agissait d'un seul et même homme.

Une seule petite, mais significative étrangeté. Pour confirmer mon incroyable récit, outre le dossier dont je disposais, il y eut deux témoignages. Les femmes de ménage de la Costa Britain, que j'avais accostées un soir, via Monte Rosa, m'ont reconnu sur le portrait-robot paru dans les journaux et sont allées chez les flics. Elles leur ont dit qu'elles m'avaient rencontré, et que je leur avais posé des questions au sujet d'une prétendue collègue.

Une certaine Carla Bonelli, si elles se souvenaient bien.

Quand je l'ai su, ça m'a fait sourire et je leur ai fait porter à chacune un somptueux bouquet de roses rouges. Il est juste que toute femme ait un admirateur secret.

Le taxi s'arrête sous le panneau « Départs internationaux ». J'en descends. Belle journée pour s'envoler. Avec ce temps clément de fin de printemps, je garderai le souvenir du soleil et du ciel bleu avant que l'été ne vienne tout saccager. Je savais que le moment viendrait, tôt ou tard, où je me tiendrais devant le panneau des départs. Ma situation est plus favorable qu'elle ne l'a été pour Carla. Personne ne me poursuit, je n'ai pas à sauter dans le premier zinc où je trouverai de la place.

Je sais qu'avec le billet je m'achèterai une illusion, et que là où j'irai, je retrouverai les mêmes hommes, les mêmes femmes. Seuls les visages et les langues seront différents. Mais ça n'a pas grande importance.

Le seul truc qui compte, c'est le décollage.

Ce que je découvrirai à l'atterrissage est une autre histoire.

La femme descend de son taxi et m'ouvre le coffre. J'en sors mon sac de voyage, je lui règle la course en lui laissant un pourboire de mille lires. Avant de remonter en voiture, elle me lance une œillade appuyée. Me serais-je gouré sur son compte ? Avec une pointe de narcissisme, je me répète qu'elle n'a pas le profil à draguer le chaland.

Mais peut-être suis-je l'exception ?

J'entre dans le terminal, porté par cet accès de bonne humeur. Je repère le grand tableau qui indique les horaires de vol, et parcours la liste des compagnies aériennes et des destinations.

Un vol d'Alitalia pour Rio de Janeiro part dans trois heures. Je me vois déjà sur la plage d'Ipanema, et ça me plaît bien. Au guichet de la billetterie, je demande à une demoiselle un billet de première classe pour le Brésil.

Pour le payer, je sors un rouleau de billets de la poche intérieure de ma veste. Qui sait si j'aurai encore l'occasion d'utiliser des lires. J'aime cette incertitude, cette liberté qui m'autorise à décider une chose et à changer d'idée deux minutes plus tard.

Il n'est pas tout à fait l'heure d'embarquer. Je fais un tour au kiosque, j'achète un livre, deux quotidiens et quelques revues. Mon regard tombe sur la pile de *La Settimana Enigmistica*, à côté de la caisse.

J'hésite un peu, puis je laisse tomber. Assez d'énigmes.

Ce temps-là est révolu. La dernière dont je sois venu à bout avait pour solution le mot « Bravo ». Il ne faut pas trop demander au destin.

Je m'assieds et pose mon sac. J'ouvre le *Corriere*. Les premières pages sont encore consacrées aux développements de l'affaire dont j'ai été le témoin et le protagoniste. Je lis des passages, çà et là, pour la simple curiosité de savoir ce qu'on expose, ce qu'on dissimule et ce qu'on déforme, au nom de la sacro-sainte liberté de la presse.

L'affaire qui tient toute l'Italie en haleine suit son cours. Aldo Moro est toujours aux mains de ses ravisseurs. J'espère que la sentence prononcée par mon père au sujet de cet homme abandonné de tous n'est qu'un mensonge de plus, l'ultime manifestation de son délire de toute-puissance.

Je l'espère vraiment.

À la rubrique des faits divers, je trouve des nouvelles de Tano Casale. Un titre long d'une demi-page.

LE 13 PORTE MALHEUR.

Une grille truquée fait tomber une figure
notoire du Milieu milanais.

Je souris. Pas besoin de lire l'article. Je sais très bien ce qui s'est passé. Et aussi ce qui va suivre.

Une fois ma déposition transcrite, vérifiée par une dizaine de bureaucrates et, enfin, signée, j'ai retrouvé ma liberté. Ugo Biondi et moi, les traits tirés et des valises sous les yeux, on s'est salués dans la cour du commissariat.

On était crevés, défaits, vidés. J'avais la voix enrouée à force d'avoir parlé.

— Je t'appelle demain pour l'autre affaire. Maintenant, j'ai besoin de dormir.

On s'est serré la main.

— Moi aussi. T'as pas idée à quel point.

Du portail, on a vu son taxi arriver dans la rue. Il l'a rejoint en courant, et je suis monté dans l'Alfa de Stefano Milla. L'inspecteur avait proposé de m'accompagner au motel de Settimo, où j'avais décidé de loger deux ou trois jours, en attendant que les vagues se calment. Il ne l'avait pas fait par politesse, mais pour qu'on puisse bavarder en tête à tête, ce qui n'avait pas été possible les jours précédents.

Il devait être sur des charbons ardents. On n'était pas plus tôt en route qu'il allait droit au but. Il avait un message pour moi, qui valait cinquante millions pour lui.

— J'ai parlé à Tano.

— Qu'est-ce qu'il t'a dit ?

— Qu'il est d'accord avec toi. Il te remercie pour l'idée, mais il vaut mieux que tu restes en dehors de ça.

S'il attendait une réaction de ma part, il a été déçu. Dedans ou dehors : je m'en foutais totalement. Le jour où j'avais apporté la grille à Tano, je lui avais soumis un plan. Aventureux, mais jouable. Je lui avais présenté ça comme un tour supplémentaire, une façon inédite de faire ce qu'il faisait tous les jours : se moquer de la loi.

Voilà pourquoi je lui avais demandé s'il avait un banquier parmi ses clients au tripot clandestin. Un gonze mouillé jusqu'au cou, qui ne pourrait pas lui refuser sa complicité. C'était tout simple. Le jour où il encaisserait l'argent de la grille, il irait déposer son gain dans la banque de ce type, qui devrait l'encaisser en personne, signer le reçu mais recevoir en réalité une mallette vide. À ce moment-là, une bande de braqueurs ferait irruption dans la banque, viderait les caisses et piquerait la mallette.

Comme dans le jeu des trois cartes.

Tano aurait eu le tort de l'avoir un peu trop ramenée au sujet de sa chance au Totocalcio, attirant l'attention des braqueurs. Humaine vantardise. Il ferait figure d'imbécile, mais il y gagnerait un reçu officiel, tout en ayant gardé quatre cent quatre-vingt-dix millions sous son matelas.

Je revoyais l'expression de Tano m'écoutant lui exposer mon scénario. Le côté bonne blague, le fait d'agir en personne, l'adrénaline dans le sang. Des choses qu'il connaissait bien, et il n'a pas pu résister. Je comptais aussi et surtout sur son avidité. Et sur la vanité, si puissante chez le mâle. J'étais certain qu'il agirait seul, et qu'il recruterait lui-même ses faux braqueurs. Même s'il s'y prenait autrement, j'avais de toute façon atteint mon objectif. Gagner du temps.

Milla m'a ramené sur terre.

— Quelle idée ? Mais de quoi on parle, putain, Bravo ?

Il m'appelait encore comme ça.

— Tano va se faire arrêter.

— Quand ça ?

Une pointe d'alarme dans sa voix.

— Bientôt.

Il fixait la route, comme s'il voyait un truc affreux débouler parmi les files de bagnoles, les piétons et les feux.

— Nom de Dieu, qu'est-ce que tu as foutu ? Tu

es devenu fada ? Tu veux qu'il nous fasse la peau à tous les deux ?

— Aucun risque.

Je me suis efforcé de parler avec la plus grande assurance. Il en fallait, pour l'aider à surmonter sa trouille et le convaincre d'agir selon mes conseils.

— Je vais te dire ce que tu vas faire. Tu te prends quinze jours de congé. Tu vas à la mer, à la montagne ou au lac. Ou au trou du cul du monde, tu as le choix.

Je laisse un blanc, le temps qu'il s'imagine en situation.

— Quand tu reviendras, tu trouveras un livret au porteur avec cinquante millions sur le bureau de mon avocat. Tu le prendras, et tu oublieras que cette conversation et mes rencontres avec Tano Casale ont eu lieu.

— Et lui ?

— Ne t'inquiète pas. Je m'en occupe.

Une annonce au haut-parleur me rappelle que je suis à Linate, un billet pour l'Amérique du Sud en poche. L'enregistrement a commencé, je m'approche du guichet et remets coupon et passeport à une demoiselle en uniforme.

— Bonjour.

Elle me dévisage et apprécie. J'apprécie moi aussi, et je lui souris.

Elle vérifie mon nom sur le billet.

— Bonjour, monsieur Sangiorgi.

Mon sac pourrait passer en cabine, mais je préfère l'enregistrer. Je veux être libre, ne plus rien avoir à porter. Je l'ai fait trop longtemps. On me donne ma carte d'embarquement et on m'indique la sortie et l'horaire. Je suis la file des voyageurs qui se dirige vers les contrôles de police.

Je suis resté plusieurs jours tapi dans ce motel, à

me saouler de journaux télévisés, n'en sortant que pour bouffer et m'acheter des quotidiens. J'ai vu l'incendie devenir un bûcher. Je savais qu'il se réduirait, avec le temps, à la dimension d'un feu de camp, et qu'à la fin seuls ceux qui s'y étaient cramés se souviendraient de la chaleur de ses flammes. Et, bien sûr, beaucoup passeraient au travers sans dommage.

Puis je me suis décidé à sortir de ma tanière, j'avais rendez-vous avec Ugo et le notaire qui exerce deux étages au-dessus de son cabinet. Je lui ai donné des instructions pour qu'il encaisse la grille, et j'ai gagné sa reconnaissance en lui refilant une part de cent millions, pour le boulot accompli et celui qui restait à faire. J'ai récupéré le permis de visite pour aller voir Carmine à San Vittore. Et j'ai signé devant le notaire les procurations nécessaires à la gestion de mes finances.

Au moment où je partais, Ugo m'a serré la main et m'a fait marrer, en me posant la question que j'avais posée à Carla.

— Je te reverrai ?

J'ai pensé qu'il valait mieux éviter de l'embrasser et lui dire qu'entre nous ça aurait pu être une belle histoire. Je me suis borné à lui adresser un geste vague.

— Qui sait ?

Un flic examine mon passeport flambant neuf, sympathique hommage de la préfecture de Milan. Il me le rend, l'attention déjà fixée sur le voyageur suivant. Je vais m'acheter des clopes au duty free. Le voyage sera long et chiant. Mes deux cartouches de Marlboro en main, je me pointe à la caisse, montre ma carte d'embarquement, et paie. Puis, sans me presser, je vais m'asseoir près de la porte annonçant Rio de Janeiro.

L'arrestation de Tano me fait penser à ma dernière rencontre avec Carmine, au parloir de San Vittore.

Il est arrivé flanqué d'un gardien, qui s'est éloigné pour qu'on puisse causer, sans nous perdre de vue. Sa dégaine ne s'était pas arrangée : il est toujours l'un des mecs les plus laids que j'aie jamais vus. Son autre signe particulier n'ayant pas dû changer non plus, j'imagine qu'il a gagné grâce à ça un maximum de paris. Les hommes restent des gamins, au fond. Incapables de renoncer à un concours de bites.

Il s'est assis en face de moi. Avec l'expression éteinte d'un homme privé de sa liberté.

— Ciao, Bravo.

— Ciao, Carmine.

Il s'est retourné pour s'assurer que le gardien était trop loin pour nous entendre.

— Luciana est venue me voir. Elle m'a apporté des photos du petit.

— C'est un beau petit.

Sa trogne s'est illuminée d'orgueil paternel.

— Oui, vraiment un beau petit.

Ensuite il s'est tu. Il devait penser à la maladie de son fils. Mais il ne m'en a rien dit, comme si taire la chose pouvait conjurer le sort.

— Elle m'a aussi raconté ce que tu avais fait pour eux.

— C'est rien.

— Tu parles. C'est ce que je ferais moi, si je n'étais pas coincé dans cette taule de merde.

J'ai vu la frustration sur ses traits ingrats. La maladie de son gamin lui faisait expier ses erreurs passées bien plus douloureusement qu'une longue détention.

— Carmine, tu peux faire quelque chose pour ta famille.

Il a fait un bond. Normal, pour un gars dans sa situation.

— Mais putain, qu'est-ce que tu veux que je fasse enfermé ici ?

J'ai baissé le ton, pour le calmer.

— Ton fils est malade. Il a besoin de soins. Ça va coûter un paquet de pognon.

Je ne me suis pas senti très fier, à remuer comme ça le couteau dans la plaie. Mais il fallait bien que je prépare le terrain.

— Je vais remettre à ta femme un livret au porteur de deux cent cinquante millions. Avec ce fric, elle pourra faire soigner Rosario et assurer son avenir. L'élever dans un milieu sain, lui faire faire des études...

Je me suis renversé contre le dossier de la chaise. Je l'ai laissé un moment se représenter ce que son fils pourrait devenir. Sa réponse a été celle du gars qui sait d'expérience que rien n'est jamais gratuit, dans la vie.

— Je dois faire quoi ?

J'ai baissé encore d'un ton.

— Tu vois qui est Tano Casale ?

Il n'a rien dit. On connaissait tous Tano Casale. Il attendait la suite.

— Il va bientôt être arrêté. Pour une connerie, mais les flics ne laisseront pas échapper une si belle occasion de le boucler, et on va l'amener ici.

Je lis la curiosité dans son regard, mais il a peut-être déjà pigé.

— Et alors ?

Je le regarde droit dans les yeux. Je suis calme comme je l'ai rarement été. Et serein.

— Je veux que tu le butes.

La voix de l'hôtesse annonçant mon vol dissipe celle de Carmine, appelant le maton pour être ramené en cellule. Je me lève et me dirige vers l'embarquement. Je dévisage les autres passagers. Personne de ma connaissance. Quand mon tour est venu, je remets ma carte à la souriante demoiselle en uniforme, qui me souhaite un bon voyage, comme c'est l'usage.

Je me retourne une dernière fois pour regarder le monde que je laisse. Je pars seul.

Bravo n'est même pas venu me dire adieu.

MAI 1988

Épilogue

Pilar bouge dans son sommeil, elle allonge une jambe et me touche.

J'ouvre les yeux. La lumière du matin filtre à travers les stores. Dans cette pièce, l'obscurité n'est jamais complète. Je me tourne et la regarde dormir, la tête posée sur l'oreiller. Le drap a glissé sur le côté et elle est complètement nue. Elle a des cheveux courts et raides, de petits seins, les fesses bien dessinées et de longues jambes.

Elle est grande, mince et solide.

Au milieu de la nuit, elle a laissé dans la pièce d'à côté le garçon avec lequel elle venait de faire l'amour. Je suis resté un peu avec eux, dans un fauteuil au pied du lit, regardant ces corps juvéniles et bronzés, porteurs sains d'un âge que je n'ai plus, pendant qu'ils s'enlaçaient et se donnaient du plaisir. Chaque fois que ça se produit, je ne peux pas m'empêcher de me souvenir, et chaque fois que je me souviens, je fais en sorte que ça se produise une fois encore.

À un moment donné, je suis retourné dans ma chambre. Je suis resté allongé sur le dos, dans mon lit, jusqu'à ce que j'entende le bruit étouffé de ses pas sur le sol. Puis le drap s'est soulevé, et Pilar s'est coulée contre moi.

Elle a glissé dans mes bras comme le sable dans la clepsydre. J'ai senti son souffle tiède contre ma joue. Et sa voix douce à mon oreille.

— Tu dors ?

— Non.

Sa main est venue me caresser le visage.

— Je t'aime.

— Moi aussi, je t'aime.

D'un mouvement fluide, elle a étendu son corps sur le mien et s'est mise à onduler. Je sentais la chaleur de sa peau contre la mienne et ses seins contre ma poitrine. Elle m'a embrassé, sans cesser de bouger, jusqu'à défaire ce nœud qui m'oppresse le ventre, si complètement que j'aurais pu croire que c'était pour toujours.

Je roule sur le flanc. Je tends une main et lui effleure la cuisse. Pas tant pour qu'elle sente ma présence que pour m'assurer de la sienne.

Hier soir, on est sortis tous les deux, on ne l'avait pas fait depuis un moment. On a dîné dans un restaurant à Playa El Yaque, pas loin d'un de mes hôtels. Ensuite, attirés par les rires et les lueurs d'un feu de camp, on s'est retrouvés dans une fête de surfeurs. Des garçons et des filles, de la bière et des guitares. Assis sur un rocher, une cannette à la main, je voyais Pilar, éclairée par les flammes tremblantes, discuter avec un jeune gars, un Américain tout blond, plein de taches de rousseur. Les éclairs blancs de leurs éclats de rire m'ont fait comprendre qu'ils se plaisaient. Elle m'a cherché des yeux. Je lui ai souri et, quand on est rentrés, le garçon est venu avec nous.

Je sors du plumard, nu. J'ai appris à ne plus avoir

honte de mon corps. De la pudeur, mais pas de honte. Je n'ai pas raconté à Pilar qui m'avait appris ça. Certaines choses ne se partagent pas, ou bien on a l'impression de les perdre.

Je lui laisse la même liberté.

Je vais jusqu'à la salle de bains, pieds nus. J'ouvre la porte-fenêtre sur la terrasse qui jouxte la chambre. Ma maison est isolée, et personne ne peut me voir. Devant moi, la plage immense de l'Ensenada La Guardia, l'océan à perte de vue. Le ciel est serein aujourd'hui, d'un bleu inconcevable, presque insupportable.

Une brise tiède me caresse la peau.

Je ne me suis toujours pas habitué à cette sensation de paix.

J'entre dans la salle de bains aux murs bruts, de style un peu mauresque. Contre l'une des cloisons est appuyé un grand miroir où je me cherche. Je me vois en pied, et je m'accepte. Mes yeux n'ont pas changé, mais quelques fils d'argent sont apparus dans mes cheveux. Je fais du sport de manière régulière et ça me va bien. Je suis sec et musclé, assez pour ne pas accuser mes quarante-cinq ans.

J'ouvre le robinet et passe sous la douche. Je me savonne et laisse la mousse effacer l'odeur du sexe. Je reste sous l'eau jusqu'à ce que, d'en haut, ne tombe plus une goutte de mémoire.

Puis je sors de la cabine et je passe un peignoir.

Je retourne dans la chambre où Pilar dort encore, dans la position où je l'ai laissée. Tache d'ambre sur le blanc des draps, dans le mitan du lit de fer forgé. Celui-là ne recèle aucune cachette. Je n'ai plus besoin de planquer mon fric.

Dans la garde-robe, j'enfile un pantalon en lin, une chemise et une paire de chaussures confortables.

Ici, sur l'île, tout tend vers la simplicité, l'aisance, la décontraction. C'est dans cet état d'esprit que je me déclare prêt à commencer la journée.

Je traverse le grand séjour, où sofas et tables basses font face à une autre terrasse sur laquelle donne la cuisine. Feliciana, ma gouvernante, a dressé une table dehors avec le petit déjeuner. Je m'assieds et me verse un verre de jus d'orange.

Le soleil se lève, dévoilant de minute en minute une splendide journée de mai.

La saison des pluies, surtout nocturnes, qui caractérise le climat de l'île entre juin et août, n'est pas arrivée. Il n'y a que des averses, ça devrait être comme ça dans la vie.

Rapides, violentes, soudaines.

Puis tout redevient limpide, l'esprit aussi.

Quand j'ai quitté l'Italie, j'ai voyagé dans le monde entier. Amérique du Sud, Asie, États-Unis, Canada. J'avais du fric à profusion. Dans ma famille, c'est ma mère qui était riche. Elle a fait de moi son unique héritier, bien que je me sois éclipsé, et que je ne sois jamais venu la voir quand elle était malade. Ce qui restera toute ma vie un remords et un regret. Je n'ai découvert cet héritage qu'après le suicide de mon père, et j'ai donné l'ordre de tout vendre. Terre brûlée derrière, tapis de fleurs devant. Je me suis retrouvé à la tête de vingt-huit millards. Une belle somme, il y a dix ans. Et aujourd'hui encore.

Le patrimoine d'Amedeo Sangiorgi, je n'y ai pas touché. Lors de mon dernier rendez-vous, au cabinet d'Ugo Biondi, j'ai chargé le notaire de faire don aux œuvres de toute sa fortune et de ses propriétés. Avec une attention particulière aux victimes de la Mafia.

Feliciana arrive, de son pas silencieux. C'est une

femme d'âge mûr, robuste et mate de peau, comme les femmes d'ici. Elle prend soin de moi et de la maison depuis sept ans, avec l'aide d'une jeune fille qui monte tous les jours du village de Piedras Negras. Cristóbal, le jardinier, fait office d'homme à tout faire et s'occupe de tous les petits travaux qu'exige une grande demeure comme la nôtre. Sans âge, il est père de quatre enfants, époux de deux femmes, toujours content et souriant. Il vit à La Guardia et vient un jour sur deux avec un fourgon chargé d'outils. Souvent, son haleine sent le vin, et il lui manque quelques dents.

Un sourire énigmatique, aurait dit Bifteck.

Feliciana pose des journaux sur la table.

— *Señor*, voilà les journaux d'Italie, Cristóbal les a rapportés de Porlamar.

Je prends un exemplaire du *Corriere della Sera*, qui a fait un long voyage. Tandis que je l'ouvre, Feliciana me rappelle qu'elle est aussi cuisinière.

— Que voulez-vous manger aujourd'hui ?

— Des œufs brouillés et du pain grillé. Et puis du café et une part de tarte à la noix de coco, s'il y en a.

Feliciana me toise, vexée.

— Bien sûr qu'il y en a. La tarte de Feliciana ne manque jamais, dans cette maison.

Je vis ici depuis plus de huit ans, et mon espagnol a évolué : d'abord pathétique, puis correct, il est devenu excellent. Ma précieuse gouvernante est en revanche réfractaire aux langues étrangères et ne parle pas un mot d'italien.

Elle le comprend cependant.

Du reste, si on y pense bien, pourquoi devrait-elle le parler ?

Elle s'éloigne, froissée que je puisse soupçonner une pénurie de son chef-d'œuvre sucré. Je m'immerge dans la lecture d'événements qui, après tant d'années, ne me passionnent plus tant que ça. Par moments, j'ai l'impression qu'on pourrait reprendre la presse d'il y a dix ans et, en changeant les noms, publier les mêmes articles. Les querelles politiques, le Sud à la traîne, la classe ouvrière qui rame. Mais, malgré tout, je suis un émigrant. Un poil de nostalgie me reste.

Ici, sur l'Isla Margarita, les quotidiens italiens arrivent vieux de quelques jours.

On est aujourd'hui le 11 mai.

Le journal que j'ai entre les mains date du 9.

Il y a dix ans, ce jour-là, le corps sans vie d'Aldo Moro était retrouvé à Rome, dans le coffre d'une 4L rouge. L'image funeste de cette découverte est reproduite en troisième page, au milieu d'un article retraçant les étapes du calvaire de la victime.

Je me souviens de ces quelques mots, prononcés froidement dans la suite d'un hôtel de luxe.

Aldo Moro est déjà un homme mort.

Les funérailles nationales ont été à la hauteur du personnage. Celles de mon père et de mon oncle furent en revanche expédiées à la va-vite, comme on cache la poussière sous un tapis. Personne n'avait envie de les montrer et personne ne voulait les voir. Ils ne sont plus aujourd'hui que deux noms gravés sur une pierre et, dans certains milieux, un motif de gêne quand on évoque leur souvenir.

Comme partout dans le monde, en Italie, on se souvient parfois, mais il arrive qu'on préfère oublier.

Les œufs et les toasts arrivent en même temps que Pilar, qui sort en peignoir du séjour. Ses pieds sont nus et ses cheveux luisent, humides. Elle jette un regard au panorama, s'étire puis vient s'asseoir à côté de moi.

— *¿ Cómo estás, mi hermoso Italiano ?*

Je lui prends la main et baise sa peau qui fleure bon le bain moussant et la belle femme.

— Très bien. Comment pourrait-il en être autrement ?

Pilar désigne mon assiette à Feliciana.

— Je peux avoir la même chose ?

Tandis que la gouvernante retourne en cuisine, Pilar me chipe un toast. Elle le ronge, façon hamster, et ça m'amuse, comme à chaque fois. D'une carafe, elle se verse un verre de *coco frío.*

— Qu'est-ce que tu fais aujourd'hui ?

— Je dois aller à El Pueblo del Viento. Une réunion pour l'ouverture d'un nouveau centre commercial, ils veulent savoir si j'ai l'intention d'y investir de l'argent.

— Tu l'as ?

— L'intention ou l'argent ?

Elle me jette à la tête ce qui reste de son toast.

— *Estúpido.*

J'écarte les bras, avec la mine du gars navré d'énoncer une évidence.

— Le problème, ce ne sont pas les idées, mais les sous.

Elle se penche et m'enlace, posant son front contre le mien.

— Mon pauvre amour fauché ! Il paraît qu'à Pampatar, il y a dans un palace un gros richard suisse, très généreux avec les belles filles. Si tu veux, je vais t'en trouver des sous, moi...

Des mots qui me ramènent des années en arrière. Quand j'avais l'initiative de ce genre de discours. Un petit nuage passe dans le joli ciel de mai, et je fais tout ce que je peux pour que Pilar ne le voie pas. Raté.

— Je ne pense pas que ce soit nécessaire.

Elle me regarde étonnée. Puis éclate de rire.

— Tu es jaloux. *Madre de Dios*, tu es jaloux. *Hermoso y celoso.*

Elle se lève et s'assied sur mes genoux. M'embrasse. La moiteur de son peignoir, de ses cheveux, de ses lèvres.

— *Te quiero.*

— *Yo te quiero también.*

Deux fois qu'on se le dit en quelques heures, et ça ne me déplaît pas. Pilar a déboulé dans ma vie comme un cadeau surprise. Une touriste aisée, arrivée d'Espagne à Playa El Agua, fuyant ou cherchant quelque chose. On a fait connaissance et elle a décidé de rester dans l'île encore un peu. Un mois, d'abord. Puis deux autres. Ensuite, elle s'est installée chez moi. Et il n'a plus jamais été question de la date de son départ. Je lui ai dit ce que je pouvais lui dire. Elle a fait de même. Je lui ai expliqué qui j'étais, ce que je n'étais pas et ce que je ne serais jamais. Elle a fait pareil. On est bien ensemble depuis plus de cinq ans. Comme pour tout ce qui relève des sentiments, on ne sait pas combien de temps ça durera. On n'est pas tout à fait une famille, mais ça s'en rapproche, et on a fait de notre mieux.

Je soulève Pilar et la rassieds sur sa chaise. Son corps humide a laissé une auréole sur mon pantalon. J'époussette quelques miettes de ma chemise.

— Il faut que j'y aille. Tu fais quoi ?

— Howard me propose d'aller surfer cet après-midi. On descendra à El Yaque, quand il sera réveillé.

Howard, c'est l'Américain d'hier soir. Après la nuit qu'il a passée, ça m'étonnerait fort qu'il ne roupille pas encore une heure ou deux. Pilar a l'air de le penser aussi.

— Bien. Après la réunion, je m'arrêterai au village.

Je dois faire un point avec le directeur. On va rénover plusieurs bungalows... Et ne t'inquiète pas, pas de problème de fric, inutile d'appeler ton vieux Suisse.

Elle rigole.

Je tourne les talons et m'en vais. J'arrive à l'escalier qui mène de la terrasse au rez-de-chaussée, où se trouvent la piscine et le garage, quand je l'entends crier.

— Laisse-moi la Patrol, prends la Mercedes !

Sans me retourner, je lève le pouce.

Je longe la piscine, son eau claire reflète l'azur du ciel. Le jardin, fleuri et bien tenu grâce à Cristóbal, regorge d'arbres et de palmiers.

Dans le box, une berline Mercedes est garée à côté d'une Nissan Patrol. Les clés sont sur le tableau de bord, je monte et je démarre. Sorti de la propriété, je m'engage sur l'Avenida 31 de Julio et continue jusqu'à la nationale qui traverse l'île et mène à Porlamar, puis je prends la route qui passe devant l'aéroport et descend à Playa El Yaque.

Chaque fois que je voyage sur l'île, je me félicite de mon choix. Quand je suis arrivé ici, la beauté de l'endroit m'a éberlué. Après une phase d'adaptation, j'ai réfléchi. Il y avait là un potentiel touristique : en quelques années, ça exploserait. C'est d'ailleurs ce qui s'est produit. J'avais la possibilité de vivre dans un lieu discret, sans me sentir relégué pour autant. De bosser tout en menant une vie peinarde. J'ai acheté trois hôtels et investi dans divers secteurs : restaurants, magasins, agences de services pour touristes.

Je ne m'en tire pas trop mal.

J'allume la radio. Dans le sillage de la bagnole, la poussière qui s'élève de la route grossièrement asphaltée semble danser au rythme de la musique. J'arrive à la plage et je me gare sur le parking réservé au personnel d'El Pueblo del Viento, un de mes villages de vacances.

Un complexe de bungalows en bois et maçonnerie, conçus pour avoir l'air spartiate tout en offrant un maximum de commodités. Au milieu, une bâtisse centrale abrite la réception, le restaurant et le spa, que je suis le premier à avoir proposé aux touristes sur cette île.

Le village porte ce nom parce qu'il est à un jet de pierre d'une plage battue par les vents, le paradis des adeptes de la planche à voile, dont ma clientèle se compose en grande partie. Ils n'ont qu'à sortir de leur chambre, saisir leur planche et, quelques minutes plus tard, ils glissent sur les vagues : ces fondus ne s'en remettent pas. Bien sûr, ce luxe a un prix. Mais qu'est-ce qui n'en a pas, sur la terre des hommes ?

Les gens que je dois rencontrer ont bien voulu tenir ce petit conseil de guerre dans une salle au village. Pour m'obliger, car je crois être l'investisseur le plus courtisé pour ce nouveau projet. Devant le dieu pognon, les culottes ont tendance à se baisser dans toutes les régions du monde. Ma sortie de tout à l'heure, à propos des idées et des sous, était inexacte.

« Les culs sont bien là, c'est le fric qui manque. » Voilà la version originale.

Dixit le Godié.

J'entre dans le bâtiment central. Une vaste salle pentagonale éclairée par de larges baies vitrées sur trois côtés. À gauche, le bar, à droite, la salle de restaurant prolongée par une terrasse qui donne sur la plage.

Face à l'entrée, le comptoir de la réception.

Un groupe de nouveaux arrivants se tient là, attendant qu'on les installe dans leurs chambres. Leurs bagages forment un tas bigarré. Je m'approche et je vois le directeur, un barbu pas très grand mais très chauve, en grande discussion avec un couple accompagné d'un gosse.

L'homme, de profil, est un grand type athlétique, un peu dégarni, à la mâchoire carrée. Nul besoin de la bannière : c'est un Américain, à coup sûr. À côté de lui, de dos, un enfant de six ou sept ans et une femme élancée aux cheveux couleur miel, vêtue d'un jeans et d'une chemise de fin denim.

À voir leurs postures, il y a de la tension dans l'air. Le directeur parle en se frottant les mains, ce qu'il fait quand il est à la peine. Quand il me voit arriver, le soulagement se lit sur ses traits, il me fait signe. Les trois autres se retournent d'un seul mouvement, suivant son regard.

Elle, c'est Carla.

Mon cœur s'arrête un instant, mais je continue sur ma lancée en espérant rester aussi impassible que celle qui me fait face, après tant d'années.

— *Buenos días, Guillermo. ¿ Qué pasa ?*

— Il doit y avoir eu une erreur. M. et Mme McKay me disent qu'ils ont réservé, et je n'en trouve pas trace sur le registre. Malheureusement, nous sommes complets et je ne vois pas comment leur trouver une chambre.

Guillermo a parlé en anglais afin que tout le monde le comprenne, je ne me suis donc pas gouré quant à leur pays d'origine.

Le gamin s'agrippe à son père.

— Oh papa, c'est trop bien ici, il y a plein de surfeurs, je veux rester !

Carla l'attire à elle.

— Calme-toi, Malcom. Je suis sûre que tout va s'arranger.

Je tends la main à l'Américain, qui la serre énergiquement. Et puisque l'anglais est la langue officielle du moment, je m'adapte.

— Monsieur McKay, je suis Nicola Sangiorgi, le propriétaire de ce complexe. Je vais voir ce que nous pouvons faire pour satisfaire Malcom.

Carla a à peine accusé le coup. Je suis le seul à l'avoir noté, étant le seul à pouvoir anticiper une réaction de sa part à la mention de mon vrai nom.

Je les laisse à leur expectative et je vais, avec le directeur, vérifier le registre des réservations. Guillermo dit vrai.

Le village est complet.

Mais, parmi les clients attendus ce jour-là, il y a un couple de Français, des habitués de longue date, presque des amis.

Je pointe leur nom du doigt.

— Avertissez les Tournier qu'il y a eu un malentendu et que nous ne pouvons pas les recevoir ici. Proposez-leur La Fortaleza, avec toutes nos excuses ; leur séjour est offert, bien entendu.

La Fortaleza, c'est l'un de mes hôtels à Juan Griego, sans doute le plus classe de tous. Les Français ne perdront pas au change.

— Mais les Tournier...

— Les Tournier se moquent de la planche à voile. Ils seront ravis de profiter d'un séjour gratuit dans un meilleur hôtel. Faites ce que je vous dis, et tout se passera bien.

— Comme vous voulez, monsieur Sangiorgi.

Je l'entends presque penser, tant son expression est éloquente.

Monsieur fait comme il lui plaît. Monsieur est le patron, et si le patron est content...

Je suis content, et donc il doit l'être aussi.

Le directeur repart vaquer à ses occupations, et moi je rejoins le trio qui patiente, espérant une heureuse issue. Que je leur annonce.

— Tout est arrangé. Dès que vous vous serez inscrits, quelqu'un vous aidera pour les bagages. Bon séjour à El Pueblo del Viento.

Le gamin lève les bras en signe de victoire.

— Ouaiiis !

L'homme m'adresse un sourire éclatant qui évoque les parties de base-ball, les barbecues entre amis, les randonnées en famille et un salaire confortable.

Un avocat, un médecin peut-être.

— Merci beaucoup. Je suis Paul McKay. Vous connaissez déjà Malcom, mon fils. Et voici Luisa, ma femme. Italienne, comme vous, je présume.

Je serre la main que Carla me tend. Luisa est une inconnue pour moi.

— Enchanté, madame. Vous représentez admirablement bien notre pays.

Elle ne m'accorde qu'un hochement de tête et un sourire crispé.

Je recule d'un pas.

— À présent, si vous voulez bien m'excuser, j'ai beaucoup à faire.

En m'éloignant vers la réception, je me demande comment je me sens. Allez savoir. Je viens juste de me rappeler que le monde est vraiment petit. Le chaos et le hasard ne dorment jamais, et les règles n'ont pas changé. Tu peux toujours croire que tu décides de ta vie, mais bien souvent, c'est la vie qui décide de ce qu'elle fait de toi.

Au comptoir, une employée me passe le téléphone

et j'appelle mon secrétariat, qui répond dès la première sonnerie.

— Rosita Seguro.

— Rosita, rendez-moi un service. Appelez Helizondo Manzana, Cortes et Llosa et dites-leur que j'ai eu un contre-temps. Demandez-leur s'il est possible de reporter la réunion d'aujourd'hui, qu'ils nous disent la date qui leur convient.

— Je m'en occupe, monsieur Sangiorgi.

Je rends l'appareil à la jeune personne, et je file dans le bureau que je me suis aménagé à l'opposé des cuisines. À peine entré, en sécurité, je me verse un grand verre d'eau.

Je le bois d'un trait. Ce qui me rappelle mon père, la dernière fois que je l'ai vu. Je ne comprendrai jamais cet homme, mais ce besoin impératif d'eau, à certains moments, oui. Je me laisse tomber dans le large fauteuil de cuir, derrière mon bureau.

J'ai annulé mon rendez-vous parce que je serais bien incapable de parler affaires maintenant, ni de prêter la moindre attention à ces hommes. Pas juste après m'être retrouvé devant Carla, face à mon passé.

Pour toi, ce serait gratuit...

Ça fait bien longtemps, mais les images sont si vives dans ma mémoire qu'il me semble que c'était hier. Daytona et sa mèche, l'aube devant l'Ascot Club, la torche de la Tulipe voltigeant dans l'obscurité, la voix de Tano Casale, les lunettes de Lucio, le visage de Carmine...

Tout est là, rien ne manque.

Surtout pas le rouge écarlate du sang.

Plongé dans mes pensées, j'entends frapper.

— Oui ?

La porte s'ouvre et un jeune gars montre sa tête.

— Monsieur Sangiorgi, une damc voudrait vous parler.

Je soupire. Je ne m'y attendais pas si tôt.

Ça cogne dur, dans ma poitrine. Les années ont eu beau passer, mon cœur ne sera jamais mon allié.

— Fais-la entrer.

Je me lève et je reste debout jusqu'à ce que Carla se soit assise sur la chaise en face de moi.

Je la regarde. Ces dix ans ont adouci sa beauté. Il y a en elle cette douceur des heures d'avant le crépuscule, quand le soleil brille plus fort pour se faire pardonner l'obscurité qui viendra bientôt. La coupe et la nuance des cheveux sont celles qu'avait choisies Alex, jadis.

Ses yeux sont inchangés.

J'aurais aimé être une personne différente et te rencontrer dans d'autres circonstances. Ça aurait pu être une belle histoire...

Mais ça ne l'a pas été.

— Ciao, Bravo.

Je souris malgré moi.

— Ça fait un bail qu'on ne m'a pas appelé comme ça.

— J'ai toujours pensé que ce surnom t'allait comme un gant.

Je ne dis rien, alors elle continue.

— Et je te retrouve avec un nom lourd à porter.

— C'est le mien. Avant, je croyais qu'un nom en valait un autre... Je me trompais.

Je sors mon paquet de cigarettes et lui en offre une. Je m'étonne qu'elle la refuse. Elle s'en amuse.

— Avec le temps, on lutte plus facilement contre le vice.

J'allume ma clope en me disant que ça ne marche pas toujours comme ça.

— Ton mari m'a l'air d'être un type bien.

— Il l'est.

— Et ton fils est un très bel enfant. Éveillé, je dirais.

— Ça, pour être éveillé... Trop, même.

— Et toi, comment vas-tu ?

Plus de regret que de curiosité dans ma question...

— Comme tu le vois. J'ai un mari et un fils. Ils m'aident à ne pas trop penser.

Je pose les coudes sur mon bureau. Je sais de quoi elle parle. C'est un bien sale boulot, parfois, de penser. Je change de ton.

— Qu'est-ce que je peux faire pour toi ?

Elle cherche ses mots.

— Quand je suis partie, on n'a pas vraiment pu parler. Mais je t'ai donné une histoire.

Ses souvenirs ne lui suffisent plus. Ça arrive, quand le passé est trop moche.

— C'est à toi maintenant, tu m'en dois une.

Est-ce qu'elle y a pensé tout ce temps-là ? C'est ce que j'aurais fait à sa place, en vérité.

— Une histoire, tu dis ?

Je fais une grimace pour dédramatiser, l'espace d'un instant, je regarde ailleurs.

— C'est très simple à raconter, ça tient en quelques mots. J'étais jeune, beau et riche. Je tombais toutes les femmes que je voulais. À Palerme, j'étais une vedette. Pendant ma dernière année de droit, je me suis entiché de la mauvaise nana. Une fille qui avait tapé dans l'œil du neveu de Turi Martesano, un parrain de la Mafia. On m'avait pourtant dit de faire gaffe, mais je me croyais intouchable, à cause du statut de mon père.

« Comme j'étais naïf et vulnérable !

« Elle était amoureuse, et moi aussi. Mais si j'avais su ce qui m'attendait, je me serais sauvé ventre à terre.

On a continué à se voir. Un soir, en rentrant chez moi, j'ai été enlevé par trois types. Ils m'ont collé un sac sur la tête et balancé dans une voiture.

Je lui laisse le temps d'imaginer la situation. Je sais qu'elle a assez vécu pour ça.

— Ils m'ont emmené dans une ferme, enfin je crois, ça sentait la campagne. J'entendais cet homme me parler. Sa voix rauque, éraillée, qui me conseillait d'obéir, de ne pas me débattre pour avoir moins mal, qui me disait *bravo*... Puis ils m'ont baissé le pantalon, et cet homme m'a castré. Je ne peux guère qu'imaginer, je n'y voyais rien. Mais je me rappelle l'éclair blême de la douleur.

— Et ensuite, qu'est-ce qui s'est passé ?

— Ils m'ont largué devant chez moi, une villa isolée en bord de mer, à Mondello. On m'a tout de suite transporté dans une clinique privée, où j'ai été opéré d'urgence, et soigné dans le plus grand secret. Personne ne devait savoir qu'on avait coupé la bite au fils d'Amedeo Sangiorgi.

Ma voix doit lui parvenir comme je l'entends moi-même. Étouffée, et encore incrédule.

— Quand j'ai été tiré d'affaire, on m'a transféré à Rome et confié à un psychologue. Pour que j'assimile mon état, disaient-ils. Les séances m'ont surtout servi à prendre conscience qu'il n'y avait rien de fortuit dans cette histoire. C'était trop bien orchestré : l'abandon devant la maison, les secours tout de suite sur place, la présence des urologues à la clinique. Comme si mon père avait été averti de ce qui allait se passer.

Je la regarde à nouveau en face. Voilà une femme que j'ai vue tuer des gens de sang froid. Et pourtant, je lis une peine infinie sur son visage.

— Et, en effet, c'était plus ou moins le cas. Il me

l'a confirmé lui-même. Il savait, mais il n'a pas eu le courage de faire quoi que ce soit. Ou la possibilité, ce qui revient au même. Il était déjà trop compromis à l'époque, et focalisé sur sa conquête du pouvoir.

Je la laisse méditer sur la tragique ironie de l'affaire. Sur le fait que, parmi tous ces dossiers, elle ait choisi de me mettre entre les mains celui qui concernait mon père. La seule personne qui aurait pu aider le sénateur Amedeo Sangiorgi à récupérer ces documents désespérément convoités, c'était le fils qu'il avait sacrifié à la loi de la Mafia.

— Voilà pourquoi je me suis enfui. Je me suis caché, sous un faux nom. J'ai pris des cours de diction, pour perdre mon accent. J'éprouvais de la peur, de la rancœur et du mépris envers la terre entière. Envers les hommes, parce que je n'en étais plus un. Envers les femmes, parce qu'elles m'excitaient sans pouvoir me satisfaire.

Elle me regarde sans dire un mot. Il n'y a pas grand-chose à ajouter. Et c'est à moi de conclure.

— Ainsi naquit Bravo. Le marchand de femmes.

— Tu as su qui t'avait mutilé ?

Je souris, péniblement.

— Bien sûr. C'était un tueur, engagé pour l'occasion. Je l'ai retrouvé à Milan. Il avait fait carrière, c'était un boss. J'avais un indice : je connaissais sa voix. Lui ne savait rien de moi, il n'avait même pas vu mon visage puisque j'avais la tête couverte.

— Qu'est-ce qu'il est devenu ?

— Il est mort à la prison de San Vittore. Tué par un autre détenu pendant l'heure de la promenade.

Elle percute presque immédiatement.

— Il n'habitait pas du côté de Quarto Oggiaro, ce détenu-là, avant d'atterrir en prison ?

Mon silence est éloquent. Je le fais suivre d'une considération laconique sur ma personne.

— Comme tu vois, je ne suis pas meilleur que toi. Cette histoire-là est terminée. On en vivra d'autres, chacun de son côté. Ne gâchons pas le peu de temps qui nous reste.

Carla se lève.

— Je dois rejoindre mes hommes, maintenant. Officiellement, je suis venue te remercier, le temps qu'ils fassent un tour à la plage.

Je la précède pour sortir de la pièce. Sa voix m'arrête.

— À mon tour de te poser la question : et toi, comment vas-tu ?

— J'ai une femme. Une seule. Je lui permets de fréquenter d'autres hommes, mais pas pour de l'argent.

Je lui ouvre la porte, elle sort et je lui emboîte le pas.

— Je me suis souvent demandé quel genre de vie ça aurait été.

— Quel genre de vie ?

— Travailler pour toi.

Derrière la porte du hall, c'est un autre monde. Le monde de ceux qui ne savent pas et qui, de toute façon, préfèrent ne pas savoir.

— Je te l'ai dit, le jour où tu m'as demandé de faire partie de mon équipe. Ça n'est pas un pacte avec le diable, mais on peut en garder de mauvais souvenirs.

— Qui n'en a pas ?

— C'est clair, qui n'en a pas ?

Quelques pas et nous sommes dehors, dans le patio, d'où on voit la plage et la mer fleurie de voiles colorées. D'ici, je ne distingue pas les silhouettes de Paul et de Malcom McKay, mais je sais qu'ils sont là et qu'ils s'amusent, comme un père et son fils en vacances. Ils attendent que leur épouse et mère les rejoigne, ils la connaissent sous le nom de Luisa.

J'aimerais connaître son vrai nom. Mais je ne le lui demande pas. Pour moi, elle est et restera Carla.

Carla Bonelli.

Au moment où on va se saluer, Pilar débarque. Elle a dû se garer et faire le tour du bâtiment, je ne l'ai pas vue arriver. Elle s'arrête à un pas de nous.

Elle nous voit et, intuition féminine, son regard se fait scrutateur.

— Pilar, je te présente Mme McKay. Elle sera notre hôte au village pendant deux semaines, avec son mari et son fils.

Pilar s'approche. Les deux femmes se serrent la main en se jaugeant comme deux guerrières. Et puis Carla... Non, Luisa décide qu'il est temps d'aller retrouver les siens.

— Bonne journée, monsieur Sangiorgi. Merci encore pour votre courtoisie. Bonne journée à vous, Pilar.

Sans attendre de réponse, elle se retourne et s'éloigne, avec cette allure qui n'a rien perdu de sa grâce. Je la suis des yeux tandis qu'elle ôte ses chaussures pour marcher pieds nus sur la plage.

Pilar me ramène sur terre.

— Tu plais à cette femme.

Elle a remarqué mon regard, sans savoir ce qu'elle devait y lire. Pas mal de choses sans doute, toutes propices au malentendu.

— Tu me quitterais pour elle ?

Je prends son visage entre mes mains. Ma voix est ferme, il y a dans mes paroles quelque chose de définitif.

— Non. Je ne te quitterai pas pour elle.

J'enlève mes chaussures à mon tour, et je descends du plancher du patio. Je veux sentir le sable sous mes pieds nus. Je regarde la femme qui vit avec moi depuis sept ans. Elle porte un short kaki et un débardeur noir qui laisse deviner ses seins libres.

— Viens là.

J'attire Pilar à moi, mon bras autour de ses épaules. Je sens sa peau, douce à ma main.

— Marchons un peu, tu veux ?

Tranquillement, et sans intention précise, on va vers Punta de Mangle.

Pilar passe son bras autour de ma taille.

— Tu n'avais pas une réunion ?

— Tu ne devais pas aller surfer ?

Elle se marre, montrant ses dents de jeune squale.

— Oh, ce garçon était d'un chiant ! Je m'amuse plus quand je m'ennuie avec toi.

Alors on marche, enlacés, sans rien dire, sachant qu'on n'arrivera jamais nulle part. Ce qui compte, c'est d'être ensemble, d'aller de l'avant, pas après pas, de laisser derrière nous nos empreintes. On les retrouvera au retour. Ou non, si d'autres les ont recouvertes, mais peu importe. C'est une île et, d'une manière ou d'une autre, on est tous des rescapés.

Ici le printemps dure. Et quand l'été arrive, il ne saccage rien.

Remerciements

Ce roman embrasse l'histoire d'un monde qui n'est plus, envolé avec les amis disparus, à mesure que les années passaient, que la société changeait et que les numéros de téléphone qui rythment nos vies s'allongeaient.

Milan n'était pas une ville comme il faut, et la nuit constituait un adversaire digne de nous. Notre ennemi, c'était le sommeil, et nous avions l'habitude de voir naître le soleil à l'aube. Le seul péché impardonnable, c'était l'indifférence, car nos talents encore méconnus étaient un rude cilice.

Dans ce monde-là, à cette époque, a commencé une aventure qui dure encore. Je veux remercier tous ceux qui ont rendu ces années inoubliables, grâce à leur sympathie ou leur hostilité : les deux choses ayant contribué à faire de moi, en bien comme en mal, l'homme que je suis.

Il me faudrait pour cela écrire cent pages et citer mille noms. Je me contenterai d'en rappeler un : le Bifteck. Qui laissa derrière lui des répliques mémorables, énormes, de celles que seul le pur génie peut enfanter. J'espère lui avoir rendu grâces en lui offrant un brin de l'immortalité dont son talent était digne.

Je dois aussi exprimer ma gratitude aux personnes qui m'ont aidé dans la rédaction de ce livre, et qui aujourd'hui m'honorent de leur amitié et de leur estime, sentiments absolument réciproques.

Il est donc juste que je remercie :

Claudio Giovannone, qui a fait en sorte qu'un être cher soit transformé en commissaire. Et qui l'a fait de la meilleure façon qui soit : en faisant le bien.

La famille Lavazza, qui m'a donné la même opportunité.

Dario Tosetti, pour avoir été l'intermédiaire enthousiaste de cet échange de bonnes volontés.

Le docteur Cesare Savina, brillant pédiatre, qui tout en guérissant, dans la vraie vie, des enfants de leurs maladies, m'en a suggéré une pour un enfant de papier.

Le docteur Franco Bardari, directeur du département d'urologie de l'hôpital public d'Asti, qui m'a éclairé, à ma grande frayeur, sur les péripéties chirurgicales de Bravo.

La Settimana Enigmistica, en la personne d'Alessandro Bartezzaghi, qui m'a aidé à concevoir les énigmes qui jalonnent ce roman.

Pietro Tallarida, serveur historique et dévoué du mythique Derby Club, dont l'Ascot s'inspire ouvertement.

Claudia Zigliotto, sous-préfète adjointe, tendre amie et impitoyable protagoniste de la lutte contre le crime à Milan.

Andy Surdi, formidable batteur et chanteur.

Michele del Vecchio et Furio Bozzetti, vieux amis retrouvés inchangés.

Giovanni Bartocci, jeune manager et compagnon de virées new-yorkaises. Deux générations, un même blues, la même bière.

Enfin, mon équipe de travail, des hommes et des femmes qui sont à la fois des amis et des collaborateurs. Sans que l'un ne nuise jamais à l'autre.

Voici leurs noms :

Alessandro Dalai, l'homme des nuages ;

Cristina Dalai, la petite dame du ciel radieux ;

Lorenza Dalai, mon lutin préféré ;

Antonella Fassi, qui a un bon mot pour chacun ;

Mara Scanavino, qui a une bonne couleur pour chacun ;

Chiara Moscardelli et Elisa Montanucci, qui ont un bon communiqué de presse pour tous ;

Stefano Travagli, qui est sourd à l'appel de la lap dance, chose singulière ;

Francesco Colombo, qui me corrige comme personne ;

Piergiorgio Nicolazzini, qui m'encourage comme personne ;

Roberta, qui fait tout ça en même temps, et d'autres choses encore.

S'il est vrai que je suis un homme chanceux, je dois à chacun une partie de cette chance.

Composé par Nord Compo
à Villeneuve-d'Ascq (Nord)

Imprimé en France par

CPI
BRODARD & TAUPIN

à La Flèche (Sarthe)
en mars 2013

POCKET – 12, avenue d'Italie – 75627 Paris Cedex 13

N° d'impression : 72796
Dépôt légal : avril 2013
S23205/01